쉰 살 미용실 아줌마, 한문 선생님이 되다

쉰 살 미용실 아줌마, 한문 선생님이 되다

초판 1쇄 인쇄일 _ 2011년 4월 27일
초판 1쇄 발행일 _ 2011년 5월 2일

지은이 _ 고정숙
펴낸이 _ 최길주

펴낸곳 _ 도서출판 BG북갤러리
등록일자 _ 2003년 11월 5일(제318-2003-00130호)
주소 _ 서울시 영등포구 여의도동 14-5 아크로폴리스 406호
전화 _ 02)761-7005(代) ㅣ 팩스 _ 02)761-7995
홈페이지 _ http://www.bookgallery.co.kr
E-mail _ cgjpower@yahoo.co.kr

값 11,000원

ISBN 978-89-6495-018-0 03810

인생을 두 번 사는 이모작 인생의 끝없는 도전

미용실 아줌마,
한문 선생님이 되다

고정숙 지음

BG 북갤러리

주변 사람들로부터 가장 많이 들은 질문 중 하나가 '왜 책을 내기로 했는가?' 라는 질문이었다. 지지리 궁상맞게 살아온 것도, 학업을 마치지 못하는 것도 예전에는 흔한 일이었으니까. 나의 한(恨)을 풀기 위함도 아니고 신세타령을 하기 위함도 아니다.

내가 책을 쓴 이유는 공부를 하면서 깨달은 것과 경험한 바를 통해 나와 같은 처지에 있는 배움의 시기를 놓친 많은 사람들에게 '하면 된다' 는 메시지를 전달하고 싶어서이다. 또한 방황의 시기를 이겨내지 못하고 쉽게 학업을 포기해버리는 청소년들에게도 세상을 살아가는 데 배움의 중요성이 얼마나 큰지를 알려주고 싶었다. 그 시기에 공부는 그저 하기 싫은 것일 뿐이고, 공부를 해야 했다는 생각은 뒤늦게 나이가 들고 나서 커다란 후회와 함께 다가오기 때문이다.

열한 살에 초등학교를 그만둔 이후 불혹을 넘기까지 나는 늘 '공부하기엔 너무 늦은 나이' 라는 생각을 하며 살았다. 무학(無學)이라는 따갑고 무거운 꼬리표와 한(恨)을 지닌 채……. 그러나 마흔 여섯에 시작한 공부는 나의 성격과 직업, 그리고 가치관에 이르기까지 모든 것을 바꾸어놓았다. 무엇보다 가장 크게 달라진 건, 나의 삶 속에 전에 없던 '행복'이 찾아왔다는 점이다.

　공부로 인해 내가 얻은 행복과 새로운 삶을 사람들과 공유하고 싶다. 경제적인 어려움과 시간적 한계에 부딪힌다 하더라도 배움의 세계는 충분히 투자한 시간들을 보상해준다는 것을 말해주고 싶다. 영어 알파벳의 대문자와 소문자도 구분하지 못했던 나 같은 사람도 노력하면 충분히 극복할 수 있다는 것을 말해주고 싶다.

　그렇기에 나의 모든, 비참하다고 할 만큼 어두운 과거사를 그대로 세상에 드러내 놓게 되었다. 부디 이 책이 배움의 끈을 놓친, 그리고 이제는 너무 늦었다고 생각하는 많은 사람들에게 용기와 희망의 메시지가 되기를 간절히 바란다.

고정숙

차례

제1부

환란을 내 몸처럼

환란을 내 몸처럼

전기도 없던 시절 캄캄한 겨울밤, 고요하게 잠든 시각이었다. 몇 시나 됐을까?

왠지 잠결에 스산한 바람이 나를 깨우는가 싶더니 갑자기 들려오는 날카로운 비명 소리!

어머니의 비명 소리였다.

그 순간 나는 분명히 보았다. 벽에 달라붙어 있던 파편들을······.

처음엔, 잠결에 일어난 일이기에, 상황 판단이 되지 않아 멍하니, 그렇게 벽에 붙어있던 것들을 멀뚱멀뚱 쳐다만 보았다. 잠시 후 나는 그 회색빛 나는 작은 파편들이 아버지가 던진 벽돌 부스러기라는 걸 알았다.

내 나이 12살 때였다.

내 밑으로 3살 어린 남동생과 5살 위인 언니도 동시에 잠이 깨어 일어나 앉았다. 열린 문으로는 늘 그랬듯이 만취한 아버지가 무엇이 그를 그렇게 분개하게 만들었는지 아직까지 씩씩거리며, 흥분한 채

방안 쪽 우리들을 노려보고 있었다.

문이 열려 추운 탓도 있었지만, 우리 삼남매는 두려움에 떨고 있었고, 어머니는 놀라 거의 실신 상태였다. 다행히 어머니는 던진 벽돌에 맞지는 않았고 놀라서 옆으로 쓰러져 계신 것이었다. 얼마나 세게 던졌는지, 그 위력이 벽에 붙어있는 벽돌의 잔해로 알 수 있었다. 벽에 닿는 순간 벽돌이 산산이 부서지면서 마치 본드로 붙여놓은 것처럼 그렇게 착 달라 붙어있었던 것이다. 끔찍한 그 광경이, 나이 오십을 바라보고 있는 지금까지 잊히지 않고 있다.

그날 밤의 그 일들이……

큰 환란을 자신의 몸처럼 여기라!

何 謂 貴 大 患 若 身
하 위 귀 대 환 약 신
어찌하여 큰 환란을 자신의 몸처럼 귀하게 여긴다고 말하는가?

吾 所 以 有 大 患 者 爲 吾 有 身
오 소 이 유 대 환 자 위 오 유 신
내게 큰 환란이 있다는 것은 내가 몸을 지니고 있기 때문이다.

及 吾 無 身 吾 有 何 患
급 오 무 신 오 유 하 환
내게 몸이 없다면 나에게 어찌 환란이 있겠는가?

북한이 고향인 내 아버지는 어머니와 결혼하기 전에 이미 북쪽에서 결혼을 하신 분이었다. 6·25가 발발하자 가족을 두고 홀로 남쪽으로 피신 오신 것이다. 아버지는 며칠 후에 가족을 데리러 오겠다고 약속을 하셨지만, 38선이 생긴 후 북쪽으로 돌아갈 수 없었고, 그 길로 가족들과 영영 이별하게 되었다.

한동안 홀로 지내시다가 내 어머니를 만나서 새로운 가정을 꾸리게 된 아버지는 늘 북쪽에 두고 온 가족에 대한 미안함과 죄책감에, 신세 한탄과 술로 세월을 보내셨다.

그래서인지, 어릴 적 내 기억 속의 아버지는 늘 술에 취한 모습이었다. 집으로 들어오실 때면 으레 아버지는 온 동네가 쩌렁쩌렁 울리도록 고함을 지르셨고, 우리는 늘 그 고함 소리로 아버지가 오시는 것을 알 수 있었다. 어쩌다, 아주 가끔 술을 안 드시고 오실 때면 여느 아버지처럼 자전거 뒤에 고등어 두 마리를 달고 오실 적도 있었다. 끔찍이 생선을 좋아하셨고, 특히 고등어를 즐겨 드셨다. 우리는 어쩌다 아버지가 술을 안 드시고 오시는 날에야 겨우 밥상에서 생선을 구경할 수 있을 정도로 가난했다.

그 시절엔 모든 집들이 그러했겠지만 우리 집은 넓은 마당을 둘러싸고 여러 가구가 다닥다닥 붙어 있는 집이었다. 주인은 따로 있고, 그곳에 살던 열한 가구의 사람들은 모두 세 들어 사는 사람들이었다. 그 집 주인이 나의 외삼촌이었기에, 아버지의 계속되는 횡포에도 동네 아이들은 나를 집주인 딸쯤으로 여기고 무시하지 않았다.

열한 가구의 식수(食水)는 마당 한가운데에 있는 우물이 유일했다. 그 우물가에는 포도나무 한 그루가 있었는데, 여름이 되면 포도가 제법 달렸다. 그런데 내 기억으론 까맣게 익은 포도는 한 번도 먹어 본 적이 없다. 알이 제법 커다랗게 되면 포도가 채 익기도 전에, 누군가 이미 다 따먹어버리는 것이었다. 누가 따먹었는지도 아무도 모르게 그렇게, 하룻밤 자고 나면 새파란 포도 알이 하나둘씩 없어지곤 했다.

그 시절엔 그랬다. 먹을 것이 흔치 않았고, 과일은 구경하기도 힘들던 시절이라 알이 새파랗고 신맛뿐인 그 포도조차 귀한 대접을 받았다. 솔직히 나도 야밤에 몰래 나와서 따먹은 적이 있었다. 입안에 넣으면 저절로 얼굴이 찌푸려지게 만드는 그 포도를, 맛으로 먹기보다는 남모르게 따먹는 재미로 더 좋아했던 것 같다. 그래도 그게 열한 가구가 나눠먹을 수 있는 유일한 간식이었다. 지금도 그때 그 포도 맛을 떠올리면 입안에 침이 고인다.

경제적으로는 빈곤하기 이를 데 없었지만, 그래도 사람들의 인정은 따뜻했다. 포도나무 주인에게 한 번도 잘 익은 포도가 돌아간 적이 없었지만 주인은 포도가 없어지는 것에 별다른 신경을 쓰지 않았다. 낮에는 어른들이 모여앉아 제발 올해에는 까맣게 익을 때까지 뒀다가 같이 나눠먹자고 상의도 해봤지만, 가구 수(數)가 많다 보니 아이들이 오죽 많았겠는가? 그 집에 살고 있던 수십 명의 아이들 중 포도를 따먹은 범인을 찾아낸다는 것은, 밤새 잠을 안 자고 보초를 서지 않는 이상은 불가능한 일이었다.

그 시절엔 경제적으로 빈곤했어도 다들 아이는 많이 낳았다. 한 집에 4남매 정도는 보통이었다. 아무리 적게 낳아도 둘 이상은 낳던 시절이었고, 많게는 일곱 남매까지 둔 집도 있었다. 요즘처럼 출산율 저하로 온 나라가 근심에 싸여 있는 모습과는 사뭇 달랐다. 아이를 너무 많이 낳는다고 한 가정에 둘만 낳으라는 캠페인도 있었고, 나중엔 '하나만 낳아 잘 기르자' 라는 현수막도 동네에 걸리곤 했다. 심지어는 보건소 직원이 각 가정을 방문해서 배꼽수술(일명 불임수술)을 무료로 해준다고 홍보를 하며 다니기도 했다.

불과 50여 년이 지난 지금처럼, 심각한 저출산 문제 때문에 국가의 존폐마저 걱정하고 갖가지 출산 장려 정책을 펼치게 될 날이 올 줄 누가 알았을까?

돌이켜 보면 비록 경제적인 어려움이 있었고, 먹을 것 또한 늘 부족했지만, 그래도 그때가 참 사람 사는 인정을 느꼈던 시절이었던 것 같다. 전기가 없어 작은 호롱불 앞에 둘러 앉아 숙제를 하고, 한 마당을 같이 사용하면서 이웃이 마치 형제간처럼 친해져 밤과 낮도 없이 이 집에서 저 집으로 놀러 다니곤 했다.

여름철 포도 전쟁이 끝나면 뒤이어 바로 가을이 찾아오곤 했다. 그때부터는 대문 바로 옆에 있는 감나무와의 전쟁이 시작되었다. 그래도 감은 잘 익은 것을 먹을 수 있었다. 아이들이 나무에 올라갈 수 없어 감이 익어 저절로 떨어질 때까지 기다리거나, 그것도 아니면 어른들이 감 따는 작대기로 직접 떨어뜨려 줘야만 했으니까.

포도 전쟁, 감 전쟁보다 더욱 치열했던 전쟁은 다름 아닌 화장실 전쟁이었다. 화장실은 달랑 하나! 열한 가구에 딸린 아이들까지 사람이 몇 명인데, 그 많은 사람들이 화장실 하나로 버티고 살았으니 그

치열함이 오죽했겠는가? 그것도 지금처럼 현대식이 아닌 재래식 화장실을 두고 말이다. 화장실이래야 아래쪽에는 오물이 그대로 다 보이고, 중간에 나무판자 두 개를 걸쳐 놓고 앞가리개로는 짚단을 달아놓은 것이 고작이었다. 거기다 비용 문제 때문에 화장실은 늘 최고 수위까지 가득 찼을 때에야 퍼내곤 했다.

여름이면 오물이 가득 찬 그곳에서 각종 벌레들이 기어 나와 발을 들여놓을 틈도 없을 정도로 꽉 차 있곤 했다. 그나마 가고 싶은 시간에 화장실이 비어 있으면 그날은 '땡' 잡은 날이었다. 아침이면 그 앞에 줄을 서서 30분 이상 기다리는 것은 보통이었다. 그러나 그것조차 아이들에게는 자유롭게 허락되지 않을 때가 더 많았다. 나이 드신 어르신들이 차례를 지켜 줄 서있는 아이들에게 너무나 당당하게 양보를 요구하셨던 것이다.

"야드라! 느그들은 저 짝 밭떼기에 급한 대로 볼일 보면 안 되것나? 내가 좀 마이 급해서 그래!"

이쯤 되면 남자 아이들 몇 명은 어르신 말을 듣고 밭으로 뛰어가기도 했지만, 그래도 여자 아이들은 끝까지 인내심을 가지고 버티며 기다렸다. 아마도 내가 지금 이렇게 독할 정도로 인내심과 끈기를 가지게 된 것은 그때 그 시절부터 단련된 훈련 덕택(?)이기도 할 것이다.

어떻게 그렇게들 살았을까? 인간은 누구나 주어진 환경에 적응할 수 있다지만, 그리고 그땐 당연히 그렇게 살아야 하는 것인 줄 알고 살았지만, 지금 생각해 보면 과연 내가 어떻게 그 끔찍한 환경을 버티고 적응해가며 살 수 있었을까 싶다. 다시 그런 환경에 처해진다면 글쎄? 하루도 살지 못할 것 같다.

그 집에 살았던 사람들이 정확히 몇 명이었는지는 기억이 안 나지만 아무튼 날이 새면 마당이 온통 사람들로 북적거렸다. 우물가에는 설거지와 빨래하는 아줌마들이, 화장실 근처에는 어른 아이 할 것 없이 줄을 서서 차례를 기다리는 사람들. 그렇게 여러 가구가 살았지만 내 기억으로 다른 집들 아버지는, 우리 아버지처럼 술이 취해서 흥청대며 퇴근하는 모습을 거의 본 적이 없었던 것 같다.

아니, 없었다.

오로지 우리 아버지만 그랬던 것 같다. 어떨 땐 밤늦게까지 안 주무시고 술이 깰 때까지 어머니와 우리들을 괴롭혀서 이웃에 있는 친구 집에서 자고 온 날도 있었다. 아침이면 늘 그랬듯이 정말 미안하다고, 내가 왜 그랬는지 모르겠다며 우리들에게 용서를 구하시곤 했었다. 그러나 아버지가 용서를 구했던 그날조차 저녁이 되면 아버지는 어김없이 술에 취해 골목이 떠나갈 정도로 소리를 질러가며 집으로 돌아왔다.

성인이 된 지금까지도 아버지는 내게 커다란 상처로, 어두운 그림자로, 깊은 원망의 대상으로, 그렇게 송곳처럼 아프게 남아 있다.

북에 두고 온 가족들이 얼마나 눈에 밟히셨으면 그렇게까지 하셨을까 이해해 보려고도 했지만, 죄책감에 얽매여 또 하나의 가족을 혹독한 시련으로 내몬 잔인하고 나약한 아버지를, 나는 끝끝내 용서하는 데 실패했다.

매일 술로 시름을 달래던 아버지는 결국 알코올 중독으로 정신병원 신세를 지기에 이르렀다. 그러나 나는 아버지가 알코올 중독이라는 사실을 믿지 않았다. 술을 드시지 않았을 때에도 손을 떤다든가 불안해한다든가 하는 금단 증상이 보이지 않았으니까.

아버지는 술만 드시면 어머니에게 손찌검을 하곤 했는데, 그 정도가 너무 잔혹해 이웃에서 경찰에 신고하면, 경찰에서 정신병원에 다시 신고를 해서 강제로 데리고 가곤 했다. 하지만 병원에서 하루만 지나면 멀쩡한 상태로 절대 앞으로 술을 먹지 않겠다고 어머니께 싹싹 빌었고, 마음 약한 어머니는 그 말에 수천 번 속아 주었다. 그런 과정들을 수없이 되풀이 했던 것은 어떻게 보면, 아버지가 병원에 가면 어머니가 홀로 삼남매를 거느리고 살아야 한다는 두려움에 그랬는지도 모르겠다. 그 시절에는 여자가 돈을 벌 수 있는 일이 별로 없었으니까.

끝이 보이지 않는 암울함 속에서 내 어린 시절은 절망뿐이었다. 급기야 어머니는 독한 결심을 내려 아버지가 안 계신 틈을 타 우리 삼남매를 데리고 그야말로 피난민처럼 옷가지만 챙긴 채 몰래 집을 나오기에 이르렀다. 그래도 학교에 다니는 남동생과 나를 배려해서였던지 멀리 가지 않고 학교 근처로 이사를 하셨다. 그토록 우리를 괴롭게 했던 아버지와 드디어 떨어져 살게 된 것이다.

열두 살, 학업을 그만두다

그날도 여느 때와 다름없이 남동생의 손을 잡고 학교로 가고 있었다. 그러나 정문 앞에 도착했을 때 뜻밖의 사람이 우리를 기다리고 있었다. 아버지였다. 온몸의 솜털이 꼿꼿하게 서고 심장이 철렁 내려앉았다. 우리를 본 아버지는 막무가내로 어머니가 계신 곳을 대라고 하셨다. 나는 학교 수업을 마치고 같이 가자고 아버지를 설득시킨 후 교실로 뛰어갔다.

그렇게 들어간 교실……. 공부가 될 리가 없었다. 가슴은 심하게 쿵쾅거리고 행여 아버지가 나타나지는 않을까 불안에 떨며 집에 계실 어머니가 떠올랐다. 만약 또 아버지와 함께 살게 되면 그 전보다 더 포악한 폭행을 저지르실 게 불 보듯 뻔했다.

우리는 아버지를 피해 같은 동네 주위로 몇 번씩이나 이사를 반복했다. 늘 야밤에 이웃 모르게 옷가지만 챙겨들고 아버지라는 존재로부터 벗어나기 위해 우리는 그렇게 피해 다녀야만 했다. 그때가 내가 초등학교 4학년 때였다.

나는 다른 아이들보다 1년 늦은 9살에 입학을 했다. 아버지께서 여자는 공부시켜 봐야 건방져지기만 한다고 학교를 보내지 않으려 했기 때문이다. 실제 그 당시 아버지는 소위 배운 사람들을 굉장히 혐오했다.

"배웠다고 하는 것들 아무짝에도 못 쓴다."

어린 시절 나는 아버지의 그 말이 정말인 줄 알았다. 너무나 바보스럽게도 아버지의 그 말을 자랑삼아 친구들에게 했던 기억이 난다.

"우리 아버지가 그러는데 배운 사람들 아무짝에도 못쓴대."

그 말이 떨어지기가 무섭게 친구들에게 갖가지 핀잔을 받았다.

그때 내 나이는 12살…….

그 어린 나이에 내가 할 수 있는 거라고는 담임선생님께 나를 피신시켜 달라고 매달리는 것뿐이었다. 지금도 그때 나를 피신시켜 주신 대구 아양초등학교 4학년 2반 '이응경 선생님'을 잊을 수가 없다.

이미 같은 반 아이들은 우리 가정형편을 다들 잘 알고 있었다. 그때 한 아이가 "정숙이 아버지 저기 온다!" 하고 외쳤다. 그 소리를 듣고 나는 더욱 심하게 바들바들 떨면서 선생님께 더 매달렸다. 밖에서 기다리실 줄 알았던 아버지가 내가 도망가리라고 생각하셨는지 교실 복도로 걸어오고 있었던 것이다.

갑자기 선생님께서 "얘들아! 책상을 모두 바짝 붙여라!" 하고 말씀하셨다. 그때 우리 반은 아이들이 60명이 넘었고, 교실은 늘 꽉 찬상태였다. 아이들이 최대한 가깝게 붙여놓은 책상 다리 밑으로 나는 기어들어가 숨었다.

드디어 교실 문이 열리고, 아버지가 들어오셨다.

"우리 정숙이 어디 있습니까?"

선생님께서는 아버지에게 직접 교실을 둘러보게 하시고 내가 없다는 것을 확인시켜 드리면서, "오늘 정숙이가 몸이 안 좋다고 하던데요. 교실에 들어오자마자 바로 조퇴를 하고 뒷문으로 나갔습니다." 하셨다. 잠시 주위를 둘러보신 아버지는 다행히 나를 찾지 못하셨다. 그리고 나를 쫓아가겠다는 생각을 하셨는지 바로 교실 밖으로 뛰어나가셨다. 그렇게 아버지가 나가신 후 선생님께서는 나를 책상 밑에서 나오게 하시고 무슨 일인지를 물어보셨다.

그때 어떻게 설명을 드렸는지는 잘 기억이 안 나지만, 참을 수 없는 서러움에 무척 훌쩍거렸던 것 같다. 선생님은 아무래도 오늘은 집으로 돌아가는 게 좋겠다고 나를 집에 갈 수 있도록 허락해 주셨다. 그리고는 남자아이들 몇 명을 시켜 뒷문 쪽 망을 보게 하시고, 내가 무사히 빠져 나갈 수 있게 해 주셨다. 당시 1학년이었던 동생 교실에도 연락을 해서 동생과 같이 집으로 돌아왔다.

집으로 돌아온 나는 어머니께 자초지종을 말씀드렸다. 그리고 도저히 이대로는 반 아이들 보기 창피해서 학교 못 다니겠다고, 학교 안 다니면 안 되냐며 떼를 썼다. 아무 망설임 없이 하신 어머니의 단 한 마디…….

"너 이다음에 커서 엄마 원망 안 할 수 있어? 공부 안 시켜줬다고 엄마 원망 안 할 거야?"

나는 단 1초도 생각하지 않고 "응!"이라고 대답했다.

그랬다.

그게 전부다. 내가 초등학교 4학년을 끝으로 학교생활을 마쳤던 계기가……

그렇게 학교를 그만두고 한동안, 나는 그야말로 집에서 빈둥거리는 생활을 했다. 다행히 그 일이 있은 후 아버지와는 영영 이별할 수 있었다. 우리가 외삼촌댁으로 이사를 했기 때문에 아버지가 처가 식구들이 겁이 났던지 더 이상은 우리를 못 찾아오신 것이다.

나는 내 작은딸이 12살이 되었을 때, 아이를 바라보며 생각했다. 어떻게 이 어린아이에게 그 중대한 선택권을 부여할 수 있었을까? 이 나이에 뭘 안다고……

어떻게 12살짜리 아이가 학교를 그만두겠다는 떼를 썼다고, 한 마디 만류도 하지 않고 타이르지도 않고, 공부의 중요성에 대해 설명조차 하지 않고, 바로 학교를 그만두도록 할 수 있었을까?

만약 내 딸아이에게 그런 상황이 주어졌다면 나는 아이에게 공부가 중요하고, 공부를 마치지 않으면 힘든 삶을 살아야 하고, 못 배운 사람에 대한 세상의 시선이 차갑고, 학교 동창이 한 명도 없다는 것이 얼마나 외로운지에 대해 이야기해 줄 것 같다. 나뿐 아니라 모든 부모들의 마음도 이와 같으리라. 어떻게든 아이를 설득시켜 학교는 다니게 했겠지.

내 어머니는 나의 결심에 흔쾌히 수락하셨다. 마치 내가 학교를 그만두기를 기다리고 계셨던 것처럼……. 혼자 힘으로 딸자식까지 공부시킬 만한 형편이 안 되었으니 그러셨으리라.

그 당시 육성회비는 내 기억으로 400원 정도였다. 백 원짜리 지폐 4장…….

연탄 한 장에 몇 원 하던 시절이었으니까 당시 4백 원은 우리 집 형편으로 꽤 큰돈이었다. 그 시절에는 육성회비를 못내는 아이들도 많았다. 그러면 그 아이들은 다른 교실로 불려가서 앞에 쭉, 대열로 세워져서 창피를 당해야만 했다. 보통 열몇 명이 줄을 서서 각 교실을 돌면, 선생님들께서 앉아있는 아이들에게 "이 학생들이 이번에 육성회비를 안 낸 학생들입니다." 하면서 창피를 주었다. 앞에 서 있던 아이들은 창피함에 얼굴도 못 들고 고개를 푹 숙인 채 죄인처럼 서 있어야 했다. 그 시절엔 그렇게 교육현장이 냉혹했다. 지금으로서는 상상도 못할 일이다. 육성회비를 못 내는 것이 어찌 아이들 탓이겠는가? 가난한 나라에 태어난 죄, 가난한 부모를 만난 죄인 것을…….

다행히 나는 단 한 번도 그 대열에 줄을 안 섰다. 육성회비를 안 가져가면 학교 못 가는 줄로 알고, 그런 날 아침이면 어머니와 나는 밀고 당기는 팽팽한 줄다리기를 하고는 했다. 문밖에서 학교도 가지 않고 소리 내 울고 있으면, 어머니는 막대기를 들고 와 나를 쫓으셨고, 몇 발자국 도망가는 척하다가 다시 집으로 돌아와 울기를 여러 번 반복하고 나면 결국에는 어머니는 내게 졌다며 이웃에 빌려서라도 육성회비를 챙겨 주신 것이다.

그럴 때면 돈을 내어 주시면서 늘 하신 말씀이 있었다.

"아유, 저 독한 년! 끝내 어미를 이겨먹네."

그랬다. 나는 같은 반 아이들이 각 교실을 다니며 창피당하는 걸

봤기 때문에 절대, 그 줄에 안 설 거라고 악착같이 다짐했다.

독한 성격 때문인지, 내야 할 돈을 안내면 저렇게 된다는 것을 직접 체험해서인지, 난 지금도 아무리 돈이 없어도 각종 고지서에 적힌 납부기한을 넘겨 돈을 내는 법이 없다. 아주 가끔 – 나이 쉰이 되도록 두세 번 정도 – 잊어먹고 날짜를 하루 이틀 정도 넘긴 것 외엔 거의 정확하게 내는 편이다. 하루 정도 잊어먹는 것도 자궁암 수술을 세 번 하고 나서 기억력이 많이 가물가물해지면서 일어난 현상이다. 아주 어릴 때부터 나는 절대 공과금을 미루는 일은 있을 수 없는 일이라고 생각하고 살아 왔다.

그렇게 어머니와 협상(?)한 후, 얼마간은 학교 안 다니는 자유로움을 즐기며 시간을 보낼 수 있었다. 그 당시는 공부가 재미없는 거라고 생각했었고, 아버지 일로 선생님과 친구들에게 창피한 꼴을 보여주었던 것이 학교를 가지 않음으로써 해결된 것만 같았다. 아버지로부터도 해방된 기분을 느꼈고, 부끄러운 모습을 보였던 친구들도 다시는 보지 않을 수 있었기에, 잠시 동안은 정말 세상을 다 가진 것처럼 편했다. 동네 아주머니들은 그런 나를 볼 때마다 어머니에게 "아이를 저렇게 두면 어떻게 해요? 학교는 보내야지."라고 걱정 어린 말투로 물어오곤 했다. 그럴 때면 어머니는 "지가 공부하기 싫어서 안 간다고 그러네요." 하실 뿐이었다.

초등학교 졸업도 하지 못하신 내 어머니는 교육에 대해 – 특히 딸아이의 교육에 대해 – 별로 중요하게 여기지 않으셨다. 우리나라 부모들은 본인들의 못 배운 한을, 자녀를 교육시킴으로써 풀기도 하고 땅을 팔아서라도 자식들을 공부시키는데, 내 부모님은 어쩌면 두 분 다 그토록 자식들 교육에 무지(無知)할 수가 있었을까? 어떻게 배움 하나 없이 자녀가 사회 속에서 제대로 살 수 있다고 생각했을까? 여기까지 생각이 미치면 나는 북받치는 서러움에 부모님을 한없이 원망하곤 했다.

'그때는 워낙 먹고 살기도 힘들었으니까……'

'아버지 때문에 어머니가 심리적으로 많이 불안하셔서 딸자식 공부까지 돌아볼 수 없었을 거야.'

원망의 끝에는 이렇게 어머니를 이해하려는 마음도 있었다.

하지만 어릴 때 어머니로부터 받은 상처보다 더 큰 상처를 나는 지금도 계속해서 받고 있다. 마흔여섯의 늦은 나이에 검정고시를 보겠다고 책을 파고드는 나를 어머니가 이해하지 못하신 것이다. 내가 공부를 시작하고부터 어머니는 마치 나를 원수 보듯 하셨다.

처음엔 내가 조금 하다 말겠지 생각을 하셨는지 지금처럼 노골적으로 표현하지 않으셨지만, 요즘에는 그 정도가 너무 심해 안부전화조차 하기 힘든 상황이 되어 버렸다. 어머니가 보시기에는 남편도 없는 딸이 자식하고 먹고 살아야 할 텐데, 하던 미용실도 문을 닫아 버리고 공부에 미쳐 저러고 다닌다 싶으신 모양이다.

"네가 지금 공부해서 뭐 할 거냐? 다 늙어서! 먹고 살 생각은 안 하고……"

어떻게 해야 어머니께 무지(無知)의 삶을 사는 동안 쌓인 내 한(恨)의 깊이를 알려드릴 수 있을까? 어찌 굶지 않고 사는 것만이 삶이겠는가? 길거리에 널려 있는 영어 간판과, 신문에 있는 쉬운 한자조차 읽지 못하는데……. 늘 이렇게 눈뜬장님처럼 주눅 들어 살아야 하는데……. 그 흔한 동창 한 명 없는데……. 아이들이 학교에서 가져오는 환경조사서의 부모 학력란에 무학(無學)이라고 차마 적을 수가 없어서 거짓으로 '중졸'이라고 적어 보내면서 마치 큰 죄를 지은 죄인이나 된 것처럼 얼마나 부끄러워야 하는데…….

성인이 된 후에도 나는 주위 사람들, 심지어 친한 친구들에게까지도 학벌을 속여 가며 무지함이 탄로 나지 않게 안간힘을 썼다. 그러나 행동 중에 무의식적으로 드러나는 배움의 깊이를 언제까지 감추고 살아갈 수는 없었다.

나는 40대 중반에 병원에서 큰 수술을 받기 전까지, 내 혈액형이 무슨 형인지도 모르고 살아왔다. 이 말을 누가 믿어줄까? 남들은 어릴 때 학교에서 신체검사를 해서 혈액형을 다들 알고 있다지만 학교도 다니지 못한 내가 혈액형을 알 리는 만무했다. 마흔이 넘도록 병원에서조차 한 번도 혈액 검사를 받아본 일이 없었다.

그러다 어느 날 우연히 정기 검진을 받으러 병원에 갔다가 뜻밖의 암 선고를 받았다. 하늘이 무너지는 것 같은 마음으로 서울 큰 병원을 찾아갔을 때, 그곳에서 처음으로 내 혈액형을 알게 되었다. 간호사가 "혈액형이 뭐예요?" 하고 물어 왔을 때에야 비로소 내가 혈액형조차 모르고 살아왔다는 사실을 깨달았다.

"모르는데요." 하고 겸연쩍은 미소를 지으며 얼버무렸더니, 간호사는 기가 막혔는지 고개를 갸우뚱했다. 그리고 며칠 뒤 혈액검사 결과가 나오자 그 간호사가 내게 다가와서 A형이라고 가르쳐 주었다.

그때부터 나는 다시는 잊어먹지 말아야지 생각하고 A를 사다리와 연관시키며 외웠다. 학교를 다니지 않으면 이렇게 어처구니없는 일도 생긴다.

미용실을 운영할 때 미용인들끼리 정기적으로 갖는 미용협회 모임이 있었다. 무식한 사람이 목소리 크고 용감하다고 했던가? 활발하고 적극적인 나는 곧잘 그곳에서 바른말을 잘했고, 미용회장 선거가 있을 때면 종종 사람들로부터 미용협회 상무이사직을 맡아 달라는 제안을 받기도 했다.

솔직히 성격상 하고 싶은 마음이 굴뚝같았지만 이내 무학이라는 무거운 꼬리표가 나를 주저앉게 했다. 무얼 알아야 상무를 하지. 한자를 읽을 줄 아나, 간단한 영어 단어 하나 읽을 줄 아나……. 이력서에 적어 넣을 것 또한 아무것도 없었다. 그 당시 나의 이력은 무학(無學)이라는 것과, 직장생활(섬유공장)을 하기 싫어 - 특히 야간에 일하는 것이 싫어 - 도피책으로 스무 살에 결혼한 것뿐이었다. 나의 이런 약점들을 모르는 미용협회 사람들은 내가 무엇 때문에 그렇게 강력하게 그들의 제안을 거부했는지 의아해했을 것이다.

어디 배우지 못해 겪은 서러움이 이것뿐이겠는가? 이런 자식의 마음은 전혀 몰라주고, 돈을 벌지 못하면 당장 숨이 끊어지기라도 하는 것처럼 생업만을 중시하는 어머니는 끝내 나를 이해하지 못하셨고, 나는 그런 어머니에게 지쳐 버리고 말았다.

열세 살 사회인, 스물한 살 엄마

얼마간 집에서 빈둥거린 나는 돈을 벌어야 했다. 외삼촌 집으로 이사를 갔지만 그것도 잠시, 아버지로부터 완전히 벗어났다고 생각될 때쯤 우리 가족은 다시 단칸방에 세를 얻어 이사를 나왔고, 어머니 혼자만의 힘으로는 생계를 이어나갈 수 없었기 때문이다.

내 나이 13살…….

어느 직장도 나를 받아 주는 곳이 없었다. 언니가 다니던 방직공장에 취직을 하기 위해 나는 이웃에 사는 18살 언니의 호적 등본을 떼어 나이를 속이고 위장 취업을 했다. 그때만 해도 사회적으로 그런 부분에 어두웠나 보다. 요즘 같으면 절대 통하지 않을 그런 일들이 그 당시엔 통했었다. 다행히 내가 또래 아이들보다 키가 컸기 때문에 사람들을 속일 수 있었다. 알고 넘어간 건지, 모르고 넘어간 건지 면접에서 아무런 문제없이 통과되었다. 그렇게 나는 방직 공장에 무사히 취직을 할 수 있었다. 13살의 나이로, 18살짜리 호적등본을 빌려 가지고…….

우리 집에서 공장이 버스로 두 시간이나 되는 먼 거리였기에, 언니와 나는 처음으로 어머니 곁을 떠나 기숙사 생활을 했다. 내 기억으로 첫 월급은 2만 원이 조금 넘었던 것 같다. 어린 나이 치고는 상당한 액수였다. 그 돈으로 어머니께서 남동생을 공부시키며 생활했을 정도니까……

가장 힘들었던 것은 야간 근무였다. 12시간씩 2교대로 근무를 했는데, 밤 8시에 들어가면 그 다음날 아침 8시까지 계속 서서 일을 했다. 13살의 어린 나이로 견뎌내기에는 무척 힘든 노동이었다. 기계는 잠시만 한눈을 팔아도 멈춰버리곤 했다.

밤 12시쯤이면 간식으로 빵과 우유, 또는 라면이 나왔다. 그나마 힘든 공장 생활을 이겨냈던 것은 먹는 것만큼은 집에서 먹는 것보다 풍족하게 먹을 수 있었기 때문이었던 것 같다.

기숙사 내에서는 밤이 제일 무서웠다. 사방이 산으로 둘러싸인 탓인지 뱀이 정말 많았다. 이상하게 뱀들은 사람을 피하지도 않았다. 불을 끄고 자다보면 창문으로 뱀이 기어올라 달빛을 가린 채 그림자를 드리우고 있기도 했고, 단체 샤워장에 뱀이 들어오기도 했다. 그럴 때면 소스라쳐 놀라 거의 초음파에 가까운 비명을 지르곤 했다.

현장 일이 끝나고 밤에 기숙사로 올 때 뱀을 잘 피해 들어오는 것도 관건이었다. 땅이 지금처럼 포장된 길이 아니고 흙길이었기에, 길옆 양쪽으로 풀이 우거져 있어서 깜깜한 밤에는 자칫 뱀을 밟을 수도 있었다. 야간 근무는 아침에 끝나기 때문에 뱀을 피해갈 수 있었지만, 밤에 끝나는 주간 근무 때는 기숙사까지 오는 길이 너무 무서워서 단체로 작은 전조등 불을 비춰들고 움직였다.

나는 지금도 뱀만 보면, 어린 시절 공장에서의 생활이 생각나서 남들보다 몇 배는 더 몸서리를 치곤 한다. 밤에 잠도 못 자고 꼬박 열두 시간을 일해야 한다는 것과, 보기만 해도 징그러운 뱀들이 사방에 진을 치고 있는 그곳이, 그 어린 나이에는 너무너무 싫었다.

나는 자꾸만 작은 딸아이가 잠들어 있는 모습을 보노라면 어릴 적 나와 비교하곤 한다.

'내가 이 아이만 할 때 학교를 그만뒀겠구나. 이 나이 때 방직 공장을 다녔겠구나.' 등등.

작은딸은 요즘 사춘기를 겪고 있다. 엄마와 대화하기보다 친구들과 문자하는 데 더 많은 시간을 보낸다. 어릴 적부터 늘 한 침대에서 같이 잤는데, 한번은 밤늦게 친구들과 문자를 한다고 야단을 좀 쳤더니 "엄마하고 같이 안자!" 하며 토라져 작은방에 가서 자더니 그 후부터 계속 따로 자고 있다.

언제까지나 곁에 두고 같이 자며 남편 없는 허전함을 달랠 수 있을 줄 알았는데 때가 되니까 저렇게 알아서 각방 쓰기를 원하는 걸 보니 복잡한 마음이 든다. 서운한 마음과 함께 세월이 참 빠르다는 생각이 들기도 하고, 한편으론 이젠 정말 다 컸구나 하는 생각에 기특하기도 하다.

사춘기인 요즘은 무엇을 물어봐도 단답형으로 대답한다. 화를 잘 내기도 하고 혹시 못 알아들어서 '뭐라고?' 하고 되묻기라도 하면 신경질이 극에 다다르기도 한다. 그래도 밉지가 않다. 이혼으로 인해 아빠와 헤어지게 한 장본인인 이 엄마 옆에서 착하게 있어주는 것만으로도 나는 딸아이가 고맙다.

나는 사춘기도 모르고 지났던 것 같다. 어릴 때부터 공장 기숙사에서 생활했기 때문에 응석을 부릴 대상도 없었고, 방법도 몰랐다. 야간 근무를 하느라 잠을 제대로 자지 못해서인지, 학교에 다닐 때에는 또래보다 키가 큰 편이어서 맨 뒷자리에 앉았었는데, 공장에 다닌 이후로는 키도 전혀 자라지 않았다.

일주일에 한 번 집에 올 때면 어머니는 어린 내가 딱해 보였던지 밥상은 늘 내가 좋아하는 것들로 차려놓고 기다려 주시곤 했다. 토요일에 집에 와서 하룻밤을 자고, 일요일 저녁 때 다시 공장 기숙사로 향하고……. 내 사춘기 시절은 이런 생활의 반복이었다.

그나마 작은딸아이를 보면서 옛날을 회상할 수 있는 지금은 심리적으로 여유가 있는 편이다. 큰딸을 키울 때에는 나를 돌아볼 여유도 없었다. 경제적으로, 심리적으로 모든 것이 막막한 상태였고, 또한 철없는 엄마이자 무식한 엄마였기에…….

스물한 살이라는 어린 나이에 엄마가 된 나는 지금까지 큰딸에게 엄마 노릇을 제대로 한 적이 없다. 그래서인지 유난히 큰딸에게는 미안한 마음뿐이다. 고맙게도 큰딸은 예쁘고 반듯하게 잘 자라주었고, 그런 큰딸이 지금은 친구 같고, 자랑스럽기도 하고, 기댈 수 있는 언덕 같은 존재가 되어 주었다.

다른 집 아이들은 몇 군데씩이나 보내는 학원을 단 한 군데조차 보내지 않았지만 알아서 공부도 잘해 주었고, 워낙 착해서 클 때까지 속 한 번 안 썩히더니, 대학도 한국외국어대학교 한국어교육과에 수석으로 당당히 합격해 주었다.

지금은 좋은 사람과 결혼해서 잘 살고 있는 나의 큰딸! 결혼으로 인해 보상을 받은 것이 있다면, 그나마 내겐 두 딸이 있는 것이라고 할 수 있겠다. 엄마인 나는 큰딸 생일도 한 번 제대로 못 챙겨줬었는데 딸은 매번 '무슨 날' 하면 꼭 챙겨준다.

[고 여사! 크리스마스이브인데 뭐 필요한 거 있으면 부담 갖지 말고 말해 봐봐~]

며칠 전 큰딸로부터 받은 문자이다. 이 문자를 보고 얼마나 웃었는지……. 내게는 늘 친구 같은 큰딸이 든든하다.

큰딸이 대학교 1학년 때 그 당시 2학년이었던 우리 사위가 큰딸을 '찜'해, 졸업하자 바로 데려가 버렸다. 딸아이의 남자친구와 처음 대면하는 날, 기차로 서울로 올라가고 있을 때 큰딸에게서 문자가 왔다.

[엄마 도착하면 저녁 뭐 먹을까? 식당 미리 알아두게.]

보통 자식들에게 이런 문자가 오면 다른 부모들은 어떻게 답장을 해줄까? 아마 자식들을 배려한다고 그냥 집에서 먹자고 하지 않을까?

내 경우는 [통닭, 멍게, 생크림케이크, 빵, 싱싱한 회, 소주, 족발에 또, 그 뭐더라~ 생각 좀 신중하게 더 해보고 다시 문자할게. 일단 여기까지 준비해 놔~]라고 보냈다. 이렇게 문자를 보내는 나 스스로도 웃음이 나오는데, 딸과 사위는 또 얼마나 웃었을까? 그날 큰딸을 만났을 때에는 멍게와 케이크 그리고 소주가 준비되어 있었다.

나는 내 딸들에게 밝은 모습을 보여주려고 항상 장난기 있게 대하곤 한다. '애비 없는 자식들은 저모양이야.' 하는 편견 속에 갇히거나, 성격이 어두워지지 않게 하려고 무던히 노력하고 있는 것이다. 어린 나이에 공장 생활하기 싫어 가까이 다가오는 전남편을 뿌리치지 못해 서둘러 결혼을 한 게 내 인생의 가장 큰 오점으로 낙인찍혀 있지만, 그래도 내겐 예쁜 딸들이 있으니 그리 손해 본 것만도 아닌 것 같다.

마흔여섯, 검정고시에 도전하다

　내가 공부를 시작하게 된 것은 큰딸의 도움이 있었기에 가능했다. 사범대를 졸업한 큰딸이 교사로 일하게 되면서 "엄마, 내가 학생들 가르치는 사람인데, 선생님 엄마가 공부를 좀 해야지." 하고 말을 꺼냈다. 말은 그렇게 했지만 사실은 내가 학업에 대한 콤플렉스를 가지고 있는 것이 늘 안타까웠단다. 큰딸은 종종 "우리 엄마가 제대로 공부했으면 지금쯤 아마 대통령이 되고도 남았을 거야." 하며 아쉬워했었다.

　이전에도 딸아이가 지금이라도 검정고시에 도전해 보는 게 어떻겠냐고 몇 번 말을 꺼냈지만, 나는 그럴 때마다 "내가 이 나이에 공부는 무슨……." 하며 흘려듣곤 했다.

　그러던 어느 날 딸이 모처럼 집에 내려와서는 두꺼운 책을 두 권 내밀었다. 초등학교 4학년에서 6학년 과정이 한 권에 정리된 《중입 검정고시》 책과, 중학교 과정이 수록된 《고입 검정고시》 책이었다.

　"엄마, 이거 정말 별거 아니야. 쉬우니까 한 번 해봐."

순간 덜컥 하는 느낌과 함께 정말 할 수 있을까 하는 호기심이 들었다. 조심스레 책뚜껑을 열어본 나는 일목요연하고 깔끔하게 정리되어 있는 내용을 보고 깜짝 놀랐다.

'요즘 검정고시 교재가 이렇게 잘 나오는구나.'

정말로 별로 어렵게 느껴지지 않았다. 인생살이 밥그릇 숫자만큼이나 경험이 많아서인지, 초등학교 책은 조금만 보면 알 수 있을 것 같았다.

"별거 아니네."

나의 첫 마디였다.

"거봐, 별거 아닌데 엄마가 시작을 안했을 뿐이야."

그 말이 맞았다. 공부는 워낙 기초가 되어 있지도 않고 해본 적도 없었기에 당연히 나는 못할 것만 같았다. 그리고 나와는 별계(別界)의 것이라고 막연하게 동경만 하고 살아왔던 것이다.

딸이 책을 사왔는데도 한동안은 공부를 선뜻 시작할 수가 없었다. 책 한 장 넘기는 것이 뭐가 그다지도 두려웠으며 또 왜 그렇게 떨리기까지 했는지, 이 느낌은 내가 아닌 다른 사람들은 아무도 이해하지 못할 것이다. 탁자 한구석에 그대로 두고 바라만 봤다. 그것도 자그마치 두 달 씩이나. 해야지, 해야지 하면서도 그렇게 뜸만 들였던 것이다.

이래선 안 되겠다 하는 마음에 뭔가 새로운 결심을 하기 위해 여행을 다녀오기로 마음먹었다. 공부를 시작하기 전에 마음을 다잡고 내 자신에게 용기도 부여할 겸, 새로운 시작을 하기 전에 내게 특별 선물을 주기로 한 것이다. 기차역에서 열차를 기다리는 동안 각오와 결심을 다지며 기록했던 것이 있다.

기차를 기다리다 우연히, 아주 오래전에 회사에서 같이 근무했던 분을 만났다.

길을 가다 흔히 볼 수 있는 평범한 아주머니의 모습을 한 그분은 20년 정도 세월이 흘렀지만 크게 변한 게 없어 보인다. 변한 것이 있다면 어느새 중년의 나이를 훌쩍 뛰어넘은 세월의 흔적뿐이다.

20년의 시간만큼 변해 있는 그분을 보며 문득 앞으로 20년 후의 내 모습을 상상해 본다. 지금의 찌든 삶 이대로 안주(安住)해 버린다면, 이 모습 그대로 늙어 버리겠지.

그러긴 싫다.

이대로 나이만 늘려갈 수는 없다.

20년 전 미용 기술을 배우면서 공장 생활을 청산했듯이, 앞으로 다가올 나의 노년 또한 지금과는 달라진 나로 바꿔나가야 한다.

지금부터라도 오랫동안 간직해온 내 꿈을 펼치고 싶다.

늦었다고 생각할 때, 늦었다는 생각을 할 수 있는 지금부터라도 새 출발을 하고 싶다.

어떠한 어려움과 유혹이 나를 붙잡고 시험에 빠지게 할지라도 지금까지 가난에 찌들어 살아온 내 자신에게 성공한 모습으로 보답을 해 보이리라.

반드시 꿈을 이루는 그날까지, 절대 포기하지 않으리라.

꿈을 이루는 그날까지 고정숙 파이팅!

2006년 1월 15일 오후 3시 43분 열차 안에서……

　그렇게 마음도 새롭게 다질 겸, 모처럼 친구도 만날 겸 울산으로 향했다. 친구와 같이 바닷가에서 싱싱한 회를 안주로 소주잔을 기울이며, 나는 친구에게 앞으로 공부할 것이라는 이야기를 꺼냈다. 이렇게 내 계획을 주위에 말해 두어야 내가 말한 것에 책임을 지게 되고 약속을 지켜나갈 수 있을 것 같았기 때문이다. 힘이 들어 멈추고 싶을 때 지금의 이 약속이 나를 채찍질해 주리라 생각했다.

　나는 정말로 내게 채찍질하듯이 주위 사람들에게 반복해서 내 계획을 알려주곤 했다. 아마도 그런 말들을 계속해서 들어야 했던 주위 친구들은 조금은 피곤했을 것이다. 말처럼 꼭 실천하기를 바란다는 친구도 있었지만, 핀잔을 주는 친구도 있었다. 이루고 나서 큰소리치라고.

　공부를 시작하기로 한 첫날, 《중입 검정고시》 책을 펴들었다. 두 달 동안 한 구석에 팽개쳐 둔 책을 드디어 꺼낸 것이다. 여행을 다녀오고 나서도 바로 설 연휴가 있어 미용실이 분주했기 때문에 한참 동안 시작을 하지 못했다. 본격적으로 책을 펴고 공부를 시작한 것은 설을 보내고 2월이 다 지나갈 무렵이었다. 검정고시가 5월에 있으니까 약 두 달 정도 시간이 있었다. 가게에 출근을 하면 청소부터 해놓고 카운터를 아예 책상으로 쓰기 위해 잡다한 물건들을 치워버렸다.

　책을 보면서 무작정 〈교육방송(EBS)〉 강의를 들었다. 교육방송을 처음 접한 나는 그 프로그램의 양과 질에 감동하여 금세 교육방송

예찬론자가 되어 버렸다. 교육방송의 장점은 무한했다. 우선 방송을 듣는 도중 필기를 하거나 이해가 되지 않을 때 필요한 만큼 반복해서 들을 수 있다는 점과, 내가 원하는 시각에 언제든 들을 수 있는 점이 좋았다. 가장 마음에 드는 것은 이렇게 좋은 프로그램을 이용하는 데 비용이 전혀 들지 않는다는 것이었다. 나는 이렇게 좋은 프로그램을 무료로 제공해 준다는 것을 처음 알았고, 왜 이 양질의 방대한 프로그램들을 우리나라 학부모들과 학생들은 제대로 활용하지 않고 비싼 사교육을 시킬까 하는 의구심마저 들었다.

교육방송 홈페이지에는 과목별로 다양한 프로그램들이 수없이 많이 마련되어 있었다. 세 개의 검정고시를 치르기까지 모든 프로그램을 다 볼 수 없을 정도의 분량이었다. 그래도 최대한 교육방송을 잘 활용하고 싶었기에 컴퓨터를 이용해서 강의를 듣기도 했고, 집안일을 하면서는 텔레비전을 아예 교육방송에 고정시켜 두기도 하면서 열심히 들었다. 밥을 하면서도 강의를 들었고, 청소를 하느라 제대로 듣지 못할 상황에서조차 계속 틀어두기도 했다.

교육방송을 통해 가장 도움을 많이 받은 과목은 영어였다. 초등학교 검정고시의 선택과목으로 영어를 골랐기에 영어가 가장 시급했다. 굳이 전혀 모르는 영어를 선택한 이유는, 어차피 영어는 피할 수 없는 과목이고 또 워낙 배경지식이 없었기에 한시라도 빨리 적응해야겠다고 생각해서였다.

원어민과 한국인 교사가 공동으로 진행하는 영어방송이었는데. 처음 강의를 들을 때에는 난생 처음 듣는 영어 수업이 도무지 이해가 되지 않아 같은 방송을 열 번 이상 듣기도 했다. 더구나 발음 기호조차 제대로 모르고 있었으니, 영어 철자는 내게 있어서 도저히 글자라고 인식되지도 않았다. 그러다가 이래가지고는 한 강의만 붙잡고 계속 헤맬 것 같아 다음부터는 두 번 정도만 듣고 이해가 되지 않아도 그냥 다음 강의로 넘어가기로 했다. 막상 그렇게 넘어가다 보니 신기하게도 그 '외계어' 같던 영어 수업이 서서히 이해되기 시작했다.

그리고 시간이 지날수록 영어를 고른 것이 탁월한 선택이라는 생각이 들 정도로 점점 영어가 무척 재미있어졌다. 그렇게도 이해가 안 되던 것들도 하나둘씩 알게 되기 시작했고, 그럴수록 영어 공부에 더욱 재미를 붙이게 되었다.

나의 경우, 창피한 일이지만 알파벳 대문자와 소문자도 구분하지 못했던 시절이 있었다. 하지만 교육방송을 적극적으로 활용한 덕분에 검정고시에서 영어는 그런대로 높은 점수를 받을 수 있었다. 영어에 문외한(門外漢)이었던 내가 두 달 만에 치른 시험에서 좋은 점수를 받을 수 있었던 것은 모두 교육방송 덕분이다.

안타까운 것은 교육방송의 장점을 주위 수험생들에게 이야기해 주어도 제대로 활용하지 않는다는 점이다. 시간이 부족해서 교육방송을 못 듣는다는 것이 한결같은 이유였다. 시간으로 치자면 나만큼 부족했던 사람이 어디 있겠는가? 낮에는 미용실 손님 맞으랴, 저녁이면 야학교에서 수업 들으랴. 10시에 수업이 끝나고 집에 도착하면 보통 밤 11시였다.

차가 없는 관계로 야학에서 집까지 40분 거리를 매일 걸어 다녔다. 천 원이면 버스를 타고 올 수 있었지만, 나는 그때의 형편으로 단 돈 천원이라도 아껴야 했다. 학교 수업 때문에 가게 문을 오후 5

시 30분에 닫고부터는 매출이 형편없었기 때문이다. 저녁 무렵은 퇴근하고 오는 손님들이 많을 때여서 하루 중 가장 매출이 좋은 시간대였다. 매일 그 시간에 문을 닫았으니 손님이 떨어지는 것은 당연한 결과였다. 한 푼의 돈도 아껴서 살아야 했고, 그래서 아무리 피곤해도 걸어 다녔다.

집에 도착하면 샤워를 하고 교육방송을 들었다. 모든 것을 이해하면서 듣는 것은 절대 아니었다. 모르지만 그냥 컴퓨터 앞에 앉아서 습관적으로 매일 그렇게 영어 강의를 듣곤 했다. 이렇게라도 듣지 않으면 불안해서 잠이 오지 않을 정도였기 때문에 나는 영어에 많은 시간을 투자했다. 교육방송 강의 중에는 유료 강의도 있었지만, 나는 오직 무료 강의만 골라서 들었다.

그렇게 강의 하나를 듣고 나면 보통 자정이 넘었다. 방으로 들어와서도 바로 자지 않고 침대에서 작은 찻상을 펴놓고 그날 공부한 내용들을 복습했다. 그렇게 하고 나면 시간은 어느새 새벽 2시가 넘어 있었고, 그때서야 피곤함을 느끼며 잠에 빠져들곤 했다. 그렇게 잠이 들면 웬만큼 큰 소리도 못 들을 정도로 숙면(熟眠)을 취하곤 했다.

이렇게 공부에 빠질수록 나는 좋아하는 친구들과 만나는 횟수도 차츰 줄여나갔고, 공부 외에는 시간을 헛되이 보내지 않으려고 노력했다. 예전엔 일부러 무시하고 지나쳤던 영어 간판도 이제는 가던 길을 멈추어 서서 한참을 들여다보며 읊조리기까지 하는 용기가 생겨나기도 했다. 행인들이 그런 나를 이상하게 여겨 쳐다보기도 했지만, 그런 시선들이 공부에 빠져 있는 내 눈에 들어올 리가 없었다.

한 달 정도 공부를 하고 나니 시험에 왠지 모를 자신감이 생기기 시작했다. 5월에 '중입' 검정고시가 있고 그해 8월에 '고입' 검정고시가 있었다. 나는 아예 중입 검정고시를 보기 전에 고입 검정고시를 대비해 공부를 시작했다.

어차피 학년이 올라갈수록 같은 과목이 심화되는 것이니 고입 공부를 해도 중입 검정고시에 도움이 될 것 같았다. 그리고 8월에 있는 검정고시에서 중학교 과정까지 마치기로 큰딸과 약속했기 때문에, 가게 문을 닫고 집안일하고 나서 새벽 2시까지는 아무리 피곤하더라도 공부를 했다.

처음 큰딸이 내게 8월에 고입 검정고시까지 합격해야 한다는 말을 했을 때 나는 도저히 그렇게까지는 불가능할 거라고 했다. 하지만 딸은 나를 믿어주며 "엄마, 충분히 할 수 있어. 그까짓 거 아무것도 아니야."라고 격려해 주었다. 아무것도 아니라는 말에 나는 다소 용기를 얻을 수 있었고, 한 번 그 말을 믿어 보기로 했다.

그렇다. 사람은 이렇게 자기를 믿어주는 사람이 있으면 실망시키지 않기 위해 더욱더 노력하게 되는 것이다. 남들은 이미 다 알고 있는 그런 뻔한 사실조차 나는 모르고 살아왔다.

'남들 다 하는 거다. 하면 된다. 특별할 것 없다.'

나는 이런 글귀들을 적어놓고 공부하다가 지칠 때면 주문을 외듯이 읊곤 했다.

드디어 시험 당일 날. 검정고시 원서 제출 절차를 모르는 나를 대신해 큰딸이 서울교육청에 원서를 내 주었다. 무슨 과거 시험을 보러 한양에 가는 것 같은 기분이었다. 서울역에 마중 나온 큰딸과 만나 함께 시험장으로 향했다. 지금은 그 시험장이 무슨 학교였는지 어디쯤인지도 기억이 안 난다. 시골 사람인 내가 그 넓은 서울에서 딸의 손만 잡고 움직였으니 길을 모르는 건 당연한 일일 것이다. 난 처음 가본 곳은 길거리의 모습들 같은 것조차 기억하지 못할 정도로 심각한 길치다.

사람들은 내가 머리가 아주 좋아서 빠른 시간에 세 개의 검정고시를 통과한 거라고들 하지만 나는 절대 내 머리가 좋다고 생각한 적은 단 한 번도 없다. 기억력도 좋지 않고 순발력도 없는 편이다. 내겐 오직 끈기, 끈기만이 있었던 것 같다.

아무튼, 그날 나는 큰딸의 손을 잡고 시험장으로 향하면서 또 한번 크게 놀랐다. 지금껏 나만 초등학교를 안 나온 줄 알고 살았는데 나 말고도 수백 명의 응시자가 있었던 것이다. 시험장 근처에서부터 도로 수백 미터까지 양쪽 길가에 '시험 잘 보세요.' 하는 현수막들이 즐비하게 걸려있었다. 각 검정고시학원에서 나온 사람들인 것 같았다. 바닥에도 학원 간판과 응원 문구들로 가득했다. 그것도 모자라 양쪽으로 줄지어 서서 시험장으로 들어가는 우리에게 힘내라고 박수까지 보내 주었다.

이상하게 거기 모인 사람들 전부가 나만 쳐다보고 있는 것 같은 느낌이 들었다. 사람들의 응원행렬을 뚫고 지나가는 시간이 너무나도 길게 느껴졌고, 너무너무 창피했다. 그러나 초등학교를 못 나온 사람이 나 혼자만이 아니었다는 것에 위안을 삼으며 오로지 땅만 쳐다보고 그 긴 길을 걸어갔다.

교실에 들어가 보니 각각의 자리에 수험생 이름이 적혀 있었다.

교실 안, 내 이름이 적힌 자리까지 안내해 준 딸은 그래도 안심이 안 되었던지 "엄마, 떨지 말고 차분히 끝까지 잘해." 하며 격려까지 해주고 밖으로 나갔다. 밖으로 나가서까지 큰딸은 한참 동안 나를 보고 무언가 사인을 보내오곤 했다. 아마도 내가 긴장을 해보였던지, 신경이 자꾸 쓰였나 보다.

교실이 꽉 찼다. 지금껏 초등학교를 나오지 않은 사람은 한 번도 만난 적이 없었는데, 어디서 이렇게 많은 사람들이 왔을까? 외국인도 한 명 있었다. 감독관이 선택과목을 영어로 응시한 사람은 손을 들라고 했다.

'세상에!'

나하고 그 외국인, 딱 두 사람뿐이었다. 그 순간 후회가 밀려왔다.

'괜히 객기 부린다고 영어를 선택했나 보다. 그냥 남들 다하는 쉬운 과목으로 할 걸……'

하지만 이미 때는 늦었다. 주어진 대로 열심히 할 수밖에……. 다른 과목은 어렵지 않게 풀 수 있었는데 역시 영어가 많이 부족했다. 아무리 초등학교 졸업 검정고시라고는 하지만 알파벳 소문자와 대문자도 구분 못했던 내가 두 달 만에 영어 시험을 치른다는 것은 솔직히 무리였다.

난생 처음 가본 시험장이었기에 긴장도 많이 되었고, 영어 시험지를 받아들고 보니 더 심하게 긴장되면서 몸 전체가 떨리는 현상까지 나타났다. 손은 또 왜 그리 떨리던지, 마치 수전증(手顫症)에 걸린 사람처럼 심하게 떨려왔다. 시간이 흐른 지금 그 시험지를 보면 아무것도 아닌 아주 기초적인 영어인 것을, 그때는 왜 그렇게 어렵게만 느껴졌을까?

시험 시간이 끝나고, 시험지를 감독관이 모두 거두어 갔다. 그때 유독 한 사람이 시험지를 안 내고 있었다. 나이가 꽤 들어 보이는 할머니였다. 할머니는 본인이 공부한 것과 달리 너무 어렵다고 말씀하시며 끝내 눈물을 보이셨다. 사람들이 하나둘씩 교실을 빠져나간 다음에도 한참을 그 자리에 멍하니 앉아 눈물을 훔치시던 그 할머니가 지금까지 내 기억에서 사라지지 않고 있다. 누가 그날 그분의 심정을 헤아릴 수 있을까? 그 연세에 공부한다는 것만으로도 대단하고 존경스러운데 끝내 눈물을 보이시며 돌아서는 모습을 보니 너무도 딱했다.

시험이 끝나고 밖으로 나오자 어떻게 알았는지 여러 학원에서 벌써 정답지를 나눠주고 있었다. 세상 참 좋아졌다 싶었다. 아무리 정보화 시대라고는 하지만, 어떻게 시험 끝나고 나오자 바로 답안지를 볼 수 있는지 신기했다.

나는 영어를 망친 것만 같아 답안을 맞춰 볼 엄두도 내지 못했다. 딸아이에게 채점을 부탁하고는 그냥 힘이 쭉 빠져 침울한 상태로 큰딸과 헤어져 역으로 향했다. 작은딸을 집에 혼자 두고 간 관계로 집으로 빨리 와야 했기 때문이다. 축 처진 기분으로 기차를 타고 내려오고 있자니, 큰딸에게서 문자 메시지가 도착했다.

[고 여사 합격! 축하합니다!!]

다행히도 걱정했던 영어는 60점으로 겨우 평균 점수를 받았고, 전체 평균은 85점이었다. 합격이다! 내가 드디어 해낸 것이다. 큰딸의 문자를 보고서야 그날의 가라앉은 기분이 순식간에 사라지면서, 과연 내가 해낸 것이 맞나 싶을 정도로 가슴 벅차오르기 시작했다. 이제 나도 초등학교 졸업장이 생긴 것이다. 중년이 되도록 반평생을 살아오면서 그토록 가지고 싶었던 초등학교 졸업장!

남들은 그게 뭐가 그리 대단한 것이냐고 할지도 모른다. 하지만 나에게는 무엇과도 바꿀 수 없는 의미가 있는 것이었다. 나이 46살이 되도록, 그토록 갈구(渴求)하고 동경(憧憬)했던 초등학교 졸업장을 손에 잡게 된 그 기분을, 내가 아닌 다른 그 누가 알까? 그 누가 내 마음 깊은 곳에 자리 잡고 있던 한(恨)과 서러움을 이해할 수 있을까? 마치 지난날의 고되었던 삶을 한꺼번에 보상받은 느낌이었다.

그 후로 4년이 흐른 지금까지 나는 여러 번의 합격을 했다. 고입 검정고시, 대입 검정고시, 2년제 대학, 한자능력 5급부터 1급 그리고 한자 지도사까지……

하지만 다른 그 어떤 것도 그날의 그 기쁨을 대신할 수 없을 정도로 초등학교 졸업장은 내게 큰 의미가 있다. 그 이후로 아무것도 그날의 기쁨과 들뜬 기분을 대신할 만큼 나를 감동으로 이끌어간 것은 없었다. 심지어 〈김천 기네스〉에 최단기간 검정고시 합격자로 선정되어 시상식 자리에 섰을 때조차.

그렇게 큰 기쁨으로 첫 단추를 열게 된 초등학교 졸업은 가슴 벅찬 감동과 자신감을 불러일으켰고, 이젠 무엇이든지 다 해낼 수 있을 거라는 생각이 들었다. 이제부터는 중학교 과정이 남아있었다. 혼자 하려고 노력해 보았지만, 중학교 과정은 수학이 문제였다. 아무리 교육방송을 듣는다 해도 워낙 기초가 부족해서 이해가 안 되는 부분이 많았다. 그러다 우연히 길을 가던 중 검정고시 학생을 모집하는 전단지를 보게 되었다.

'늘푸른 검정고시 학교.'

나는 한 치의 망설임도 없이 전화로 문의를 한 뒤 바로 그 다음날로 입학을 했다. 저녁 7시부터 밤 10시까지 하루에 두 과목씩 가르쳐 주는 곳이었다. 그것도 무료라니, 이 얼마나 하늘이 내려 주신 소중한 기회인가? 다만 문제가 되는 것은 학교를 가려면 저녁 5시 30분 정도에 미용실문을 닫고 가야 한다는 것이었다. 그 시간은 가장 손님이 많은 시간대였다. 나는 조금의 망설임도 없이 하나를 얻기 위해 하나를 과감히 버리기로 했다. 똑같은 일상생활을 벗어나 새로운 세상으로 나아가기 위해서라면, 경제적인 손실을 감내(堪耐)해야 한다고 생각했기 때문이다. 오늘 당장 눈앞의 이익에 이끌려, 보다 큰 꿈을 포기할 수는 없는 것이었다.

돈은 있다가도 한순간에 물거품이 되기도 하는 것이지만 머리에 쌓아둔 지식은 가장 강력한 부동(不動)의 재산이 되는 것이지 않은가? 누군가 지식은 나이가 들어가면서 지혜가 되는 것이라고 했다. 꿈은 실패했을 때 끝나는 것이 아니라 포기했을 때 끝나는 것이라고도 했다. 꿈이라는 것은 절대 노력하는 사람을 먼저 버리지 않는다고 했다. 다만 인간이 먼저 포기함으로 해서 꿈을 버리게 되는 것이라고 했다. 그날부터 가게 문에 '영업시간 : 오후 5시 30분까지'라는 안내판을 붙여두고 영업을 했다.

그러나 세상사 참으로 말도 많고 흠잡기도 좋아하는 세상인가 보다. 더구나 내가 사는 곳은 작은 도시라 이웃들도 서로 다 아는 사이이고, 그 사이에서 소문도 금세 만들어지곤 한다. 매일 저녁 가게 문을 닫고 외출하는 나를 두고 동네 사람들은 저마다 검증되지 않은 소문들로 나를 힘들게 했다.

사람들이 만들어낸 소문은 내가 '춤바람'이 났다는 것이었다. 웃지 못 할 일이었다. 미용실을 하다 보니 늘 헤어스타일과 화장에 신경을 써야 했고, 그 모습이 사람들에겐 평범한 주부로 보이지 않았나 보다. 게다가 남편 없이 혼자 살고 있으니 오해는 더욱 커졌다.

처음에는 억울하기도 하고 상처도 받았지만, 이내 그 사람들을 이해할 수 있었다. 사람들에게 내가 무엇을 하고 다니는지는 설명을 안 해 줬으니 저녁마다 외출하는 게 당연히 이상하게 보였겠지. 충분히 사람들이 그렇게 추측할 수도 있는 상황이라는 생각이 들자, 그 이후로는 아무리 이상한 소문이 들려와도 화가 나지 않았다. 그리고 앞으로는 그런 사소한 이야기들을 귀담아 듣지 않고 흘려버리기로 했다.

그때까지 나는 창피해서 일부러 사람들에게 공부한다는 사실을 숨기고 다녔다. 중학교 검정고시까지 합격하고 나서야 가까운 사람들 몇 명에게 겨우 이야기해 줄 수 있었을 뿐이었다.

춤바람이 나서 장사도 하지 않고 저녁마다 저러고 다닌다고 수군거리는 소문이 돌자 차츰 손님도 끊겨갔다. 하지만 어쩌겠는가? 그 정도는 이미 각오하고 시작한 것을. 겨우 이런 일을 가지고 낙심한다면 앞으로 보다 더 큰 일이 닥쳤을 때 어떻게 헤쳐 나가겠는가?

好 事 不 出 門 이요, 惡 事 走 千 里 라

호 사 불 출 문 이요, 악 사 주 천 리 라

좋은 일은 세상에 알려지지 않은 채 그대로 사라져 버리기 쉬우나,

나쁜 일은 세상을 떠난 후에도 오랫동안 남아 있게 된다.

한동안 무수한 억측(臆測)과 소문들이 많이도 돌아다녔지만, 시간
이 지나자 서서히 사람들에게 내가 그동안 공부를 하고 있었다는 것
이 저절로 알려지게 되었다. 지역 일간지에 내 기사가 소개된 것이
다. 5월 중입 검정고시 합격 후 8월 고입 검정고시를 75일 만에 합
격한 것이 화제가 되어 몇몇 신문사와 인터뷰를 할 기회가 생겼다.
그렇게 되자 자연스럽게 동네사람들의 억측들도 사라지게 되었다.

처음 중입 검정고시를 시작으로 다음해 4월 대입 검정고시에 합격
하기까지 총 10개월 25일 만에, 46년간을 마음속에 한으로 간직했던
초중고 학업을 모두 마칠 수 있었다.

대입 검정고시를 마치고 대학 원서를 내기까지 갑자기 많은 시간
이 주어졌다. 바쁘게 움직이던 내 생활이 멈추어 버린 것처럼, 한동
안은 이제 무엇을 해야 할지조차 모를 정도로 멍했다. 저녁마다 가방
을 둘러메고 바쁘게 살아오다가, 어느 날 갑자기 모든 것이 끝나 버
린 것 같기도 했다. 그제야 한동안 편안하고 한가로운 시간을 보낼
수 있었다.

세상에 알려지다

2007년 9월 11일, 내 기사가 〈매일신문〉 '사람과 세상' 면에 실렸다. 몇 번을 보고 또 보지 않을 수가 없었다. 눈물도 나고, 내 스스로 자랑스럽기도 하고, 이것을 계기로 세상 밖으로 나가기 위한 첫걸음을 뗀 것이라는 생각도 들었다. 그날 〈CBS 라디오〉 방송국으로부터 전화가 걸려왔다. 내일 오전 9시에 생방송 인터뷰를 하자는 것이었다. 가슴이 마구 뛰기 시작했다. 예상하지 못했던 일이었다. 〈김천신문〉과 인터넷에 몇 번 소개가 된 적은 있었지만 인터뷰 요청을 해 온 곳은 없었기 때문이다.

시련은 성장과 발전의 기회다.

눈물은 고통이 아닌 치료제이다.

편안함이 끝나고 궁핍이 시작될 때 비로소 인생의 가르침도 시작된다.

내가 늘 몇 번씩 반복해 보는 구절이다. 나도 언젠가는 지금의 이 시련을 이겨내어 남들에게 이 구절을 들려주는 그런 날이 오겠지.

또 다른 방송국으로부터 전화가 왔다. 〈대구 교통방송〉, 오전 10시 30분에 인터뷰 요청이 들어온 것이다. 오전에만 두 곳의 방송국과 인터뷰가 약속되었다. 다행히 시간은 겹치지 않았지만, 갑작스러운 매스컴의 관심에 어리둥절할 수밖에 없었다. 〈CBS〉에서는 원고를 준비하라는 말이 없었는데, 〈교통방송〉에서는 질문지를 이메일로 보내왔다. 밤늦게까지 질문지의 답변을 준비했다. 그리고 혹시 당황해서 실수할까봐 질문지 순서를 빨간 볼펜으로 눈에 잘 띄게 메모도 해 두었다.

〈CBS〉와의 인터뷰.

정확한 시각에 전화벨이 울렸다. 리허설을 할 줄 알았는데 바로 방송이 시작되어 적잖이 당황했다. 맑은 목소리로 진행자 누구라고 소개를 했지만 긴장을 해서인지 제대로 알아듣지 못했다. 그러나 워낙 언변(言辯)이 좋은 진행자이다 보니 편하게 대화를 이끌어갔고, 나도 곧 긴장을 풀 수 있었다. 마치 바로 적응이 된 것처럼 평소 마음먹은 이야기들을 소신껏 이야기했다.

"낮에는 미용실을 하신다고 들었는데 공부까지 하시느라 바쁘시겠네요. 잠은 몇 시간이나 주무세요?"

그 당시 나는 새벽 2시까지 공부를 하고 아침에 작은딸을 학교에 보내기 위해 6시 30분이면 일어나야 했다. 아이를 등교시키고 청소와 빨래를 마친 후 9시쯤 가게 문을 열었다. 가게와 집이 한 건물이어서 그나마 이동시간이 없다는 게 다행이라면 다행이었지만, 가게에 출근해서도 청소가 기다리고 있었고, 손님을 맞기 위해서는 준비 시간이 보통 1시간 정도 소요되었다. 더구나 청소하는 사이에 손님이라도 오게 되면 일이 더 지체되었다.

손님이 가고 나면 바로 카운터에 마련된 책상에 앉아 공부를 했다. 그전에는 몇 시간 동안 손님이 오지 않으면 마음이 조급해지곤 했는데 공부를 시작하고는 오히려 손님이 없는 시간이 편안하게 느껴졌다.

인터뷰가 끝나갈 무렵 진행자가 나중에 책을 내볼 의향이 없냐고 물어왔다. 난 당연히 책을 낼 거라고 대답했다. 첫 인터뷰는 어떻게 지나갔는지 모르게 그렇게 끝이 났다.

라디오에는 어느새 음악이 나가고 있었다. 곧바로 PD가 전화를 받았다. 오늘 수고하셨다며, 계좌번호를 물어왔다. 전혀 생각지도 않았는데 출연료를 준다는 것이다. 그로부터 한 달 뒤, 내 통장에는 방송국으로부터 3만 원이 입금되었다. 지금까지 살아오면서 노동을 하지 않고 받아본 돈은 그때가 처음이었다. 인터뷰가 끝나고 전화기를 내려놓자마자 바로 벨이 울렸다. 대구에 사는 남동생으로부터 온 전화였다.

"누부야, 참 잘했다. 말도 또박또박 잘했고, 누부야가 자랑스럽다."

아, 정말 방송이 나간 거구나. 내가 처음으로 공중파를 탄 것이다. 나는 안 떨었다고 생각했지만 인터뷰가 끝나고 난 후에야 진행자가 개그우먼 장미화 씨였다는 것을 안 걸 보면 많이 긴장하긴 했었나 보다. 방송이란 게 이런 것이구나 하는 생각을 하면서 다음 방송을 준비했다. 잠시 후에 있을 〈교통방송〉과의 인터뷰는 더 잘해야지 하는 마음에 어젯밤 늦게까지 준비해둔 답안지 원고를 꺼내서 혼자 중얼거리며 읽었다.

아직 방송 시간이 남아있었지만, 마음이 졸여서 일이 손에 잡히지도 않았다. 가게 문도 열지 않았다. 생방송이다 보니 혹시 인터뷰 중간에 손님이 올까봐 가게엔 아예 내려가지 않고 거실을 왔다 갔다 하며 안절부절못하고 다녔다.

웬일인지 처음보다 더 긴장되었다. 〈CBS〉와의 인터뷰는 아무 준비도 요구하지 않았고, 워낙 능숙한 장미화 씨가 이야기를 재치 있게 이어나가서 금방 긴장이 풀렸지만 〈교통방송〉과는 원고가 미리 준비되어 있어서 더 신경이 쓰였다.

그때 전화벨이 울렸다. 전화를 받으니 수화기 저쪽으로 음악 소리와 함께 진행자가 내 소개를 하는 소리가 들렸다.

"이번엔 최단기로 검정고시 세 개를 졸업한 대단한 학구파 한 분을 소개하겠습니다."

그리고 바로 내게 질문이 이어졌다. 질문지를 보면서 대답하려니까 왠지 말도 더듬게 되고 준비한 것과 순서가 바뀔까봐 더 걱정이 되었다.

그런데 당황스럽게도 사회자가 질문지의 순서대로 질문을 하지 않는 것이었다. 짧은 순간 상황 판단이 되면서 어제 밤늦게까지 준비한 원고를 치워버렸다. 평소 소신 있게 정리한 나의 생각들을 그대로 말하기로 마음먹은 것이었다. 그렇게 하니까 오히려 긴장도 덜되고 이야기하듯이 내가 생각했던 것들을 진솔하게 털어 놓을 수 있었다.

"사람들에겐 누구나 24시간이 공평하게 주어져 있습니다. 그 시간만큼은 빈부의 차이도 없으며 누가 덜 가지고 더 가지는 부당함도 없습니다. 목표를 세우고 매시간 최선을 다하면 반드시 꿈은 이루어진다고 생각합니다."

그렇게 인터뷰가 끝나고 뒤이어 PD의 목소리가 들려왔다.

"오늘 인터뷰 참 잘 하셨어요. 내용도 훌륭했고 대단하신 분 같아요."

나도 기분이 좋았다. 잠깐의 떨림은 있었지만 바로 평정을 되찾고 끝까지 차분하게 대처했다는 생각에 스스로도 뿌듯했다. '내게도 이런 잠재력이 있었던가?' 하는 생각과 함께 앞으로 어떠한 상황이 주어져도 헤쳐 나갈 수 있을 거란 용기도 생겨났다. 한 가지 아쉬운 점은 전날 새벽 2시까지 열심히 준비한 질문지 답변을 3분의 1도 다 말하지 못한 것이었다.

그래! 이렇게 세상 밖으로 나가보는 거다. 시간이 얼마나 걸릴지는 모르지만, 목표를 향해 포기하지 않고 앞으로 밀고 나가다 보면 언젠가는 내가 원했던 그 자리에 서서 현재의 고통을 추억 삼아 이야기하는 날이 오게 되리라!

대구 〈매일신문〉과 김천의 각종 일간지 그리고 인터넷신문, 라디오 생방송 인터뷰, 이 모든 일이 공부를 시작하고 1년 만에 내게 일어난 일이었다.

무식하지 않은 사람으로 살기

남에게 나의 '무식'을 최대한 숨기기 위해 나는 책을 참 많이 읽었다. 그나마 한글을 읽을 수 있을 때까지는 학교를 다닌 것이 다행이라면 다행이었다. 어릴 적에는 시간이 주어질 때마다 각종 소설을 빌려다 읽곤 했다. 내가 짧은 시간에 세 개의 검정고시를 통과할 수 있었던 것은 아마도 오랫동안 책방을 들락거리며 다독(多讀)을 한 덕택인지도 모르겠다.

나는 지금도 시립도서관을 이용해 보통 일주일에 한두 권 정도는 꼭 빌려 읽는다. 그러나 이제는 소설이 아닌 성공한 사람들의 얘기라든가, 성현(공자)들의 말씀이 기록된 고서적(古書籍) 종류를 주로 보는 편이다. 이제는 책을 읽는 것이 습관이 되어서인지 읽을 책이 없으면 집에 쌀이 떨어진 것처럼 불안할 정도이다. 한번은 지인들과 등산을 가게 되었는데, 그때도 오갈 때 차 안에서 책을 읽었다. 처음엔 사람들이 수군거렸다. 보통 등산을 마치고 올 때면 사람들과 함께 이야기를 나누고 즐기는 분위기인데, 나는 책을 보고 있었으니 얼마나 이상해 보였겠는가? 어떤 분은 나에게 "책 내용이 머리에 들어옵니까?" 하고 신기한 듯이 물어오기도 했다.

난 그랬다. 아무리 주위가 산만해도 내가 오늘 봐야 할 책이 있다면 오로지 거기에 몰입하는 것이 가능했다. 미용실에 손님이 오면 같이 대화도 나누고 손님을 지루하지 않게 해 줘야 하는데, 나는 파마를 감아놓고 나서 손님에게 텔레비전을 보게 하고, 차를 대접한 후 카운터에 마련된 내 책상으로 돌아와 앉아서 공부를 하곤 했다. 손님들이 말을 걸어오면 대답을 해주면서도 집중력이 흐트러지지 않았다. 그럴 때면 손님들은 "지금 공부가 되세요?" 하고 물어오곤 했다. 나는 바로 "예." 하고 단답형으로 대답한 후 다시 책 속으로 빠져들었다. 손님 입장에서는 많이 서운했을 것이지만, 그만큼 나는 목표로 정한 공부 양을 채우기 위해서라면 다른 데에는 아무것도 신경을 쓰지 않았다.

검정고시 공부를 할 때 야학에서 일어난 에피소드가 하나 있다. 영어 시간에 선생님께서 대문자로 'A'를 써보라고 하셨다. 그때 쉰이 조금 넘은 언니 한 분이 노트 한 면을 다 차지할 정도로 커다랗게 'A'를 썼다. 그렇게 크게 써야만 대문자인 줄 알았단다. 대문자와 소문자의 차이를 배우지 않으면 그렇다. 세상에 그럴 수가 있을까 할 정도로 무지(無知)란 이런 것이다.

공부를 하게 되면서 비로소 학교교육을 받은 사람과 그렇지 못한 사람의 차이를 실감하게 되었다. 나만 해도 배우지 못했을 때에 비해 많은 것이 달라졌다. 말투와 행동, 사고방식과 가치관까지……. 좀 더 빨리 공부에 눈을 못 뜬 것이 너무도 안타깝다. 괜히 나이만 먹으며 뜻 없이 세월을 보낸 것이 내 자신에게 미안할 정도다.

나는 왜 공부를 이미 놓쳐버린 것쯤으로 여기고 포기한 채 살아왔던 것일까……

그 당시 웬만큼 큰 공장에는 자체적으로 운영하는 야학 과정이 있었다. 그곳에서 학업을 계속하고 싶은 마음도 있었지만 중학교 과정부터가 거의 대부분이었다. 사람들에게 초등학교 졸업도 못했다는 소리를 하는 것은 죽기만큼 싫었고, 그것이 밝혀질까봐 늘 불안해했다. 항상 학력 이야기만 나오면 내가 무슨 큰 죄나 지은 사람처럼 위축되었고, 그러다보니 자연히 활달하지 못하고 늘 기가 죽은 채 지냈다.

그렇게 숨기고 싶었던 '무학'이라는 사실을 지금은 주위 모든 사람들이 다 알게 되었지만 이제는 창피하지 않다. 초, 중, 고 과정을 검정고시로 마쳤고 지금은 2년제 대학까지 졸업을 했기에, 당당하고 자랑스럽게 '나는 이렇게 공부했다.'고 밝힐 수 있는 것이다.

사람들에게 알려지고 난 후 내 주위 사람들은 모두 두 번씩 놀랐다. 한 번은 내가 당연히 고등학교 졸업은 했을 거라고 생각해서, 또 한 번은 내가 10개월이라는 짧은 기간에 검정고시를 마쳐서.

내 기사가 지역 신문에 몇 번 보도된 후 주변에서는 다양한 반응들이 나타났다. 물론 대부분의 사람들은 나의 성과에 대해 진심으로 칭찬하고 격려해 주었지만, 어떤 이들은 "네가 그랬어? 어떻게 그 나이에 초등학교조차 안 나올 수 있었지?" 하며 마치 나의 약점을 잡기라도 한 것처럼 비아냥대기도 했다. 그러나 누구보다도 가장 나를 가슴 아프게 했던 분은 다름 아닌 어머니였다. 나의 한과 아픔을 아시는지 모르시는지 어머니는 내가 먹고 살 궁리는 하지 않고 쓸데 없는 짓만 하고 다닌다며, 내가 공부하는 것을 신세타령거리로 생각 하셨다.

어머님으로부터 나에 대한 푸념들을 듣고 계셨던 이모님마저 어쩌 다 안부 전화를 드리면 노골적으로 내게 야단을 치셨다.

"늙어가면서 딸이나 잘 키우고 앞으로 밥 먹고 살아갈 궁리나 하 지, 그 나이에 공부는 무슨 얼어 죽을 공부냐!"

내겐 누구보다 간절했기에 돈을 버는 일보다 더 소중해져버린 공 부가, 늦게나마 삶의 의미를 찾게 해주고 사람들로부터 인정받게 해 준 그 공부가 어른들께는 한낱 '얼어 죽을 일'로 치부되어 버리는 현실이 너무도 힘겨웠다. 한편으론 두 분 모두 교육의 중요성을 절감 하지 못한 세대이니 그럴 수도 있을 것이라며 스스로 위로도 해 봤 지만, 누구보다도 사랑하는 가족으로부터 격려 받고 싶었던 나는 서 운한 마음을 거둘 수 없었다.

만약……. 내가 어머니였다면, 어릴 때 공부시켜 주지 않은 미안함 으로 가슴 아파하며, 지금이라도 배우려고 몸부림치는 자식을 딱하 게 여기실 것 같다. 어머니의 입장에서 골백번을 생각해 봤지만 결론 은 늘 같았다.

어머니는 남에게 돈 빌리지 않고, 따뜻한 세 끼 밥을 먹을 수 있 고, 등을 눕힐 수 있는 집 한 칸만 가졌다면 더 바랄 것이 없다고 생 각하시는, 어떻게 보면 가장 소박한 인생관을 가진 분이다. 그도 그 럴 것이 어머니의 인생에서는 늘 먹고 사는 문제가 시급했으니 그

외의 것은 생각도 할 수 없는 '사치'였을 것이다. 온 국민이 가난했었고, 굶주림을 면하는 것과 비가 새지 않는 집 한 칸을 가지는 것만이 인생의 유일한 목표였던 시절을 홀로 살아오신 어머니. 그런 어머니가 보시기에는, 불혹을 넘긴 딸이 생업도 팽개치고 돈벌이도 안 되는 공부에 매달리고 있으니 한심해 보이기도 하실 것이다.

그러나 이제 배우지 않고는 살아갈 수 없다는 것을 어떻게 하면 이해시켜 드릴 수 있을까? 급변하는 사회에 적응하기 위해서는 평생 동안 해야 하는 게 공부인 것을……. 사람으로 태어났으면 그저 배워야만 인간답게 살 수 있는 것을…….

몇 번의 의견 충돌을 겪고 나서, 나는 어른들을 설득시키는 것을 포기할 수밖에 없었다. 더 이상의 대화는 불필요하다고 여겨졌으며, 이 일로 서로 신경전을 벌이는 것도 가치 없는 싸움이라고 결론을 내리고 말았다. 그때부터는 형식적인 안부 전화만을 할 수 있을 뿐이었고, 그런 안부 전화조차 그분들이 바라지 않고 있다는 것을 알게 된 지금은 그것조차 하지 않고 지내고 있다. 이제는 조용히 세월이 지나가주기만을 바라게 되었다.

시간이 흐른 뒤 내가 어느 정도 성공했다고 생각하는 시점에서는 나를 이해해 주실 거라 믿고 있기 때문이다. 그때쯤이면 두 분께서는 왜 내가 이렇게까지 경제적인 어려움을 감수해 가며 악착같이 공부에 매달렸는지 아시게 되겠지. 어떠한 경우에도 과정 없는 결과는 없다고 하지 않는가? 나는 그분들이 보지 못하는 결과를 이루어내기 위해 어제도, 오늘도 고집스럽게 책 속으로 빠져든다.

공부를 하면서 달라진 것이 여러 가지가 있지만, 특히 중요한 것은 인격의 변화이다. 그전에 나는 사람들과 사소한 시빗거리가 발생하면 목숨을 내놓고 덤벼드는 사람처럼 포악하고 거칠었다. 상대를 말로 설득할 수 있는 재주가 부족했기에 목소리가 커야 상대를 제압할 수 있다고 생각했던 것 같다. 지금 생각해보면 참 부끄럽고 유치하기 그지없는 싸움들이었다.

짧은 기간이었지만 야학을 다니면서 단체의 일원이 되는 법과 인내심을 배웠고, 도덕 선생님의 차분하고 논리적인 강의를 들으면서 나를 돌아보기도 했다. 또한 교장선생님의 조언(助言)과 다양한 과목의 수업을 들으면서 놀라울 정도로 심리적으로 안정되어가는 것을 느꼈다. 마음이 넓어졌고, 전에 없던 여유도 생겨났다.

학문을 배움과 동시에 타인의 생각을 헤아리는 시각도 넓어졌고, 한치 앞만 바라보던 내가 세상을 넓고 크게 바라볼 수 있는 안목도 생겼다. 그리고 무엇보다 다툼거리가 생기게 되면 뒤로 물러서서 피해가는 사람으로 거듭나게 되었다.

그러나 50여 년 동안 몸에 밴 습관이 하루아침에 고쳐지겠는가? 여전히 화를 참지 못하고 순간적으로 욱하는 성질이 나올 때가 있다. 그러나 이제는 그렇게 화를 내고 나면, 화를 참지 못한 것에 대한 부끄러움이 오랫동안 나를 힘들게 한다.

'아휴, 이왕 참는 김에 조금만 더 인내력을 가지고 참을 것을…….' 하는 후회. 한 번 화를 내고 나면 또 다시 나의 약점을 남에게 들켜버린 것 같은 부끄러움이 밀려온다. 그런 일이 반복될수록 화를 내는 횟수가 줄어들긴 하지만, 아직 많은 도(道)를 닦아야 하는 내 자신이 어떤 땐 이것밖에 안되나 싶어 한심하게 느껴지곤 한다. 아직 학문의 깊이가 깊지 못한 까닭이 아니겠는가?

오랜 시간동안 정상적인 학업을 통해 다져진 사람들과 나의 경우에는 성품에서 많은 차이가 있었다. 나는 얼음으로 치자면 언제 갈라질지 모르는 얇고 아슬아슬한 상태인 것이다. 그도 그럴 것이 12년이라는 세월동안 공부한 사람들과 지난 몇 년 사이 짧은 시간동안 공부한 내가 같을 수는 없을 것이다. 다만 아니란 것을 알게 된 것과 아닌 것을 알면 고쳐나가려고 노력해야 한다는 점이 내가 공부를 하고 나서 터득한 진리이다.

많은 사람들이 내게 그 나이에 공부해서 뭐 할 거냐고들 하지만, 하루를 살더라도 이렇게 변화하는 삶을 살고 싶은 것이 나의 소망이다. 어제보다 나은 삶을 살아가는 것이 무엇보다 큰 재산이라고 당당하게 말할 수 있을 만큼, 공부하는 삶은 돈으로 그 가치를 헤아릴 수 없을 만큼 내게 커다란 의미로 돌아와 주었다.

내가 뒤늦은 배움의 길을 걸으면서 가장 많은 도움을 받은 곳은 바로 야학이다. 예전에는 미처 몰랐었는데, 세상에는 나처럼 저마다의 이유로 배움의 시기를 놓친 사람들이 많이 있었다. 과거에는 경제적인 어려움으로 학문을 마치지 못한 사람들이 많았다면, 요즘은 방황의 시기를 보내면서 학업을 포기하는 청소년들이 많은 것 같다. 어느 쪽이든 야학은 이러한 사람들이 새로운 인생을 살 수 있도록 해주는 중요한 버팀목이다. 지금의 내가 있는 것은 '김천늘푸른학교'가 있었기 때문에 가능했다.

나는 예전에, 대학은 나 같은 사람은 절대 못 가볼 그런 곳이라고 생각했다. 그러나 어느 순간 내가 그토록 동경하던 대학은 현실이 되어 있었다. 검정고시에 모두 합격한 후 야학교 홈페이지에 글을 쓴 것이 있어서 올려본다. 미용협회를 다녀온 후 취한 상태에서 쓴 글이다. 야학 선생님들께 이렇게나마 고마움을 전하고 싶었고, 또 그날의 가슴 벅찬 마음을 글로라도 표현하고 싶어서였다.

정확히는 모르겠지만,

미용협회에서 오래전부터 계속해서 들어왔던 제안이 하나 있었어요.

미용협회 상무 위원자리…….

저는 그 제의를 절대로 받아들일 수가 없었어요.

무학이었기 때문에, 이력서에 단 한 줄도 쓸 것이 없었거든요.

이 사실을 들킬세라 말도 안 되는 변명을 늘어놓으면서 오늘까지 버텨왔어요.

그런데 세월이 흘러서 오늘, 또 다시 같은 제안이 들어왔어요.

저요? 오늘은 승낙했어요.

이젠 학력란에 '고졸'이라고 당당히 쓸 수 있게 됐으니까요.

늘푸른학교를 통해서 국가에서 치른 고졸 검정고시에 당당히 합격했기에…….

개인적으론, 아직 최종학력이 아니지만,

앞으로 저의 학업이 어디에서 멈출지 아무도 모르지만,

지금 저는 세상에 당당히 외치고 싶습니다.

"저도 고등학교 졸업했다고요!"

이젠, 제 앞을 가로막을 것이 아무것도 없답니다.

건강만 허락해 준다면,

앞으로도 계속해서 무식 용감하게 부딪쳐 보고 싶습니다.

남들이 보기엔 아무것도 아닐지라도,

전 무학이란 큰 바위를 이고 살아왔기에…….

제가 고등학교를 졸업했다는 현실이 믿어지지 않을 만큼 가슴 벅찹니다.

지난 일 년 사이, 너무 많은 일들이 저에게 일어났습니다.

이젠, 그 어떤 것도 두렵지 않습니다.

저를 억누르고 있던 것들을 깔끔하게 해치워 버렸거든요.

그동안 자원봉사하시며 애쓰셨던 모든 선생님들께 고개 숙여 감사드립니다.

배운 대로 행하며 살아가는 사회인으로 거듭나겠습니다.

모든 시험이 끝나고 모처럼 미용협회 정기모임에 참석해서 기분이 좋아 술을 한잔 하고 이 글을 썼다. 그동안 이런 저런 핑계를 대며 고사(固辭)해왔던 상무위원직을 이제야 맡겠다고 말할 수 있었던 것이다. 아무것도 아닌 그것을 두고 나는 그동안 누구에게 들킬세라 얼마나 혼자 속을 끓이며 살아왔는지 모른다.

'이렇게 자신감 있게 살 수 있는 것을…….'

그동안 공부에 지레 겁부터 먹고 시작을 하지 않았을 뿐이지, 이렇게 하고 나니 아무것도 아닌 것을……. 하고 보니 매사에, 어느 장소를 가더라도 당당할 수 있는 것을 왜 지금껏 못 했던 걸까.

가끔은 짓궂은 사람들이 신랑도 없는 밤에 혼자 외롭지 않으냐고 물어오기도 했다. 그럴 때마다 가벼운 미소로 대답을 회피(回避)하곤 했다. 정말이지 나는 외로울 시간이 전혀 없었다. 사람들에게 내가 얼마나 공부에 심취해 있는지, 내 하루가 얼마나 짧은지 이야기하면 그들의 대답은 늘 한결같았다.

"도대체 그 나이에 공부해서 뭐 할 건데?"

반복되는 수많은 물음에 지친 나는 결국 미소로 대답을 대신하기에 이르렀다. 굳이 설명할 필요를 느끼지 않았기에 속으로 삼키고 흘려듣고는 했다. 나를 이해하지 못하는 사람들에게 해명 아닌 해명을 하고 싶지 않았던 것이다.

지금 생각해보면 어디서 나한테 그런 열정이 나왔었나 싶을 만큼 공부에 매달렸다. 좋아하는 친구와 전화통화를 하는 시간도 아까울 정도였다. 장보러 갈 때도 최대한 시간을 줄이기 위해 미리 메모한 것만 사고는 뒤도 돌아보지 않고 집으로 왔다.

'성공한 사람들은 시간에 끌려 다니지 않고 시간을 관리한다.'

나는 어느 책에선가 봤던 이 글귀를 공식처럼 되뇌곤 했다. 사람들을 좋아해서 모임도 많이 가졌고 항상 마지막까지 남아 있곤 했던 나는 공부를 시작한 뒤로는 모임을 가더라도 도중에 일어나는 일이 잦아졌다. 이런 나를 보고 누군가는 어김없이 한 마디씩 했다.

"지가 언제부터 공부했다고 유난을 떨어."

물론 내가 먼저 일어나는 게 아쉬워서 그랬겠지만, 누구도 나를 격려하거나 응원해주는 이가 없다는 것이 서운했다. 내가 공부하는 것을 격려해주기 전에 사람들은 나를 '초등학교도 나오지 않은 신기한 사람'으로 낙인찍어 버린 것이다.

하긴 예전에는 같이 술도 마시고 우스갯소리도 자주 하고 허점투성이였던 나를 보아 왔던 사람들은 공부를 시작하고부터 나의 달라진 모습에 적잖이 섭섭하기도 하고 당황하기도 했을 것이다. 이런 비아냥거림도 어찌 보면 당연한 건지도 몰랐다. 피할 수 없는 이런 말들에 대응하는 방법은 귀담아 듣지 않고 흘려버리는 것밖에 없었다. 이제는 사람들이 내게 하는 모든 말들이 마이동풍(馬耳東風)이 되어 버린 지 이미 오래다.

黃 金 千 兩 未 爲 貴 得 人 一 語 勝 千 金
황 금 천 양 미 위 귀 득 인 일 어 승 천 금
천 냥의 황금이 귀하다기보다 한 사람의 훌륭한 말 한 마디를 듣는 것이 천금보다 귀하다.

자기의 신념에 타협을 허락하지 않는 용기가 필요하다.
40대에서 50대가 인생에서 가장 결실이 많은 시기다.

2009년, 마지막 기말고사를 치르고 당분간 시간이 많이 생기자, 인터넷으로 여기저기 기웃거려 보는 여유로움도 생겼다. 그러다 문득 시청 홈페이지에 '주부 모니터 모집'이라는 글을 보게 되었다. 주부 모니터가 구체적으로 어떤 일을 하는지 알고 있는 정보도 없었지만, 이제는 시간도 어느 정도 있고 그동안 학벌(學閥) 때문에 못했던 일에도 도전해 보고 싶은 마음이 생겼다.

망설임 없이 원서를 쓰기 시작했다. 자기소개서의 최종 학력란에 '전문대졸 예정'이라고 밝히고, 경북대 한문학과로 편입을 앞두고 있으며, 학업은 마침표가 아닌 현재 진행형이라고 썼다. 그리고 자랑스러운 한문 관련 자격증까지 적었다. 그러고 보니 이젠 나도 나에 대해 소개할 것이 많아졌다는 생각에 가슴이 뿌듯했다.

이제는 이런 곳에도 이력서를 내밀 수 있는 자격이 생긴 것이다. 이 일을 함으로써 그동안 부족했던 사회 경험도 쌓을 수 있고, 더욱 자신감과 용기도 얻을 수 있을 것 같았다. 게다가 주로 온라인상으로 활동하는 것이었기에 공부하면서 하기에도 큰 부담이 없을 것 같았다.

원서 지원 후 20여 일 만에 합격자 발표가 났다. 합격했다는 문자와 함께, 인터넷으로 합격자 명단까지 확인하고 보니 마치 중요한 시험에라도 통과한 것처럼 기뻤다. 보건복지부와 국가정보센터에서 주관하는 중요한 일이었기에 그 기쁨은 더욱 컸다. 수입 면으로는 큰 보탬이 될 정도는 아니었지만 내가 그런 단체의 일원이 되었다는 데서 오는 자부심과, 이제는 뭔가 꿈을 키워 나가는 알찬 삶을 보낼 수 있을 거라는 설렘이 나를 들뜨게 했다. 내가 드디어 나의 학력을 발판으로 사회에 필요한 공적인 일을 하게 된 것이다.

합격자 발표가 나고 며칠 후, 오프라인 상에서 주부 모니터들과의 만남이 있었다. 시청 청사에 마련된 조그마한 사무실에 들어서니 20여 명의 주부들이 앉아 있었다. 그 사람들에게서 요즘 신세대 주부들의 부지런함과 당당함이 느껴졌고, 이제는 그런 것들을 아무런 부러운 마음 없이 바라볼 수 있다는 사실에 자부심이 들었다.

'나도 이 멋진 주부들과 어깨를 나란히 하고 있다! 이 중요한 모임에 내가 있는 것이다!'

각자 자기소개를 하는 시간이 주어졌다. 예전 같으면 그런 자리에 참석을 하면 왠지 주눅이 들던 나도 그날은 당당하게 내 소개를 했다.

"김천대학 실버케어 보건복지과를 졸업하고, 올해 경북대 한문학과로 편입 예정에 있는 고정숙입니다."

인사말이 끝나자 사람들 사이에서 "와!" 하는 작은 탄성이 들려왔다. 나이 오십이 다 된 아줌마가 대학생이라고 하니 다들 놀라는 분위기였다. 인사말을 마치고 자리에 앉은 나는 순간적으로 우쭐한 기분에 빠져들었다.

'봐라! 나도 이젠 어떤 장소에서도 주눅들 이유가 없어졌고, 당당할 수 있는 것이다. 불과 몇 년 전의 내가 아니다. 나는 완전히 달라진 것이다!'

당연히 그래야 하는 게 아닐까? 무학(無學)이었을 때와 달라진 것이 없다면 비싼 등록금을 내고 대학까지 나온 보람이 없지 않은가? 그러나 나의 주변 사람들은 계속해서 "네가 옛날에는 그랬는데, 이랬는데." 하며 그저 옛날의 모습 속에 나를 가둬 두려고만 할 뿐이었다.

사람을 평가함에 있어서 그 사람의 현재 모습만을 가지고 단정 지을 수 없다는 말이 있다. 누구나 현재 진행형이니, 오늘의 그 사람이 어제의 그 사람이 아니고, 오늘의 이 사람이 내일의 그 사람일 수도 없다는 말이다. 현재 그 사람이 가지고 있는 꿈을 존중해 주고 그 사람의 성장가능성을 기대해주는 것이 미덕이 아닐까?

처음엔 해명한답시고 "사람이 공부를 했으니 배우면 반드시 배운 대로 행해야 하니까, 나도 이젠 얌전해져야지."하며 웃으며 얼버무려봤지만, 그럴수록 그들에겐 더 미운살만 박히게 하는 결과를 가져왔다.

공자의 말씀 중에 '學以知行(학이지행)' 이라는 말이 있다. 배운 대로 행해야 한다는 뜻이다. 이렇게 당연한 진리를 실천하는 데도 사람들의 눈총을 받아야 하는 현실이 조금은 씁쓸하게 느껴졌다.

35년 만의 동창회

검정고시를 마치고 대학 입학을 앞두고 있던 어느 날, 우연히 같은 초등학교를 나온 사람을 만났다. 나이를 따져보더니 나는 15회 졸업생이라고 알려주었다. 나는 졸업을 하지 못했기에 그동안 내가 몇 회 졸업생인지조차 모르고 살아왔다. 갑자기 지금까지 가슴 한 편에 묻어 두었던 옛 친구들이 보고 싶어졌다. 다섯 명의 친한 여자 친구들이 있었는데, 이다음에 어른이 되어서 학교 운동장에서 만나자고 약속을 했던 적이 있다. 지금은 그 아이들의 얼굴도, 이름도 기억이 안 난다. 졸업 앨범이 없기에…….

그 순간, 이제는 그 친구들을 당당하게 만나볼 수도 있을 거라는 생각이 들었다. 비록 검정고시를 통해서였지만 고등학교도 졸업했고, 대학 입학도 앞두고 있었기에 지금까지 가지고 있었던 자격지심에서 조금은 해방됐다고 생각했기 때문이었다. 인터넷으로 대구 아양초등학교 동호회를 검색해 봤다. 다행히 15회 졸업생들의 카페가 있었다.

나는 그곳에 간단하게 인사 글을 올리면서, 비록 졸업은 못했지만 지금까지 살면서 유일한 나의 모교라는 것만은 부정하지 않고 살아왔다고 쓰고, 비록 4학년 때 중퇴했지만 가입이 가능한지를 조심스럽게 물었다. 며칠 후 다시 그 카페에 들어가 보니 가입 허락이 나 있었다. 정말 기뻤다. 나이 쉰이 다 되도록 동창회는 나와 거리가 먼 세계처럼 느꼈었는데 나에게도 드디어 동창이 생긴 것이다.

2007년 겨울, 카페에 가입한 지 며칠 뒤 송년 모임이 있다고 했다. 15회 졸업생들이라 늘 모임은 매달 15일에 한다고 했다. 그토록 한(恨)으로만 간직하고 살아왔던 실타래를 이렇게 하나씩 풀어 나간다는 가슴 벅찬 기쁨에, 일찌감치 가게 문을 닫고 대구행 기차를 탔다. 동창들을 만나러 가는 내내 설렘과 약간의 두려움으로 흥분된 마음을 주체할 수 없었다.

대구역에 도착해서 카페 회장과 전화로 장소를 확인하고 택시를 탔다. 그곳은 모교에서 얼마 떨어지지 않은 곳이었다. 아! 얼마 만에 이곳을 지나가 보는 건가? 아주 어릴 적 가방을 둘러메고 수없이 왔다 갔다 하던 바로 그곳이었다.

택시에서 내려 한참을 초등학교 쪽을 올려다보았다. 그때는 그렇게 크게만 느껴지던 운동장이 왜 이렇게 작게만 보이는 것일까? 주마등처럼 내 머리 속 깊은 곳에서부터 지난 일들이 하나하나 떠오르고 있었다.

운동회 때 구멍가게에서 과자를 사먹으려고 남들 몰래 뒷문으로 나오던 일, 친구들과 운동장에서 고무줄을 하던 일……. 희미하고 아련한 그 추억들을 하나하나 조심스럽게 펼쳐 나갔다. 학교 정문 쪽은 상당히 가파르고 경사가 심하게 져 있었는데, 지금은 단숨에 오를 수 있을 정도로 작고 완만하게 느껴졌다. 경사진 정문에서 교실까지도 한참을 올라가야 했던 것 같은데, 오늘 다시 보니 그 거리 또한 짧게만 보였다. 학교에 늦은 날이면 지각을 피하기 위해 정문에서부터 교실까지 뛰어가는 그 길이 얼마나 길게 느껴졌는지 모른다.

그리고 그 순간, 머리털이 쭈뼛 서는 소름끼치는 장면까지 기억이 났다. 어린 시절 아버지와 학교 정문에서 만났던 그날……. 나는 지금도 아버지를 생각하면 소름이 끼친다. 그때의 기분이 그대로 생생하게 떠올랐다. 다시 생각해도 내게는 너무나 몸서리 쳐지는 그날의 일이었다.

학교 뒤쪽으로는 강이 흐르고 있었는데, 종종 동네 친구들과 그곳으로 다슬기를 잡으러 다니기도 했었다. 한 번씩 가면 양동이로 한 아름씩 잡아와 어머니께 삶아 달래서 바늘로 다슬기를 빼먹곤 했다. 강가로 가는 길목에는 무밭과 배추밭이 있었다. 겨울이면 배추를 다 뽑아가고 난 빈 밭에 호미를 들고 가서 배추 뿌리를 캐서 먹기도 했다. 달리 먹을거리가 없었던 때라 그런지, 배추 뿌리 맛이 달콤하면서도 쌉싸래한 게 기가 막히게 맛있던 걸로 기억된다. 그때는 추운 줄도 모르고 그렇게 밖으로만 돌아다니며 뛰어놀았다.

지금처럼 컴퓨터가 있는 시절이 아니었기에 날만 새면 아이들과 밖에 모여 산으로 들로 몰려다니기 바빴다. 해질 무렵에는 어른들 몰래 콩밭에 가서 콩을 뿌리 채 뽑아다가 우리만의 아지트에서 불을 피워 구워먹기도 했다. 지금 같으면 아마 절도죄로 감옥에 갔을 일이지만 그때만 해도 어른들은 알면서도 모르는 척 해주기도 했고, 때로는 윽박지르며 야단도 쳤지만 그냥 그렇게 넘어가 주기도 했다.

여러 가지 생각들에 잠겨서 강 쪽을 바라보고 있는데 뒤에서 누군가 나를 불렀다. 돌아보니 15회 졸업생 누구라고 인사를 건네 왔다. 분명히 통성명을 했는데, 지금은 그 친구 이름을 기억하지 못한다. 난 이렇다. 내가 빠져드는 것은 푹 빠지지만, 그 외엔 입력이 안 될 뿐만 아니라 건성으로 듣고 흘려버리는 편이다. 그렇게 많이 흘려버리고 살았기에 그 힘든 세월을 그나마 버텨낸 것은 아닐까? 그 모든 일들을 다 기억하고 살았다면 나는 아마 지금쯤 우울증으로 정신과 치료를 백 번도 더 받았을 것이다.

그 친구의 안내를 받으며 방으로 들어가니 20여 명의 친구들이 와 있었다. 방으로 들어서는데 누군가가 내게 "이제 여기서부터는 반말 하는 거다. 말 높이면 벌금이야." 하고 일러주었다. 처음 그런 자리에 가본 나는 많이 어색하고 쑥스러웠다. 그때 장난기 있는 남자 친구가 "그래, 나 너 안다! 기억난다, 기억나. 옛날에 내가 너 좋아했다 아니가." 하며 웃으면서 너스레를 떨어주었다. 각자 이름을 밝히고 어느 정도 분위기에 익숙해질 무렵 가만히 친구들 얼굴을 찬찬히 살펴보았다. 분명 낯설지 않은, 어디선가 본 듯한 얼굴들이었다. 그런데 아무리 봐도 또렷하게 기억나는 친구는 없었다. 4학년 때까지 돌아가면서 반편성이 이루어졌으니까 아마도 한 번쯤은 이들과 같은 반이었을 거라는 막연한 생각이 들 뿐, 친하게 지냈던 친구라고 느껴지는 사람은 찾아볼 수 없었다.

또한 그 친구들 중 누구도 나를 또렷하게 기억하는 사람은 없었다. 그들의 졸업 앨범에는 내 사진도 없고, 나는 그들의 졸업 앨범도 갖고 있지 않았으니 서로를 기억 못하는 건 당연한 일이었다. 그동안 대구에 살면서 어쩌다 한번쯤 마주치기라도 했더라면 이렇게까지 서 먹하진 않았을 텐데.

다들 이제는 완전한 중년의 모습으로 변해 있었다. 기분 좋게 술 잔을 기울이는 친구들도 많았지만, 왠지 나는 그날은 술이 넘어가지 않았다. 아니, 술을 먹으면 내 서러움에 북받쳐 그 자리에서 눈물을 쏟아낼 것 같아 일부러 먹지 않았다. 낯익은 얼굴들을 대하고 보니 자꾸만 옛날의 일이 떠올랐다. 내 소개를 하면서도 주체할 수 없는 떨림에 흥분된 목소리가 흘러나왔고, 하마터면 눈물까지 나올 뻔 했 다. 얼마나 와보고 싶었던 동창회였던가? 설렘과 기쁨에 들떠 가는 내내 아무에게나 '나 동창회 가요!' 라고 소리를 지르고 싶을 정도로 감격에 찼던 날이다.

그런데 그것은 나 혼자만의 감정일 수밖에 없었다. 그들에게 동창 회란 그저 일상적으로 가볍게 가질 수 있는 평범한 모임일 뿐이었다. 동창회에 그렇게 목말라 했고, 드디어 오늘에서야 처음 동창회라는 곳을 와봤고, 그 주체할 수 없는 감격에 겨워 있던 애절한 내 마음을 누가 알았겠는가? 이 감격과 흥분을 그들에게 들킬까봐, 이 감정이 그들에게 의아해 보일까봐 꾹꾹 누르며 애써 태연한 척할 수밖에 없 었다.

"6학년 때 몇 반이었어? 졸업 앨범에서 못 본 것 같은데……."

누군가 내게 이렇게 물어왔다. 카페에 가입할 때 인사 글에 졸업 하지 못했다고 썼지만 그 글을 보지 못한 친구였나 보다. 아무도 악의(惡意) 없는 그 질문이 내게 상처가 될 수가 있다는 것을 의식하지 못했다. 당연한 걸 알면서도, 따갑도록 아팠다. 대답을 못하고 얼굴이 붉게 달아오르는 것을 들킬까 걱정하던 찰나, 옆에 있던 다른 친구가 "아! 얘는 졸업을 아양초등학교에서 안 하고 전학 갔대." 하고 말해 주었다.

어딜 가도 낯을 가리지 않고 당당한 성격인 나인데, 그날만큼은 그렇지 못했다. 저 구석에 감추어둔 나만의 비밀이 드러날 것만 같은 초조한 기분이 들었다.

'이 친구들이 나의 과거를 기억하고 있지나 않을까?'

순간 옛날 아버지가 학교를 찾아온 일과, 친구들이 책상을 붙여 나를 숨겨준 일들이 머리를 스쳐 지나갔다. 빨리 그곳을 빠져나와 버리고 싶었다. 누가 상처를 준 것도 아닌데 스스로 내게 상처를 주고 있었다. 그렇게 나는 생애 처음 맞이한 동창회에서 낯선 친구들과 동상이몽(同床異夢)의 시간을 보냈다. 알 수 없는 외로움이 느껴졌다.

다른 친구들은 2차로 노래방을 간다고 했다. 나한테도 같이 가자고 했지만 처음 만난 그들과의 서먹함을 끝내 떨쳐내지 못하고 혼자 집으로 돌아오고 말았다. 집이 멀다며 기차 시간 핑계를 대고 일어서니까, 그들도 나를 더 이상은 잡지 않고 다음에 또 오라며 배웅을 해 주었다. 그들과 헤어진 후 나는 내 감정에 잡힌 채 사색에 빠져들고 싶어 한참을 걸었다.

6년을 같이 보내고 졸업까지 함께한 그들과 4학년 때 학교를 그만둔 나 사이에는 분명 보이지 않는 벽이 있었다.

그들은 함께했던 시간만큼 추억도 더 많이 있겠지……

학창시절이 그리울 때마다 졸업 앨범을 열어 서로의 얼굴을 보고 인사도 나누곤 했겠지…….

내가 12살이라는 어린 나이에 학교를 그만두었고, 35년 만에 가진 만남이었고, 그동안 길에서 우연히 만난 적도 없었기에 서로를 못 알아보는 건 당연한 일일 텐데, 그토록 갈망하던 동창회에서 만난 친구들이 낯설다는 게 왜 이리도 허전할까? 많은 기대와 부푼 가슴을 쓸어안고 처음 가본 동창회는 그것이 마지막이었다. 나는 그 후로 동창회 카페를 탈퇴하고 두 번 다시 그 모임에 가지 않았다.

두 번의 이혼이 남긴 것

　나는 이혼을 두 번 했다. 그 상처와 흔적이 지금까지 계속되고 있어서일까? 이 이야기를 꺼낸다는 것은 아직도 조심스럽고 여기서 많은 걸 떠올리고 싶지도 않다. 그 두 사람은 이미 각자의 가정을 잘 꾸려나가고 있다. 단지 나와는 성격이 맞지 않았던 것 같다.

　첫딸을 얻은 남편은 나의 아버지와 똑같은 사람이었다. 술을 먹으면 폭행을 버릇삼아 하고, 다음날이면 어김없이 기억이 안 난다며 잘못했다고 싹싹 비는 그런 사람.

　나의 친정아버지가 그런 위인이었기에 술을 좋아하는 사람과는 절대 결혼하지 않겠다고 그렇게 다짐했었는데, 어쩌면 이렇게 똑같은 사람을 만났을까? 첫 남편은 일주일에 보통 5일 정도는 늘 술에 찌들어 들어왔다. 친정아버지가 가정을 돌보지 않고 매일 술을 먹었듯이, 그 사람도 그랬다.

　어린 나이에 방직 공장 야간작업이 죽도록 하기 싫었고, 배우지도 않은 상태에서 내가 직장생활을 벗어날 수 있는 유일한 탈출구는 결혼이라고 생각했다. 그렇게 나는 스무 살이라는 어린 나이에 너무나도 철없이, 가볍게 결혼을 선택하고 말았다.

그저 현재 처해 있는 내 상황을 벗어나고 싶어 섣불리 선택한 나의 첫 결혼은 5년 만에 파경을 맞았다. 야밤에 4살 된 딸아이를 들쳐업고 무작정 친정으로 가출한 나는 그 길로 다시는 돌아가지 않았다. 이혼만은 해주지 않겠다고 버티던 전남편에게 이혼을 종용하기 위해 다시 그 집을 찾아갔을 때 그는 이미 새로운 아내를 들인 상태였다.

그제야 미뤄왔던 이혼 도장을 찍고 친정으로 돌아온 나는, 나의 처지를 돌아보았다. 결혼을 선택할 때와 달라진 게 아무것도 없다는 생각에 두려웠다. 이젠 딸아이와 살아갈 걱정을 해야 했다. 할 수 있는 게 아무것도 없었다. 그 끔찍했던 공장 생활 말고는⋯⋯.

어릴 때부터 사랑을 듬뿍 받고 자라지 못해서일까. 나는 누가 옆에서 조금만 잘해 주면 푹 빠져버리는 순애보 기질이 있다. 어린 딸과 살아갈 길이 막막해서 앞이 보이지 않던 내게 다가온 두 번째 딸아이 아빠. 그 사람의 다정다감함에 또 다시 의지하게 된 나는 큰딸을 친정에 맡겨두고 그렇게 두 번째 결혼생활을 시작했다. 그는 술도 먹지 않고 가정교육도 제대로 받은 착한 사람이었다. 단 하나, 성격이 나하고는 너무 달랐다. 나는 무엇이든지 하면 된다는 쪽이고, 그는 나와 반대로 시작도 해보기 전에 미리 안 된다고 결론을 내리는 사람이었다.

혹자는 내게 망가진 다리도 두드려보지 않고 건너갈 사람이라고 할 만큼 나는 매사에 의심이 없고 급한 성격이다. 그는 매사에 부정적이고 무기력해 쉽게 포기하는 성격이었다.

우리는 늘 싸움이 잦았다. 사소한 일에도 언성이 높아졌고, 결정해야 할 문제가 있을 때마다 늘 부딪쳤으며, 서로 지칠 때쯤이면 결국 그는 내 의견에 손을 들어주었다. 어떤 일이든 반대부터 해놓고 보는 그 사람과 그나마 17년을 같이 살 수 있었던 것은 그가 술도 먹지 않고 폭행도 하지 않았기 때문이다.

나이가 들어가면서 반복되는 싸움에 서서히 지쳐가기 시작했다. 암 진단을 받고 서울에서 큰 수술을 세 번이나 받으면서, 더 이상은 싸움으로 하루를 시작하고 끝맺는 삶을 살고 싶지 않았다. 남편의 무기력함에 수긍하며 살고 싶지도 않았다. 그렇게 아프고 힘들었을 때, 남편은 내가 기댈 수조차 없는 너무나도 먼 사람이었다. 나는 여전히 혼자라는 생각이 들었다. 자유롭고 싶어졌다. 어린 시절 불우한 가정에서 벗어나고 싶었던 그때만큼이나 처절히, 지금 내 앞에 놓여 있는 현실에서 벗어나고 싶었다. 그동안 두 번 이혼했다는 소리를 안 들으려고 꾹꾹 참았었고, 작은딸까지 큰딸처럼 애비 없는 자식으로 안 만들려고 했던 것이, 결국 암이란 병으로 곪아 터져버린 것만 같았다.

세 번의 수술을 받고 난 후 집으로 돌아온 다음날, 바로 미용실 문을 열고 일을 했다. 1년 반이라는 세월 동안 병원을 들락거리며 보낸 결과 빚이 눈덩이처럼 불어나 있었기 때문에 잠시도 쉴 수 없었다. 몸이 안 좋은 상황에서 많은 부채까지 정신적인 압박으로 작용하면서 더 이상 버틸 힘이 남아 있지 않다고 느꼈을 때, 나는 극단적인 결정을 내렸다.

이렇게 결국, 나는 두 번째 남편과도 이혼 도장을 찍기에 이르렀다.

혼자인 나는, 지금까지 내 인생에서 이처럼 편안하고 행복했던 시절이 없었을 만큼 자유롭다. 단지 경제적으로 힘든 부분이 있지만, 그건 결혼생활을 하면서도 마찬가지였다. 지금까지 단 한 번도 돈 걱정을 안 하고 살아 본 적이 없었다. 혼자가 되고부터 심적(心的)으로 평온이 찾아오면서 나를 돌아볼 여유도 생겼고, 지금처럼 자유롭게 공부도 할 수 있게 되지 않았는가?

어릴 땐 부모님 밑에서 내 의지를 못 펴고 살았었고, 결혼해서는 남편과 부딪히며 살았고, 혼자가 된 지금에서야 내가 원하는 삶을 마음껏 살 수 있게 된 것이다. 이런 현실이 마치 신이 내려주신 축복이라고 느껴질 만큼 지금 나는 행복하다.

지금까지 결혼한 것에 대한 후회는 숱하게 해 왔지만 단 한 번도 이혼한 것에 대한 후회는 한 적이 없다. 조금만 참고 살 걸 하는 마음 또한 가져본 적이 없다. 단 한 번도 그런 마음이 들지 않았다면 내가 너무 이기적일까? 그래도 그게 내 솔직한 심정이다.

지난 세월을 돌이켜보며 애써 좋았던 추억을 떠올려보려고 아무리 애를 써 봐도, 내게 '추억'이라고 부를 만한 소중한 순간은 단 한순간도 없다. 늘 생활에 쫓기고, 지긋지긋한 싸움이 계속되었다. 추억을 떠올리려고 하면, 오히려 기억 저편에 가물거리던 악몽만이 되살아날 뿐이다.

어릴 때 나는 친구 집을 가면 부끄러워 아무것도 먹지도 못했고, 수줍음도 많이 탔던 아이였다. 그러나 두 번의 결혼과 이혼을 겪는 동안 지금의 내 성격은 거의 맹수로 변해버렸다. 공격적이고 매사에 목소리가 컸으며, 조용히 대화로 풀 수 있는 문제에도 신경질적으로 반응했다. 어느 날 나는 문득, 그런 습관이 몸에 깊이 배어버린 내 자신의 삶을 발견하고 깜짝 놀랐다.

누군가 내게, 일반적인 대화를 하는 것도 싸우는 소리로 들린다는 말을 했다. 공격적인 성향이 목소리에까지 드러날 정도로 습관이 되어 버렸나 싶어 덜컥했다. 이래서 바깥세상을 바꾸는 것보다 자기 안의 세상을 바꾸는 것이 더 힘들다는 말이 있나 보다. 나의 문제를 알게 된 지금은 말도 표정도 온화한 사람이 되기 위해 무던히 노력하고 있지만, 아직까지 잘 지켜지지 않고 있다.

이제는 내 주위에서 신경을 건드리는 남편도 없는데, 여전히 문제가 생기면 차분하게 대처하지 못하고 다혈질적인 본색이 드러나고 마는 편이다. 그런 내 성격을 너무 잘 알고 있기에 요즘은 《대학》, 《논어》, 《고문진보》, 《명심보감》, 《채근담》 등과 같은 인격수양 책을 열심히 읽고 있다.

하루아침에 고쳐지진 않겠지만, 거칠어진 내 인성을 천천히 순화하기 위해 늘 좋은 책들을 옆에 두고, 좋은 글귀가 있으면 노트에 적어도 보고 읊어 보기도 한다. 그리고 이런 일상에 세상 무엇과도 바꿀 수 없는 행복을 느끼는 요즘이다.

性燥心粗者一事無成心和氣平者百福自集
성 조 심 조 자 일 사 무 성 심 화 기 평 자 백 복 자 집
성질이 조급하고 마음이 거친 자는 한 가지도 이루어지는 일이 없고, 마음이 화평하고 기상이 평탄한 자는 백 가지 복이 절로 모인다.

사계절과 내 인생의 비유(比喩)

이제 완연한 가을로 접어들었다. 돌이켜 생각해보면 나이 47세가 되도록 지금처럼 평온했던 시절이 없었던 것 같다.

어린 시절 불우했던 나의 삶, 벗어나고 싶어서 너무 철없었을 때 선택한 결혼, 암흑 같기만 했던 결혼생활……

내 결혼생활은 겨울날씨처럼 삭막하고 매서웠다. 눈보라가 휘몰아치면 정말 추워서 못살겠다는 소리를 수없이 반복하듯이, 내 결혼 생활도 그랬다.

꽁꽁 얼어붙은 겨울날씨처럼 내 마음도 꼭 닫힐 무렵 따뜻한 봄이 찾아오곤 했다.

푸른 새싹이 돋을 때쯤이면 새로운 각오를 하듯이, 내 삶에도 변화가 오리라 기대를 해보고는 했다.

하지만, 봄은 고개를 숙였다 드는 사이에 그렇게 훌쩍, 무심히 나의 희망을 짓밟고 지나가버렸고, 무더운 여름이라는 놈이 찾아왔다. 무더위가 한창 기승을 부리면서 나를 더욱 지치게 만들었다.

거의 탈진 상태에 이를 때쯤이면 영양제 구실을 하듯 풍성한 계절, 가을이 다가왔다.

맑은 하늘과 덥지도 춥지도 않은 계절, 내가 제일 좋아하는 계절, 가을이……

내 결혼생활도 그저 이렇게 많은 욕심 부리지 않고 소박하면서 순탄하게 흘러가 주었으면 하는 바람을 가져보지만 그것은 어디까지나 마음속으로 소망하는 기도로서 끝날 뿐, 언제 하늘이 높고 푸르렀냐고 비웃기라도 하듯이, 또 다시 매서운 겨울로 접어들었다.

그렇게, 수많은 사계절이 반복되면서 결국 종지부를 찍고 말았던 나의 결혼생활.

가끔 행복한 가정을 꾸리며 살아가는 사람들을 볼 때 나한테는 없는 그들의 행복이 부러울 때도 있지만, 다시 내게 가정을 꾸리라고 한다면 아무의 손도 닿지 않는 곳으로 멀리 도망쳐버리고 말 것 같다.

혼자가 된 지금, 지금이야 말로 살아온 47년의 세월 속에서 가장 행복하기만 하다.

올해의 이 가을, 다른 때와는 달리 빨리 지나가 주었으면 하는 성급한 마음을 가져본다.

이 가을과 겨울이 '휙' 하고 지나가 준다면 내겐 누구보다 싱그럽고 활기찬 새로운 봄이 기다리고 있을 테니까.

봄! 대학 신입생으로서의 삶이 시작된다. 꿈에 그리던 대학 생활……

그동안의 삶과는 완전히 다를 그때로 조금씩 다가가고 있는 이 시간들이 나를 들뜨게 한다.

오늘 내가 느끼고 있는 이 계절, 가을을 아무런 상심 없이 기대감만으로 평온하게 보내 주리라.

보다 나은 내일이 있기에, 낙엽이 떨어질 때의 서글픔도 아름다워 보이고 해가 질 때쯤이면 찾아오는 '우울'이란 녀석도 반기며 맞이할 수 있을 것 같다.

대학이란 곳을 꿈으로만 간직하고 그칠 줄 알았던 내가 아니었던가.

그 꿈이 내게 성큼 다가와 손내밀어준 지금의 이 현실, 이 순간을 천천히 조금씩 아껴먹는 맛있는 음식처럼 음미하면서 보내리라.

올 겨울을, 그리고 내년 봄을 기다리면서…….

2007년 10월 11일

제2부

그래도 나는 행복한 사람

'한문의 길'에 들어서다

내가 다녔던 김천대학 실버케어 보건복지과에는 30대 청년이 한 명 다니고 있었다. 어느 날 그에게 졸업하면 무슨 일을 하고 싶은지 물어본 적이 있다. 그 대답이 실로 암담하였다.

"모르겠어요. 제가 아직 어디에 소질이 있는지, 무엇을 해야 할지도……."

그 청년뿐 아니라 우리나라의 수많은 젊은이들은 뚜렷한 목표의식 없이 눈앞의 수능만을 위해 공부하고, 부모님의 뜻에 따라 혹은 수능 점수에 따라 적성에 맞지 않는 전공을 선택하게 되는 경우가 많다. 내 주위에서도 대학을 한 학기 다니고 난 후, 바로 휴학해버리고 다른 전공을 선택하는 이들이 많이 있다. 나 또한 '한자'를 만나기 전까지는 그들처럼 전공에 대한 혼란과 고민을 오랜 시간동안 겪어야 했다. 그리고 많은 젊은이들이 하는 미래에 대한 고민을, 쉰을 바라보는 나이에야 비로소 진지하게 체험하게 되었다.

'과연 이 길이 나의 길인가?'

나는 이 물음에 강한 긍정을 내릴 수 있는 학문과 만난 후, 나름대로 인생 이모작(二毛作)에 성공할 수 있을 거라는 확신을 가지게 되었다. 공부하면서 내가 어떤 분야에 관심 있어 하고 소질이 있는가를 발견했기 때문이다. 자기의 소질과 적성에 맞으면서 그 일을 함으로써 즐거움을 느낀다면, 그 인생은 이미 성공한 것이 아닐까? 나는 그 일을 반세기에 가까운 시간을 살고 난 후에야 찾아냈다.

내가 한자 공부를 하고 있을 때 가장 큰 행복을 느낄 수 있었고, 거기에 심취해 시간 가는 줄도 몰랐으며, 책에서 눈을 뗄 수 없게 된다는 것을 알게 된 것이다.

세상을 살면서 가장 무의미한 일은 가야 할 길을 모르고 어디에선가 헤매는 것이 아닐까? 자신의 정체성을 깨닫고, 본인이 가야 할 길을 찾아 확신을 가지고 걸어갈 때 사람은 의미 있는 삶을 살 수 있는 것이다. 그래야만 아까운 시간을 헛되이 보내는 일도 하지 않을 수 있고, 본인이 왜 살아야 하는가 하는 무의미한 질문도 하지 않게 되리라.

나 역시, 검정고시 합격 이후까지도 나의 진로나 적성에 대해 진지하게 고민해 보지 않았다. 대학은 그저 막연히 평생을 동경(憧憬)했던 것이라, 공부만 할 수 있다면 어디든 관계없다고 생각하고 집에서 가까운 학교를 선택했다. 그리고 막연히, 요즘 사회복지 분야가 각광을 받고 있고, 소외 계층을 도와줄 수 있는 보람된 일을 할 수 있을 것이라는 생각에 학과도 실버케어 보건복지과로 쉽게 결정을 내렸다.

7월에 수시원서를 내고 나니, 다음해 3월 입학 때까지 약 8개월의 시간이 주어졌다. 그 시간을 헛되이 보내지 않기 위해 선택한 것이 한문 공부였다. 검정고시를 통해 고등학교를 졸업했다고는 하지만, 문득 영어도 한자도 실제 생활에서 내세울 게 아무것도 없다는 생각이 들었다. 우선 한자만이라도 제대로 알아야겠다는 마음에 한자 급수 시험에 도전하기로 결심한 것이다.

창피한 일이지만, 그때까지 사실 나는 내 이름조차 한문으로 못 썼다. 맑을 '숙(淑)' 자가 영 외워지지 않았기 때문이다. 그림을 그린다고 해도 내가 쓴 것보다는 나을 정도로 모양이 자꾸 이상하게만 써졌다. 급수 공부를 하면서 보니 '숙(淑)' 자는 3급에 포함되어 있었다. 괜한 안도감에 '그러면 그렇지, 어려운 3급 한자니까 내가 못 썼지.'하며 스스로 다독거려 보기도 했다.

맨 처음 도전하기로 마음먹은 급수는 6급이었다. 책을 펼쳐 상용한자를 써보고 기출문제를 풀어보니 기가 막히게 재미있었다. 하루 동안, 오늘은 몇 문제를 맞힐 수 있을까 자신하고 내기라도 하는 사람처럼 그렇게 한자 책에 시간 가는 줄 모르고 파고들었다. 그렇게 한 달 정도 하고 보니 어느 정도 자신감이 생기기 시작했다. 처음 6급부터 보기로 한 계획을 바꿔 한 급수를 올려 5급 원서를 냈다. 원서 제출 후 시험 때까지 한 달 정도 기간이 있었기에 그동안 공부를 더해 볼 욕심에 그렇게 결정을 한 것이다.

한자 공부를 할 때는 항상 계획을 빡빡하게 잡았다. 여유 있게 일정을 잡아버리면 시간이 많다는 이유로 나태해질 염려도 있고, 그렇게 하는 공부는 나의 흥미를 유발시키지 못했다. 늘 빡빡한 일정을 잡고 나서 그것을 하나도 빠짐없이 소화해 냈을 때 느끼는 그 쾌감은 다른 어떤 것으로도 대신할 수 없는 것이었고, 나와의 심리전에서도 이긴 것 같은 생각이 들어 매우 만족스러웠다.

이렇게 나는 내 자신에게도 강한 승부욕을 가지고, 늘 내 자신과 게임을 한다는 마음으로 공부했다. 나 스스로 절대로 한가할 시간을 주지 않기 위해 인색하고 철저하게 시간을 관리했다. 또 이렇게 하는 것이 모든 것을 잊게 할 만큼 재미있었기에, 나는 단 한 번도 내가 잡은 스케줄을 어긴 적이 없었다.

한자 공부를 처음 시작할 때는 어렵고 난해하기만 했다. 복잡한 획수가 왜 그리 많은지, 비슷한 것이 너무 많아 꼭 이런 글자를 만들어 내야 했나 하는 무의미한 불평도 했다. 하지만 한 글자 한 글자 익힐수록 처음에는 몰랐던 한문의 진정한 의미를 조금씩 알아갈 수 있었다. 처음에는 한자를 공부했다면, 시간이 지나자 그것들이 만들어낸 한문이 눈에 들어오기 시작했다.

처음 도전한 5급은 정상적으로 학교를 다녔을 사람들에겐 아무것도 아닐 수 있지만, 그동안 한자로 이름조차 쓸 수 없었던 내겐 결코 만만한 것이 아니었다. 두 이(二), 석 삼(三)이 한자인 것도 모르고 살아 왔다면 과연 사람들이 믿어 줄까?

그런 내가 2개월 동안 독학으로 공부를 해서 시험을 치르게 된 것이다. 대학 입학 전까지 주어진 시간을 헛되이 보내고 싶지 않아 시작한 한자 공부는 안방 화장대를 치워버리게 하고 그 자리에 책상을 들여놓게 할 정도로 나를 깊이 몰입시켰다.

화장하는 시간조차 아까워졌다. 화장하는 시간을 줄이고 공부에 더 많은 시간을 할애하기 위해 내린 조치였다. 검정고시 공부를 할 때도 그런 생각까진 들지 않았었는데, 한자는 이상할 만큼 강력한 힘으로 나를 매료시켰다.

가게 카운터에 자리 잡고 있던 컴퓨터도 과감히 치워버렸다. 컴퓨터가 있으면 아무래도 쓸데없이 인터넷 동네를 기웃거리게 되곤 했기에, 그렇게 버려지는 시간도 아까웠다. 컴퓨터가 있던 자리에 한자책과 달력 뒷면으로 만든 공책을 펼쳐놓았다. 카운터는 그야말로 넓은 책상으로 변신했다. 집에서는 안방 책상, 가게에서는 카운터 책상에서 공부할 수 있게 된 것이다. 내겐 천국이 따로 없었다. 내가 지금 좋아하는 공부를 할 수 있는 여기가 바로 천국이고, 낙원이었던 것이다.

그렇게 악착같이 공부한 뒤, 드디어 한자 5급 시험을 맞았다. 시험장에 도착해보니 나처럼 나이든 사람은 아예 찾아볼 수 없었고, 초등학생들로만 꽉 메워져 있었다. 그렇겠지, 어른이 한자 5급 시험을 왜 보겠는가? 아이들 보기에 조금 창피하기도 했지만 지금이라도 시작했다는 사실에 위로를 하며 감사하기로 마음먹었다.

이미 몇 차례의 검정고시를 보아왔기에 시험장에서도 그다지 떨리지는 않았다. 문제도 막히는 것이 없을 정도로 거의 아는 문제였다. 첫 번째 시험인 한자 5급에서는 별 어려움 없이 거뜬하게 시험을 치르고 나올 수 있었다.

결과는 약 한 달 후에 나오게 되어 있었다. 집으로 돌아와서 가져온 문제지를 꼼꼼히 살펴보았다. 아무리 봐도 틀린 건 없는 것 같았다. 분명히 합격은 따놓았다는 생각에, 느긋하게 발표 날짜까지 애태우는 일 없이 여유 있게 보낼 수 있었다. 합격 여부와는 상관없이 그 다음날로 다시 급수를 올려 4급 공부를 하기 시작했다.

한 달 후, 나의 예상대로 5급은 100점 만점이었다. 처음 백점을 받아 보기도 했지만 한자를 공부한 지 2개월 만에 이루어낸 결과라는 생각에 날듯이 기뻤다.

"하늘에 계신 하나님이시여!!! 이제 누가 감히 나를 무식하다고 손가락질할 수 있습니까?"

마음 한구석에서 터져 나오는 쾌재를 하늘에 대고 혼자 외쳐보기도 했다. 아마 사람들이 봤다면 한자 5급을 가지고 호들갑을 떤다며 웃었겠지만 내겐 상당히 큰 의미가 되는 것이었다. 내 이름 석 자도 한자로 쓰지 못했던 내가 혼자 두 달을 매달린 결과가 아닌가?

두 번째 남편과 이혼을 하기 위해 법원에 갔을 때 일어난 일이다. 서류에 한자로 본인의 이름을 쓰는 칸이 있었다. 갑자기 손이 떨려오기 시작했다. 그때까지 단 한 번도 한자로 내 이름을 써보지 않았기 때문이다. 아무리 침착하게 써보려고 몇 번을 시도해 보았지만 실패로 끝나버렸다. 결국 이혼하는 자리에서 전 남편이 내 이름을 대신해서 써주는 웃지 못 할 일이 일어났다. 지금이야 아무렇지 않게 밝힐 수 있는 일이지만, 그때는 창피해서 쥐구멍에라도 들어가고 싶은 심정이었다.

내가 얼마나 한심하게 보였을까? 본인 이름도 한자로 못쓰면서 입만 살아가지고 그동안 자기에게 바가지를 있는 대로 긁어댔다고 여기지 않았겠는가? 그날의 창피함은 내가 아닌 그 누구도 모를 것이다. 그런 아픔이 있었기에, 나는 더욱 한자 공부에 열을 올릴 수 있었고, 내 손에 쥔 한자 5급 자격증은 내게 박사학위 이상의 소중한 결과물이었다.

5급을 통해 500자를 익히고 나니 어느 정도 기초는 닦았다는 생각이 들었다. 그래서인지 5급 시험을 치른 직후부터 매달린 4급은 보름 만에 마스터할 수 있었다. 처음에는 한자에 너무 문외한이었기에 글자의 형성과정을 몰랐다면, 이제는 어느 정도 부수와 획수를 보면 무엇과 연결되는 글자인지 쉽게 파악이 됐기에 이해력이 빨라졌던 것이다.

앞으로 시험날짜는 3개월이나 남아 있었다. 그 기간 동안을 4급 책만 가지고 씨름한다는 것이 아깝다는 생각이 들어 조금 무리를 해서라도 급수를 올려 시험을 봐야겠다고 마음먹었다. 5급 이하에서는 급수를 올리는 데 별로 큰 어려움이 없었지만, 4급에서 3급으로 올라가는 데는 큰 차이가 있음을 느꼈다. 처음 3급 책을 펼쳐보니 만만치 않겠다는 생각이 들었다. 그래도 일단 도전해 보기로 했다. '까짓 거 파고드는데 지가 머리에 안 들어보고 버티겠냐?' 는 배짱이 생겼던 것이다.

4급까지는 낱글자 위주로 출제되었다면, 3급부터는 경제 용어와 사자성어가 많이 포함되어 있었다. 어릴 때부터 제대로 교육을 받아왔다면 이해하는 데 문제될 것이 없을 만한 단어였겠지만 나는 수박 겉핥기식으로 짧은 기간에 학업을 마쳤기에 생소한 단어들도 많았다. 어쩔 수 없이 끊임없는 반복 학습뿐, 달리 외울 방법이 없었다.

한자 3급 시험까지 공부하고 나니 이젠 신문을 봐도 막히는 한자가 드물 정도가 되었다. 내 자신이 생각해봐도 너무 신기하고 대견스러웠다. 시작을 안 해서 몰랐던 것들을 이젠 차곡차곡 내 것으로 만들어 나가고 있는 것이다. 지난해 12월 1일에 한자 5급 시험을 치고 두 달여 만에 치른 3급 시험은 무난히 합격할 수 있었다.

대학 입학 전까지 4급을 따는 게 목표였는데, 대학 입학을 한 달도 채 남겨두지 않은 시점에서 목표를 훌쩍 뛰어넘은 결과를 보게 된 것이다. 처음으로 정규 대학 생활을 하는 입장에서 대학 공부만으로도 벅차다는 생각이 들었지만, 왠지 여기서 한자 급수 도전을 멈추게 되면 시작하지 않은 것과 다를 것 없다는 생각이 들어 계속 한자에 도전하기로 마음먹었다.

'5월에 2급 시험, 다시 8월에 1급 시험, 여기까지 가보는 거다. 내가 과연 해낼 수 있는지는 누구도 예측할 수 없겠지만, 일단은 끝까지 도전해야 한다.'

낮은 단계를 다 무시하고 바로 5급에 도전한 나의 베짱이 이젠 도를 넘어 1급까지도 올려다보게 된 것이다. 그리고 사람들에게 이렇게 재미있는 한자를 가르치는 일을 해보고 싶다는 생각까지 하게 되었다. 처음에는 그저 기본 한자만이라도 익혀 두는 게 목표였는데⋯⋯. 사람의 욕심은 끝이 없다는 말이 괜히 있는 게 아닌가 보다.

"인간의 소망은 생각과 행동이 조화를 이룰 때에만 보상 받는다."

대학, 그 문을 열다

2007년 10월 25일

수시 입학생 오리엔테이션을 다녀와서 꿈에 그리던 대학 생활의 첫 장을 여는 순간이다.

신입생 오리엔테이션이 있는 날. 행사는 2시부터였지만 30분이나 일찍 도착했다. 무엇이 그리도 나를 바쁘게 재촉했을까? 초등학교 4학년 이후 처음으로 밟아 본 '나의 학교', 그것도 대학이다. 평생 와보지 못할 것이라고 생각했는데, 내 나이 48세에 젊은이들로 가득한 이곳 대학 캠퍼스를 내가 밟고 있는 것이다.

도저히 믿어지지 않는 오늘 이 현실, 가던 길을 멈추어 서서 하늘과 주위를 둘러본다. 참으로 아름다운 캠퍼스다. 사람들이 나를 학부형으로 알아봐도, 신입생들에게 나눠주는 선물을 나에게만 주지 않아도 오늘은 다 이해하고 웃을 수 있는 여유로움이 생긴다.

그저 이런 상황마저 즐겁고, 내가 지금 이 대열에 끼어있다는 현실만으로 가슴 벅차고 행복하다.

강의실은 6층에 자리 잡고 있었다. 온 사방이 젊은이들로 가득했다. 왠지 모를 낯설고 부끄러운 마음이 들었지만 한 계단씩 걸어 올라가면서 어느새 서서히 그 분위기에 익숙해져 갔다.

'앞으로 이들과 부대끼며 대학 생활을 해야 하니까 빨리 익숙해져야지.'

가슴이 다시 벅차오르기 시작했다. 마치 꿈을 꾸고 있는 것만 같고, 이 순간이 오늘 내게 주어진, 나의 것이라는 생각이 미치자 가슴저 밑바닥에서부터 뜨거운 감정이 북받쳐 올라왔다. 가슴 부풀어 터지지 않고 살아있다는 게 신기할 정도로 나는 그날 그랬다.

행사가 시작되고 학교생활 전반에 대한 설명도 듣고, 교수님들과 첫 대면하는 시간도 가졌다. 우리 과를 담당하는 교수님은 눈이 서글서글하고 참 예쁜 여자 분이었다. 혹시 젊었을 때 미스코리아에 나간적이 있지 않을까 생각될 정도로. 게다가 목소리에도 교양이 흘러넘쳤고, 싹싹하고 차분한 말투는 사람들의 이목을 끌기에 충분했다. 참 멋있는 사람이라는 생각과 함께 알 수 없는 질투심이 느껴졌다.

세상은 역시 불공평한 거였다. 좋은 부모를 만나 최고 교육까지 받고 교수가 된, 거기다 외모 또한 뛰어나게 물려받은 저 여자와 나만 놓고 보더라도. 마치 내가 아무것도 가진 게 없는 고아 같은 처지로 느껴졌다.

텔레비전에서만 보아왔던 '상류층'이란 게 저런 사람들인가 보다 싶었다. 손 움직임 하나하나까지도 품위가 느껴졌다. 지금까지 내 주변에서 겪어본 사람들과는 격이 달랐다. 이게 바로 교육의 힘인가 하는 것을 새삼 느꼈다.

마치 어릴 때부터 예쁘게 가꾸며 사랑과 정성으로 기른 화초 같은 사람, 단 한 번도 세상의 거칠고 험한 일들을 겪어본 적이 없는 듯한 평온한 인상. 나와는 너무나 동떨어진 세계에서 살아온 것 같은 착각을 일으킬 만큼 여자인 내가 보기에도 완벽한 분이었다. 부러웠다……. 한 사람을 둘러싼 환경이 이렇게까지 사람을 바꿀 수 있다는 것을 눈으로 확인하는 순간이었다.

야학에서 같이 공부한 동문도 나와 같은 학과를 선택했다. 나이도 나와 동갑이어서 누구보다 친하게 터놓고 지내는 친구가 될 수 있었을 법도 하지만, 우리는 그냥 간단한 눈인사만 주고받았다. 그는 야학을 졸업했다는 것과 검정고시 출신이라는 것이 남들에게 밝혀지는 것을 꺼렸다. 내가 만학도(晩學道)인 것을 자랑 삼아 밝히고 다니는 것과는 사뭇 다른 모습이었다.

그런 점이 나와 맞지 않았기에, 자연히 거리감을 느낄 수밖에 없었다. 당시 나는 그 친구를 도저히 이해할 수 없었다. 세월이 흐르고 모든 게 변해도 부모와 모교는 부정할 수 없는 것을, 왜 저렇게 숨기려고 할까?(그 친구를 이해하게 된 것은 얼마 간 대학 생활을 하고 난 후였다. 뒤늦게 나는 검정고시 출신인 것을 드러내지 않는 것이 어쩌면 현명했을 수도 있다는 생각을 했다.)

신입생 오리엔테이션이 끝나자 학교에서 뷔페로 식사 준비를 해놨으니 한 사람도 빠짐없이 식사를 하고 가라는 안내를 했다. 이 많은 사람들에게 저녁까지 줄 거라고는 생각도 못했는데 뜻밖의 선심에 깜짝 놀랐다.

'지금 참석한 인원이 몇 명인데, 이 많은 사람들한테 식사 제공을 하려면 돈이 도대체 얼마나 들어갈까?'

난 늘 이런 식이다. 워낙 돈에 쪼들려 살아서인지 항상 계산이 앞선다. 식당 안에 들어선 순간 나의 놀라움은 더욱 커졌다. 식당 안은 특급 호텔에서나 볼 수 있을 것 같은 낯선 음식들로 가득했다. 잘 꾸며진 테이블과 정돈된 식탁, 단정한 옷을 입고 안내하는 사람들……. 마치 갑자기 귀족이라도 된 것 같았다.

지난번 야학 행사로 경주에 가서 뷔페를 먹은 일이 생각났다. 행사가 끝난 후 야외 마당에 차려진 점심식사! 시래깃국은 쇠고기가 목욕하고 지나갔나 싶을 정도로 듬성듬성 어쩌다 고기가 눈에 띄었고 나물반찬에 김치 그리고 국 하나가 전부였다. 앉을 자리도 없어 아무데나 구석에 자리를 잡아 둘러앉아 먹고 있을 때, 마치 그 모습은 전쟁터 길거리에 앉아 아무렇게나 끼니를 채우는 장면처럼 보였다. 때는 10월, 쌀쌀한 날씨에 국은 금방 싸늘하게 식어버렸고……. 그래도 이렇게라도 점심을 준다는 데 감사하며 맛있게 먹고 왔다.

갑자기 그와 너무나 대조적인 밥상을 대하고 보니 불현듯 그날 일이 떠오른 것이다.

'대학이 이런 곳이구나!'

'지식이 부(富)를 부른다는 게 이런 것일 수도 있겠구나.'

지식이 사람이 속할 곳을 결정하고, 거기에 따라 사회적 지위와 대우가 달라진다는 점, 이것은 다시금 나를 공부에 매진할 수 있는 각오를 다지게 하는 계기가 되었다. 처음 본 음식들을 실컷 맛보기 위해 나는 촌스럽게 접시에 한가득 담아 먹고도 부족해서 시골 할머니들이 하는 행동을 해버렸다.

음식들을 봉투에 담아온 것이다. 집에 있을 작은딸 아이가 마음에 걸려서였다. 옆에 있던 사람들이 얼마나 속으로 흉을 봤을까? 그러나 그때는 주변 분위기도 개의치 않고 오로지 딸아이에게 갖다 주어야겠다는 생각뿐이었다. 오늘에 와서야 그날의 내 행동에 부끄러움을 느낀다. 이것이 배움의 차이인 것일까? 무의식 속에서 나오는 행동들이 그 당시에는 아무렇지 않다가, 배움의 깊이가 달라진 지금에 와서야 이불 속에 숨고 싶을 정도로 부끄러울 때가 한두 번이 아니다.

학교 행사에 개그맨 이경규 씨가 초대되어 왔다. 대학에 오니 연예인도 보게 되는구나 싶었다. 이경규 씨는 본인이 그 자리에 올라서기까지의 과정과, 그토록 하고 싶었던 영화감독으로서의 이야기를 하며 학생들에게 반드시 꿈을 가지고 그 꿈을 키워나가라는 메시지를 전했다. 이야기를 끝맺은 후 질문 시간이 주어졌다. 나는 앞으로 나도 과연 저 강단에 올라서서 이렇게 많은 관중들 앞에서 강의를 할 수 있을까 하는 궁금증이 생겼다.

나를 시험해보고 싶은 마음에 나는 수많은 사람들로 가득 채워진 강당에서 용감하게 손을 번쩍 들었다. 학부모로 보일 만 한 내가 손을 드니 이경규 씨는 바로 나를 지목해 주었다. 나는 자리에서 일어나서 지난번 〈CBS 라디오〉와의 방송국 인터뷰 이야기를 꺼냈다.

"제가 얼마 전 장미화 씨가 진행하는 프로그램에서 인터뷰를 했는데 아직 출연료가 안 들어오고 있습니다. 혹시 장미화 씨를 만나시면 얘기 좀 해 주세요." 하고 너스레를 떤 것이다.

사실 나는 출연료 따위에는 관심도 없었다. 받아도 안 받아도 그만인 돈이었고, 언젠가 때가 되면 입금될 것을 알고 있었기에 궁금하지도 않았던 것이다. 하지만 오늘 내 목표는 과연 나도 이 많은 사람들 앞에서 떨지 않고 침착하게 내 의사(意思) 표현을 할 수 있을까 하는 것이었다. 주위에 있던 사람들은 나를 싱거운 사람이라고 했을지 모르지만. 이경규 씨는 "참, 별 걸 다 질문을 하시네요. 출연료 안 주는 거랑 나랑 무슨 상관있냐고요." 하며 재미있게 받아쳐 주었다. 무안함 대신 웃음을 주는 이경규 씨의 모습에서 남다른 재치와 프로 의식을 느꼈다. 다행히 나의 뜬금없는 질문은 이경규 씨 덕에 사람들의 폭소와 함께 마무리되었다.

나 스스로도 만족스러웠다. 그동안 내 자신에게 던진 질문들이 다소 해소되었기 때문이다. 사람들 앞에 나섰을 때 의외로 많이 떨리지 않았고, 차분하게 이야기할 수 있었다는 것을 확인했다. 갑자기 자신감이 마구 생겨났다. 이렇게 조금씩 훈련해 나간다면, 아무리 많은 사람들로 채워진 장소일지라도 잘해 나갈 수 있을 것만 같았다.

앞자리에 앉아 있는 교수님들을 보면서 그들과 나의 차이가 무엇인가를 생각해 봤다. 결론은 '똑같은 사람들'이라는 것이었다. 단지 그들은 좋은 환경에 놓여 배움의 기회를 놓치지 않았기에 이 자리에 교수 신분으로 참석했으며, 나는 그렇지 못했기에 학생 신분으로 와 있다는 차이뿐이었다.

내가 그들보다 지능이나 열정, 그 밖의 선천적인 무언가가 열등해서가 아니라, 나는 단지 '기회'를 얻지 못했을 뿐이라는 생각이 들었다. 아직 때는 늦지 않았다는 오기가 또 다시 나를 부추겨 세웠다. 이제라도 그 기회를 만들어 나간다면 나도 언젠가는 지금과 다른 사람이 될 수도 있다.

나는 늘 이렇게 순간순간 오기가 발동하곤 한다. 부러운 사람을 만났을 때 주눅 들지 않고 오기가 발동하게 된 것도 공부하면서 생긴 또 하나의 습관이다. 예전 같으면 감히 상상조차 할 수 없었던 일이다. 내가 위축되는 자리라는 생각이 드는 순간, 그 자리를 피하고 마는 소극적인 사람이 예전의 나였다면, 요즘은 그런 게 없어졌다.

나도 하면 된다! 내가 저들과 비교해서 안 될 이유가 무엇인가?

단지 나이가 조금 더 많다고, 남보다 많이 늦었다고 해서 저 자리에 못 앉아 보고 인생을 끝낼 수는 없는 것이다. '대기만성(大器晩成)'이라는 고사성어(故事成語)가 마치 나를 위해 만들어졌다는 착각을 일으킬 만큼 나는 자신감으로 충만했다. 남보다 늦게 시작한 만큼 더 열심히 나를 다듬어 나간다면 나도 언젠가는 가르치는 사람으로 변모(變貌)할 수 있으리라.

왜 그동안 나는 이 길을 좀 더 일찍 들어서질 못했을까? 그 좋은 나이에……. 쉰을 바라보는 지금, 책상에 몇 시간 앉아 있으면 허리도 아프고 눈도 침침해 와서 안약을 넣어가며 책을 봐야 할 때가 많다. 지금보다 육체적으로 좀 더 건강하고, 두뇌 회전도 활발할 때 공부했더라면 얼마나 좋았을까? 지난 45년여를 허비하며 살아온 것이 생각할수록 어리석음에서 빚은 결과라는 것을 알게 된 지금, 나는 억울하다.

막상 마음먹고 책뚜껑을 열어본 순간 깨달은 것은, 색종이의 검은 색 면과 뒤쪽의 또 다른 하얀색 면, 그 차이뿐이었다. 마치 손바닥을 뒤집는 것처럼 유식(有識)과 무식(無識)은 종이 한 장 차이에 불과한 것이었고, 그 둘은 서로 상관관계에 있었던 것을, 나는 그동안 떨어뜨려 놓는 데에만 급급했던 것이다.

무조건 '나는 안 된다'는 부정적인 생각, 내 머리로는 절대 불가능하다고 단정 지어 버렸던 공부가 막상 시작한 순간, 막혔던 고속도로가 '뻥' 하고 열리듯이 그대로 질주해버린 것이다. 마치 수도관이 터진 것처럼 걷잡을 수 없이.

뒤늦게 찾아온 공부에 대한 열정은 나의 손에서 잠시도 책을 놓지 않게 하고 있다. 요즘은 한자의 생성 과정과, 그 글자가 만들어지게 된 유래를 파고들기 시작하면서 더욱 한자에 깊이 빠져들게 되었다. 한자 파자(破字) 공부에 시간을 할애(割愛)하는 요즘 나의 삶은 거의 모든 시간을 책과 함께 보내고 있다.

공부 이외의 것들은 의미를 잃은 지 오래다. 내가 원하는 공부를 마음껏 할 수 있는 자유로운 내 삶이, 축복으로 가득한 것 같아 마냥 행복하기만 하다. 지금껏 많이 들어왔던, 별다른 느낌이 없었던 말 한 마디가 새로운 의미로 다가와 내 인생의 좌우명이 된 요즘이다.

"시간은 금이다."

2008년 2월 28일

드디어 꿈에 그리던 대학 개강! 교실이 아닌 '강의실'이라는 팻말은 나를 더욱 흥분되게 한다. 학과장님과 여러 교수님들과 선배

그리고 학우들, 원형으로 배치된 의자! 모든 것이 내겐 설렘을 안겨다준다.

자기소개 시간. 난생 처음으로 사람들 앞에서 내 소개를 하는 순간이다. 그동안 사람들 앞에서 내 의사를 표현할 때는 왠지 자신이 없어 늘 술의 힘을 빌리곤 했지만 오늘은 그럴 수 없는 자리다. 내 차례가 돌아오는 동안 내내 가슴이 쿵쾅거리고, 급기야는 얼굴까지 붉어졌다.

드디어 피해 갈 수 없는 내 차례. 머뭇거리지 않고 용기를 내기로 했다. 자리에서 일어서는 순간 당당하게 어깨를 펴고 앞으로 걸어 나갔다. 나에게 자신감을 부여하기 위해……. 먼저 인사를 꾸벅하고 내 이름을 밝혔다. "현재 나이는 48세, 정신연령은 만 20세입니다!" 순간 박장대소가 터져 나왔다. 사람들의 웃음소리에 긴장이 풀린 나는 그다음부터 자연스럽게 말을 이어 나갈 수 있었다. 인사를 끝내자 왠지 모를 성취감에 가슴이 뭉클해졌다. '그래, 이렇게 사람들 앞에 한발씩 나서는 거야.'

오늘 이 기분은 무슨 단어로 표현해야 할까? 남들에겐 별것 아닌 이런 일조차 내겐 더없이 크고 소중하다. 캠퍼스를 걷노라니, 수많은 별들이 나를 대견하다고 칭찬해 주는 것만 같다. 결국 이렇게 꿈에 그리던 대학까지 왔구나. 싱그러움이 넘치는 캠퍼스에서 활기찬 젊은이들과 어깨를 나란히 견주며 생활할 수 있는 지금의 이 기쁨, 마치 내 꿈이 모두 이루어진 것 같은 환상에 빠져 들 정도로 난 들떠있다.

험난한 인생이라고만 느껴졌던 과거의 생활, 이 세상에서 내가

지고 있는 삶의 무게가 제일 무겁다고 생각하고 살아온 세월들, 그런 어두운 세월들을 오직 꿋꿋함으로 이겨냈기에 오늘의 내가 있는 것이 아니겠는가. 정말이지 오늘만큼은 세상에 있는 모든 찬사를 동원해 나를 마음껏 칭찬해주고 싶다.

공부를 시작하면서 달라진 것…….

꿈이 생겼다는 것과,

그리고 그 꿈을 실현시키기 위해 노력하는 새로운 나를 발견한 것.

2008년 3월 2일

컴퓨터를 가르치시는 교수님도 중·고등학교를 검정고시로 통과하고 대학을 나처럼 야간으로 졸업했으며, 대학원만 낮에 학교를 다니신 분이란다.

고등학교 검정고시 후 바로 군대를 가신 교수님은 밤에 보초를 서는 동안에도 책을 보기 위해, 껌 종이를 달빛에 비추어 그 반사되는 빛을 이용해 공부했다고 한다. 그처럼 지독한 열정이 있었기에 이 분이 이 자리에 올 수 있었겠지…….

어느 책에선가 읽은 구절이 생각난다.

"나이 들어 공부에 투자하는 것이 가장 많은 이윤을 납기는 것이다."

교수님이 검정고시로 대학 들어온 사람은 손들어 보라고 하셨다. 조금도 주저하지 않고 손을 번쩍 들었다. 망설일 이유도 없고, 내 자신이 창피하지도 않았기에. 교수님은 꿈을 크게 가지라고, 여러분도 4, 5년 후에는 이 자리에 설 수 있다며 웃으셨다.

그 한 마디에 더욱 용기가 생겼다. 나도 꿈의 영역을 더욱 넓혀 나가리라. 열심히만 한다면 내가 하고자 하는 일들을 무엇이든 해나 갈 수 있을 것 같다. 무한한 미래가 내 앞에 펼쳐질 것 같은 기대감!

희망이 보인다. 매 시간을 소중히 생각하고 짜임새 있는 하루하루를 보낸다면, 언젠가 내가 이루고자 하는 목표점에 당당히 서 있는 나를 발견할 수 있으리라는 것을 믿는다.

개강한 지 어느 정도 지나고 나니 제법 대학 생활에 익숙해졌다. 다행히 같은 과 사람들은 다들 모나지 않고 온순해 보였고, 내가 제일 많이 떠드는 학생 중 한 사람이 되고 말았다. 학교생활을 오랫동안 동경해 온 탓인지, 마냥 좋았다. 웃고 떠들고, 마치 소녀 시절로 되돌아가 옛날에 가져보지 못한 시간들을 지금이라도 즐겨보겠다는 오기로 가득 찬 것처럼 교수님들께 싱거운 소리도 하곤 했다.

내게 가장 고역스러운 수업은 영어 수업이었다. 캐나다 출신의 여자 교수였고, 당연히 수업은 영어로만 진행되었다. 나는 수업 내용을 거의 알아들을 수 없었는데 젊은 학생들은 그나마 조금 알아듣는 것 같았다. 한 시간 정도는 신기하기도 했고 재미있었는데, 한 시간이 지나자 머리에서 쥐가 날 것만 같았다. 평소 영어 공부를 좀 해 뒀으면 좋았을 텐데⋯⋯.

그동안 한자 공부에만 전념했던 것이 처음으로 후회되는 순간이었다. 한자 공부에서 벗어날 수 없었던 것이 이렇게 거대한 대가를 치르게 할 줄이야. 영어 수업시간 동안에는 '오늘부터라도 집에 가서 제대로 영어 공부해야지.' 하고 마음먹었다가도 막상 집에 돌아오면 영어책은 제쳐두고 옥편을 꺼내들고 있는 나를 발견하곤 했다. 그날 수업 내용을 복습할 때에도 모두 한자로 옮겨 적었다. 그렇게 늘 영어 공부는 마음뿐이었다.

외국인 교수와의 문화적 차이로 인해 웃지 못 할 해프닝도 있었다. 대학 축제 기간이었는데, 우리 야간 반은 수업을 하고 있었고 캠퍼스 곳곳에서는 축제 준비에 한창인 주간 반 학생들의 열띤 연습이 이루어지고 있었다.

요란한 음악소리와 함께 들려오는 고함소리는, 알아들을 수 없는 영어와 뒤섞여 머리를 혼란스럽게 했다. 우리는 한동안 교수님의 입만 쳐다보며 답답해했다. 그러다 누군가, 오늘은 밖의 분위기가 어수선하니 교수님에게 그냥 수업 그만하고 나가서 차나 한잔 하자는 건의를 해보자고 했다. 학생들은 눈빛으로 만장일치를 본 후, 입가에 미소를 가득 머금고 한참 동안 손짓 발짓을 동원해 교수님에게 밖으로 나가자고 졸랐다. 그런데 이상하게 교수님의 얼굴이 점점 굳어지는 것이었다. 수업도 시간을 다 채우고 나서야 마쳤다. 우리는 차를 마시러 가자고 한 말을 교수님이 충분히 이해를 못했다고만 생각하고 넘어가버리고 말았다.

다음날 학과장님을 통해 충격적인 말을 듣고서야, 서로 다른 깊은 문화적 차이를 알 수 있었다. 학생들은 단순히 차나 한잔 하자고 제의한 것이었는데, 교수님은 우리들이 자기를 놀리며 수업 거부를 한 것이라고 이해했던 것이다.

서로를 쳐다보며 웃은 것을 오해한 교수님이 화가 많이 나있다는 것을 학과장님을 통해 전해 들었다. 원칙을 중시하는 외국인들에게 수업시간을 단축하는 일은 있을 수 없다는 것이다.

우리나라 교수님 시간에는 "교수님, 오늘은 그만 끝내요." 하는 소리를 예사롭지 않게 하곤 한다. 더구나 야간 학생들이라 나이대가 20대부터 50대 후반까지 있다 보니 학생이 교수님보다 나이가 많은 경우도 있었고, 비교적 자유로운 분위기여서 수업시간에 장난기가 발동을 하기도 했다. 우리나라 사람들끼리는 아무렇지 않게 받아들여지는 이런 사소한 일들이 외국인들에겐 불쾌함을 줄 수도 있다는 것을 깨달았다. 문화의 차이를 처음으로 느꼈던 경험이었다.

어느 날 화장품을 사기 위해 화장품 가게를 들렀다. 그날은 젊은 이들 사이에서 서로 장미를 주고받는 날이라고 했다. 가게 점원은 내게 누군가 줄 사람 있으면 주라며 장미꽃을 두 송이 주었다. 꽃을 받아든 나는 한 송이는 집에 두고 다른 한 송이는 그 외국인 교수님에게 주기로 했다. 그전 날 불미스러운 일도 있었고 해서 사과의 뜻을 전하고 싶었기 때문이었다.

수업이 막 시작될 무렵 나는 준비해간 꽃을 교수님에게 전해주었다. 물론 말은 전혀 통하지가 않아서, 그냥 밝은 미소를 지어보이며 멋쩍게 다가가서 꽃을 내민 것이다. 뜻밖에도 교수님은 활짝 웃으며 좋아해 주었다. 그리고 돌아서는 나를 불러 세우더니 꼭 안아주는 것이었다. 이런 것도 문화의 차이구나. 그까짓 꽃이 뭐라고 이렇게 좋아할까 싶었다. 공짜로 생긴 그 장미꽃이 뜻밖에 그분께 뇌물로 작용했는지는 모르겠지만, 그 학기 영어 학점은 A+를 받았다.

나의 경우는 꽃을 그다지 많이 받아본 기억도 없고, 실속파에 가까워 먹지도 못하는 꽃보다 실용적인 선물을 더 선호하는 편이다. 사람이 태어나고 자라온 환경과 문화에 따라 이렇게 선호하는 것까지 다를 수 있다는 게 신기했다.

낮에는 미용실, 저녁엔 야간 대학을 오가는 생활이 계속되었다. 학교 수업을 마치고 나면 밤 11시가 되어서야 집에 돌아오곤 했다. 그래도 피곤한지도 몰랐고, 드디어 내가 꿈에도 그리던 대학 캠퍼스에 입성했다는 사실 하나만으로 가슴 부푼 나날들이 이어졌다. 비록 야간 대학이지만 '이런 게 대학 생활이구나.' 하는 것을 피부로 느낄 수 있었기에 마냥 좋았다.

미용실 아줌마에서 선생님으로

그렇게 몇 주간의 시간이 흘렀다. 입학한 지 얼마 지나지 않아 나는 대학에 가졌던 막연한 기대와 환상에서 조금씩 벗어날 수 있었다. 나는 검정고시와 한자 급수 공부를 할 때 나름대로 밀도 있는 일정을 소화해 내는 쾌감에 젖어 있었고, 대학은 이보다 몇 배는 더 열심히 공부해야 하는 곳인 줄 알았다. 그런데 사실 대학이란 곳은 내가 생각했던 것보다 훨씬 느긋하고 여유로운 분위기였다. 안타깝게도 전공과목들도 나의 적성에 맞지 않았다. 한문만큼 재미있지도 않았고, 나를 몰입시키지도 못했다.

그토록 바라고 동경하던 대학 생활을 할 수 있게 됐는데 도무지 전공에 흥미가 생기지 않자 적잖이 당황스러웠다. 고민 끝에 학교를 졸업하고 한문학과로 편입을 하기로 마음먹었다. 전공이 적성에 맞지 않는다고 해서 대학 공부를 게을리 할 생각은 추호도 없었다. 어떻게 들어온 대학인데……. 열심히 학교생활을 마치고 내가 좋아하는 분야에서 새롭게 시작하면 되는 것이다.

다시 한문책과 씨름하기 시작했다. 학교에서 돌아와서 한자 급수 2급 시험에 도전하기 위해 늦은 시각까지 공부를 했다. 일기도 한자를 섞어 쓰려고 노력했다. 낮에는 가게 일을 하면서 저녁엔 대학을 다니다 보니 하루하루가 빠르게 지나갔다. 아침인가 싶으면 어느새 밤이 되어 있었고, 마치 하루가 12시간을 주기로 돌아가는 것처럼 느껴질 정도였다.

어느새 중간고사 기간이 되었다. 야간으로 학교를 다닌 터라 주간 대학 학생들을 자주 볼 수 없었는데, 5월이 되자 저녁 시간대에도 캠퍼스 곳곳에서 젊은 학생들을 쉽게 볼 수 있었다. 그들을 본다는 것만으로도 활기찬 기운에 나도 같이 동참하고 있다는 기분 좋은 느낌을 받을 수가 있었다. 학교 캠퍼스를 거쳐 강의실로 가는 길목에서 그들과 마주치게 되면 그때서야 내가 대학생이 되었다는 것을 실감할 수 있을 정도였다. 비록 늙은 대학생이지만.

첫 중간고사는 뜻밖의 난관으로 다가왔다. 중간고사가 한자 2급 자격시험과 겹친 것이다. 두 가지 시험을 동시에 맞닥뜨리고 보니 심리적으로 상당한 부담감이 느껴졌다. 시간이 많지 않았기에, 둘 중 한쪽은 소홀히 하게 될 것 같았다. 게다가 중간고사 과목은 왜 그렇게 많은지, 리포트로 대신할 수 있는 몇 개를 제외하고도 상당히 많은 과목을 공부해야 했다. 고민 끝에 나는 중간고사는 과목별로 시험 전 날 집중적으로 공부하고 한자 급수시험에 비중을 더 두기로 했다.

학교 수업과 한자 급수 공부를 병행한 결과 나는 두 마리 토끼를 동시에 잡게 되는 행운을 누릴 수 있었다. 다행히 중간고사도 망치지 않았고, 한자 2급 시험에도 무난히 합격하게 되었던 것이었다. 이제 8월에 있을 1급 시험만을 앞두고 있었다.

인간은 자기가 생각하고 있는 것과 같은 인간이 된다.
우리들의 존재 자체가, 우리들의 생각한 것의 결과이다.
인생은 사고(思考)에 의해 만들어진다.

한 학기가 끝나고 여름방학에 들어가자 시간적인 여유가 갑자기 많아졌다. 이제는 가게 일만 병행하면 되는 것이다. 여름 방학 내내 8월 초에 있을 1급 시험을 위해 더운 날 전기 아낀다고 에어컨도 틀지 않고 선풍기와 마주앉아 한자 공부에 매달렸다.

그렇게 치른 1급 시험. 비록 만족할 만한 점수대는 아니었지만 그래도 무난히 합격은 할 수 있었다. 워낙 어렵다는 것이 한자 1급이 아닌가? 점수에 대한 아쉬움보다는 합격의 기쁨이 더 컸다. 12월에 딴 5급 자격증을 시작으로 1급을 따기까지 총 9개월이 걸렸다. 주위 사람들도 무슨 공부든지 초고속으로 해치운다며 축하해주었다.

처음에 한자 1급에 도전한다는 말을 했을 때 대부분의 사람들은 한자 1급은 그렇게 쉽게 따는 게 아니라며 무리라고들 했다. 나는 그런 말들을 자극제로 삼아, 모두의 예상을 보기 좋게 뒤집어 깜짝 놀라게 해주고 싶었다. 그렇게 사람들의 편견을 자극제로 삼아 이루어 낸 합격이기에 더욱 기쁘고 감사했다.

지금은 고인(故人)이 된 현대그룹 정주영 회장은 직원들이 정 회장

앞에서 불가능하다는 의견을 제시하면 "해봤어? 안 되는지 해봤냐고?"라고 물었다고 한다.

'하면 된다.'

단순하지만 이 얼마나 멋진 인생관인가?

안 될 것이다. 통계적으로 그래, 불가능해, 어려워 등등…….

내가 새로운 도전을 할 때마다 주위로부터 너무나 많이 들었던 말들이다. 그러나 내가 이런 말들에 조금이라도 흔들리고 위축되었다면 오늘의 합격은 결코 이루어낼 수 없었을 것이다.

모든 것은 생각하는 대로 이루어진다.

강렬한 소망은 반드시 실현된다.

2009년, 2학년이 되자 사회복지 실습을 해야 했다. 어디서 실습을 할까 고민하던 중 동네 복지관을 찾았다. 그곳 담당자를 만나 혹시 여름방학부터 실습을 할 수 있는지 물어보았다.

그러나 담당자는 너무 많은 학생들이 찾아와서 그런 부탁을 한다고 난감해하며, 이름과 다니는 대학을 적어놓고 일단 집으로 가서 기다리라고 했다. 순간 나는 나의 특기를 알려줘야겠다는 생각이 들었다.

"저는 미용실을 해왔기 때문에 미용봉사도 가능하고, 한자 1급 자격증을 소지하고 있어서 한자 수업도 가능합니다."

그러자 담당자의 얼굴에 화색이 돌았다.

"아! 그래요? 마침 잘 됐네요! 복지관에 속해 있는 아동복지센터가 있는데 지금 가르치던 한자 선생님이 그만두신 상태니까 한번 가르쳐 보실래요?"하는 것이었다. 거절할 이유가 없었다. 그 자리에서 나는 바로 공부방으로 안내되었다. 사회복지사 선생님과도 인사를 나누었다. 그것이 나에게 처음으로 '선생님'이라는 호칭이 허락된 순간이었다.

수업 요일을 확인하고 집으로 돌아올 때 마치 복권에 당첨된 것 같은 기분이었다. 드디어 내가 공부한 것을 펼칠 수 있는 기회를 잡은 것이다. 아마도 그때의 기억들을 잊을 수가 없어서 아무리 바쁘고 힘들어도 복지관을 그만두지 못하고 지금까지 이어오고 있는 것인지도 모르겠다.

첫 수업 시작하기 전날, 혹시나 취소되지는 않았을까, 아니면 복지관에서 날짜를 잊어버리지는 않았을까, 말 그대로 혼자 노심초사하면서 확인 차 다시 복지관에 들렀다.

"저……. 내일부터 제가 한자 수업하는 거 알고 계시죠?"

지금 생각하면 그렇게까지 했어야 마음이 놓였던 나의 순진함에 웃음이 터져 나온다. 처음으로 '선생님' 소리를 들어가며 내가 공부한 한자를 제대로 활용할 수 있다고 생각하니까 세상을 다 가진 느낌이었고, 마치 앞으로 일이 술술 풀려나갈 것 같은 예감까지 들었다.

그러나 그런 설렘과 기쁨도 잠시, 복지관 수업은 그리 만만하지 않았다. 처음 아이들을 대했을 때 아이들의 눈빛은 다소 도전적(?)이었다.

'선생님 한번 해 보려면 해 보세요.'

마치 이런 메시지를 담고 있는 것만 같은 눈빛을 대했을 때 덜컥 걱정이 앞섰다. 경험도 없는 내가 과연 이 아이들을 제대로 이끌어 나갈 수 있을까? 공부도 하기 싫은데 한자 수업이라니, 아이들이 얼마나 싫어할까?

그곳은 저소득층 아동을 대상으로 시에서 무료로 교육해 주는 곳이었다. 보통 한부모 가정의 아이들이 대부분이고 양쪽 부모가 계셔도 형편이 어려워 학원을 보낼 수 없는 집 아이들도 있었다. 아이들은 왠지 공부에 대한 의욕도 없어 보이고 표정도 어두웠다. 아니나 다를까, 아이들은 스스로 원해서 한자 수업을 듣게 된 것이 아니라 복지관의 시간표에 따라 억지로 끌려온 것이었다. 예상대로 아이들은 상당히 한자 수업을 싫어했다.

아이들은 친하게 잘 지내는 편이었지만 때때로 공격성을 드러내며 갑자기 서로 얽혀 싸우기도 했다. 처음 한 달 간은 나도 아이들을 가르친 경험이 없었고, 워낙 아이들이 한자를 싫어했기에 복지관 선생님께 계속해야 할지 의문이 든다고 털어놓기도 했다. 솔직히 너무 힘이 들었고 당장 그만 두고 싶었다. 복지관 선생님은 지금까지 한자 수업을 계속 해왔기 때문에 반드시 해야 한다고 했다.

집에 돌아와서 곰곰이 생각해 보았다.

'아이들을 가르치게 되었다고 기뻐 날뛴 지 불과 며칠 지났다고 그만두겠다는 소리를 그렇게 쉽게 했을까……'

갑자기 자책감이 들면서, 이것도 선생님이 되기 위한 하나의 과정이라고 나를 위로했다. 수업 방법에 대해서도 다른 방법을 모색해 봐야 했다. 그전에 계시던 선생님은 수업 시간에 한자를 열 번씩 써 보게 하셨단다. 그러다 그분도 도저히 아이들을 통제할 수가 없어서 그만두셨다고 했다. 이 시점에서 나까지 아이들에게 져서 손을 들고 포기해 버린다면 또 다시 한동안 한자 수업이 공백으로 남게 될 것이었다.

새로운 각오로 다시 출발해 보기로 마음을 먹었다. 우선 수업방법부터 바꾸어야 했다. 워낙 아이들이 요란하게 떠들어서 어지간히 큰 소리로 말해도 잘 먹히지 않았기에, 말을 줄이고 받아쓰기 형식으로 아이들 수준에 맞게 급수별로 문제를 10개씩 준비해 가기로 했다. 같은 소리음끼리 줄긋기라든가, 한글 밑에 한자음 달기 등 내 나름대로 최대한 머리를 써가며 연구를 했다. 다양하게 문제지를 바꾸어 갔더니 그 결과 조금씩 아이들이 한자의 매력을 느끼는 것 같았다. 나는 아이들이 한 문제만 맞혀도 과장되게 칭찬을 해주었다.

"우와~ 잘했어! 바로 그거야!"

칭찬의 힘이 얼마나 큰지는 이론적으로 알고 있었지만, 그 실질적인 위력에 놀라지 않을 수 없었다. 칭찬을 들은 아이들은 신이 나서 써보기도 하고 자기의 점수에 관심을 가지는 듯하더니 점차 수업태도가 적극적으로 변해갔다. 특히 가장 못하는 아이를 위주로 칭찬을 해주었더니 일부 아이들은 "선생님, 쟤가 뭘 잘했다고 칭찬을 해주세요?" 하며 질투를 하기도 했다.

그때마다 나는 귓속말로 "더 잘하라고 격려해주는 거야."라고 일일이 변명해야 했다. 이렇게 작은 칭찬 한 마디에 세상을 다 가진 듯이 기뻐하기도 하고, 또 잡아먹을 듯이 질투하기도 하는 걸 보면 역시 아이들은 아이들이라는 생각이 들었다.

내게 도전적인 눈길을 보내던 아이들의 눈빛은 차츰 부드럽고 온화한 눈빛으로 변해갔다. 어느 날 내가 복지관 문을 열고 들어간 순간, 한 아이가 복지관 선생님께 "한자 선생님 왜 안 오세요?" 하는 소리를 들었다. 첫날 내게 가장 두드러지게 반감을 표현했던 아이였다. 늘 수업 시작하기 10분 전에 도착했었는데, 그날은 내가 조금 늦어서 거의 수업 시작 시각에 맞추어 도착했던 것이었다.

'아! 아이들이 나를 기다려 주는구나.' 하는 기쁨에 무어라 표현할 수 없는 감동과 고마움을 느꼈다.

어떤 아이는 수업 중에 가만히 앉아있지 못하고 이리저리 돌아다니며 나를 너무 정신없게 만들었다. "가만히 앉아 있어." 하고 타이르면 내 팔을 꼭 잡고 매달리며 응석을 부리기도 했다. 안타깝게도 엄마가 안 계신 아이였다.

'그래, 이 아이들에게는 엄마 같은 선생님이 필요한 거야.'

그날부터 나는 아이들에게 엄마처럼 따뜻하고 친근한 선생님이 되기로 했다.

아이들이 점점 한자를 좋아해주는 모습을 보니 한자 급수 시험에 도전시켜 보고 싶은 생각이 들었다. 가장 쉬운 8급부터. 자격증을 따게 하면 더 한자를 열심히 할 것 같았고, 아이들이 자신감도 얻을 거라는 생각이 들었기 때문이다.

복지관 선생님께 아이들에게 시험을 치르게 하고 싶다고 건의 드렸더니 선생님은 망설이셨다. 그곳 아이들이 집중력이 많이 떨어지는 것을 알고 있었기에 걱정이 앞섰던 것이다. 그렇게 우물쭈물 고민하는 동안 결국 원서 접수 날짜를 놓쳐서 8월에 있을 한자 급수 시험은 그만 포기해야만 했다.

할 수 있을 거라는 자신감이 있었는데……. 결국 복지관 선생님의 우려를 뒤로 하고 내 방식대로 밀어붙이기로 했다. 그때부터 수업을 잘 따라와 주는 아이들을 따로 테스트해보고 급수를 올려서 가르쳤다. 처음에는 8급만 가르치다가, 몇 명은 7급으로 올렸고, 잘 하면 다시 6급으로 올렸다. 아이들은 참으로 예쁘게 잘 따라와 주었다. 단순히 복잡한 한자라는 개념을 버리게 하고 한자도 재미있게 공부할 수 있는 것이라는 것을 일깨워주며 한 단계씩 급수를 올려나가니까 아이들도 재미있어 했다.

그리고 그 해 11월에 나는 반신반의하며 다시 급수 시험을 치르게 해 달라고 복지관에 부탁했다. 이번에는 다행히 허락을 받을 수 있었고, 나는 스무 명 아이의 원서를 제출하여 그토록 바라던 한자 시험을 치르게 했다. 놀랍게도 그 스무 명 중 무려 19명이 합격이라는 결과를 가져왔다.

산만하고 공격적이었던 아이들, 한자와 선생님을 싫어했던 아이들, 모두가 힘들 것이라고 했던 그 아이들이 해낸 것이다. 함께 도전해 준 한 명 한 명이 그렇게 사랑스럽고 예쁠 수가 없었다. 자랑스러운 나의 첫 제자들은 그렇게 '하면 된다'는 진리를 다시 한 번 확인시켜 주었다.

그렇다. 마음먹고 작정하면 안 될 것이 없다고 믿는 나의 밀어붙이기 공부법이 제대로 효과를 낸 것이다. 그때 이후로 나는 처음 아이들이 잘 따라 와주지 않았을 때 느꼈던 절망감에서 완전히 벗어날 수 있었다. 그렇게 세월이 흘러 아이들과 함께한 시간이 어느덧 2년을 훌쩍 넘어가고 있다.

처음에는 길에서 나를 만나면 의식적으로 피했던 그 아이들도 이제는 저 멀리에서도 나를 먼저 알아보고 "한자 쌤!" 하며 반갑게 인사를 해준다. 그리고 이제는 복지관에서도 나에 대해 더욱 신뢰를 가지게 된 것 같다.

맨 처음 실습을 하게 해달라고 부탁하러 왔던 그 아줌마가 아닌, 이제는 말썽꾸러기 아이들에게 한자 자격증을 따게 한 엄연한 '선생님'인 것이다. 복지관 측은 내가 조금 하다가 말 것 같아 보이기도 했는데 의외로 열심히 하고 있고, 무엇보다 아이들에게 급수 시험에 도전할 기회를 주었다는 것을 높이 인정해 주었다.

대학을 졸업하고 경북대 한문학과에 시간제 등록생으로 편입이 확정된 후, 나는 시간상의 이유로 아이들을 가르치기 힘들겠다고 양해를 구한 적이 있었다. 그때 복지관 선생님은 "아이들이 급수를 올려 공부한다고 좋아하며 한껏 부풀어 있는데요. 어떻게 바쁘시더라도 시간을 계속 내주시면 안 되나요?" 하며 부탁했다. 나 역시 입장이 상당히 곤란했다. 이미 개인적으로 한자 급수 공부방도 개업한 상태였고, 더구나 대구까지 통학을 하게 되면 시간이 절대적으로 부족할 것만 같았다. 그렇지만 내 입장만을 내세워 거절을 할 수도 없는 입장이었다. 처음부터 나를 믿고 선생님으로 활동할 수 있도록 배려해 준 곳이 아닌가?

나 역시도 일 년을 같이 해온 아이들이었기에 막상 그만둔다고 생각하니 아쉽기도 했고, 처음으로 나를 믿고 아이들을 맡겨준 복지관에 고맙기도 했거니와, 나에게 처음으로 선생님이라고 불러준 그 아이들이 자꾸만 눈에 밟혔다. '그래, 까짓것 내가 좀 더 부지런 떨면 되겠지.' 하는 마음에 계속하기로 마음먹었다.

나는 지금 살고 있는 동네에서 5년간 미용실을 했다. 누구나 내가 미용실 아줌마라는 사실을 알고 있는데도 불구하고 복지관 측에서는 선뜻 내게 아이들에게 한자를 가르칠 수 있는 기회를 주었다. 물론 다른 선생님이 안 계신 탓도 있었겠지만, 그래도 쉽게 나 같은 사람에게 수업을 허락해 줄 만큼 만만한 곳은 아니었다.

내가 한자를 가르친다니까 어떤 사람들은 의아해 하며, 잘 다니고 있던 아이를 복지관에 보내지 않는 엄마도 있었다. 더구나 작은 동네이다 보니 말들은 오죽 많았겠는가? 간혹 아줌마들 사이에서 안 좋은 소문이 흘러나오기도 했지만 복지관 측에서는 나를 믿고 지금까지 맡겨 주었다. 그런 믿음이 있었기에 나 역시 지금까지 그분들의 기대에 어긋나지 않게 열심히 노력해 왔다.

다행히 수강신청 결과 금요일을 비울 수 있었고, 내 수업을 금요일로 바꿀 수 있다면 그다지 무리 없이 해 나갈 수 있을 것도 같았다. 다행히 금요일 수업을 맡은 다른 선생님이 시간을 바꿔주셔서 복지관 수업을 계속할 수 있었다.

시간이 없어서?

많은 사람들은 이런 말을 너무도 쉽게 한다.

"난 시간이 없어서 못해."

나는 지금까지 단 한 번도 공부할 시간이 '있었던' 적이 없다. 검정고시 공부를 할 때도 낮에는 미용실일을 했으며, 저녁 6시가 되면 가게 문을 닫고 야학교로 향했다. 내가 유일하게 자유롭게 공부할 수 있었던 시간은 야학을 마치고 집으로 돌아온 밤 11시부터였다. 그때부터는 가게에 찾아오는 손님들로부터도 자유로웠으며, 아무에게도 방해받지 않고 조용히 오로지 공부에만 몰입할 수 있었다.

집으로 돌아온 다음 간단하게 샤워를 마치고 나면, 가장 먼저 컴퓨터에 앉아 1시간 정도 교육방송을 들었다. 그 다음에는 침대 위에 조그마한 상을 올려놓고 그날 야학에서 배운 것을 새벽 2시까지 복습하고 나서야 겨우 잠자리에 누워 눈을 붙였다. 그리고 아침 6시 30분이면 작은딸을 학교에 보내기 위해 어김없이 잠자리를 털고 일어나야 했다. 공부를 시작한 이후 나는 항상 잠이 부족했고, 언제든지 머리가 베개에 닿기만 하면 5분 내로 곯아떨어졌다. 그렇게 정신 없이 바쁘게 공부한 결과 나는 10개월여 만에 초·중·고 세 개의 검정고시를 모두 통과할 수 있었다.

그 다음부터는 다시 한자 공부에 열을 올리며 정신을 집중시켰고, 난생 처음 들어간 대학공부를 할 때도 낮에는 장사와 학교 공부, 한자 급수 공부를 병행해가며 1학년을 마쳤다. 2학년이 되고 나서는 미용실을 그만두었지만, 그래도 한시도 시간을 헛되이 보낸 적이 없을 정도로 나는 시간 아끼는 것을 마치 큰 재산 아끼는 것처럼 해왔다.

20여 년 동안 생계를 책임져준 미용실을 접고 나서부터는 평소 하고 싶었던 서예 공부에도 도전했다. 그리고 매주 토요일이면 한자 진흥회에서 주관하는 한자 지도사 수업을 위해 대구까지 통학했다.

금요일에 학교 수업을 마치고 집에 오면 11시가 넘곤 했지만, 토요일이면 어김없이 새벽 5시에 일어나 작은딸을 등교시키고 김천역까지 버스비 천오백 원을 아끼기 위해 30분 거리를 걸어 다녔다. 첫 기차가 오전 7시 28분에 있었는데, 그 시간은 좌석버스밖에 다니지 않았다. 일반버스보다 5백 원이 비쌌고, 역까지는 그다지 멀지 않았기에 솔직히 버스비가 아까웠다. 조금만 집에서 일찍 출발하면 충분히 걸어갈 수 있는 거리였기 때문이다.

다만 문제가 된다면 가방이 조금 무겁다는 것이었다. 학교 준비물은 책과 필기도구 정도가 다였지만, 여자들이 흔히 가지고 다니는 화장품 등 잡다한 물건들이 더해지니 꽤 무거운 짐이었다. 그렇게 무거운 가방을 메고 30분 거리를 걸어 기차를 타고 김천에서 대구로 수업을 들으러 다니는 과정을 꼭 9개월을 했다.

사람은 누구나 당시에는 충분히 힘든 상황을 이겨 나갔으면서도, 막상 세월이 흘러 지나온 길을 되돌아보면 '내가 그때 어떻게 견디며 해낼 수 있었을까?' 하는 마음이 들기 마련이다. 나 역시도 그때를 돌이켜보면 그런 생각이 든다. 밤늦게까지 야간 대학을 다녀와서 새벽같이 일어나 첫차를 타고 9개월을 대구로 주말마다 통학했다는 것이 믿어지지 않을 정도로, 어디서 그런 열정이 나와 나를 지탱했을까 하는 생각이 들곤 한다.

시간을 지배할 줄 아는 사람이 인생도 지배할 줄 안다.

그렇다. 시간을 지배하지 못하는 사람은 인생의 모든 문제에서 타인에 의해, 또는 주변 환경에 의해 끌려 다니게 된다. 스스로의 인생을 지배하지 못하고 끌려 다니는 삶이란 얼마나 허무한가? 시간을 지배하는 능력은 아주 사소한 습관 하나하나에서 비롯된다.

나는 이 교훈을 되뇌며, 시간 관리를 철저히 하기 위해 부단히 노력했다. 그로 인해 본의 아니게 주변 사람들로부터 냉정한 사람이라는 평가를 받을 때도 있었지만, 어느 한 부분의 희생 없이는 절대 목표를 향해 매진할 수 없기 때문에 내가 감당해야 할 부분이라고 생각했다.

天 不 生 無 祿 之 人 地 不 長 無 名 之 草
천 불 생 무 록 지 인 지 부 장 무 명 지 초
하늘은 복 없는 사람을 내지 않았고, 땅은 이름 없는 풀을 기르지 않는다.

태어난 사람은 다 복을 받았고, 살고 있는 사람은 땅이 이름을 남길 기회를 다 주었으니 잘 되고 안 되고는 자신의 할 탓이라는 뜻이다. 나는 남편과의 실타래를 풀지 못한 결과 이혼이라는 최악의 결정을 내릴 수밖에 없었고, 그 때문에 과연 내게 복(福)이라는 것이 조금이라도 있는 것인지 의심한 적도 있었다. 하지만 마음만 먹으면 얼마든지 내 뜻대로 되는 일도 있다는 것을 공부를 통해 알게 되었다. 공부는 타인과 마찰을 빚을 일도 없고, 혼자서 자신의 능력에 맞게 목표를 세워 해 나가면 그만이지 않은가? 또한 노력한 만큼의 결과가 합당하게 주어지니 세상에 그보다 공정한 것이 어디 있겠는가?

내게는 다사다난한 인생살이보다 공부가 열 배쯤은 더 쉬웠다. 공부를 하면 혼자 조용히 사색(思索)의 시간도 가질 수 있고 몰랐던 것을 새로이 알아가는 즐거움을 누릴 수도 있었다. 집중력이 흐트러질 때쯤이면 바로 책을 덮고 잠깐 동안 휴식을 취했다. 짧고 달콤한 휴식 후에 다시 책을 펴면 몇 시간이고 공부에 집중할 수 있었다.

요즘은 건강만 유지할 수 있다면 얼마든지 공부할 수 있겠다는 생각을 많이 한다. 최근 들어 안경을 쓰지 않으면 글씨들이 퍼져 보이는 현상이 나타나기 시작했다. 중년에 흔히 찾아오는 안막건조증이 내게도 찾아 온 것이다. 그럴 때면 화장실로 달려가 찬물로 씻어도 보지만 그전처럼 시야(視野)가 맑지는 않았다. 뭔가 뿌옇게 각막 안에 잔뜩 끼어 있는 것 같고 뻑뻑한 느낌이 드는 것은 이제 어쩔 수 없나 보다. 나이 앞에는 장사(壯士) 없다는 그 말이 남의 일인 줄 알고 살아온 것이 어리석은 생각이었다는 것을 느끼는 요즘이다.

정신세계는 어릴 때와 별반 다르지 않은데, 몸이 굳어지는 것은 그 무엇으로도 해결할 수 없는 불가불위(不可不爲)의 일인 것 같다.

'눈만 예전처럼 좋았더라면 공부에 더욱 매진할 수 있었을 텐데……. 관절염과 허리 디스크만이라도 없었더라면…….' 이런 생각을 하면 이제는 도저히 돌이킬 수 없다는 마음에 젊고 건강했던 시절을 헛되이 보낸 일이 더 큰 후회로 다가온다.

눈이 점점 안 좋아져 큰맘 먹고 안경점을 찾았다. 현재의 시력에 맞춰 안경을 새로 하면 조금 나아지지 않을까 하는 생각에 무리를 해서라도 제대로 된 안경을 사기로 한 것이다. 그런데 안경점 직원이 대뜸 "노안(老眼)이시네요."라는 말을 했다. 쉰을 바라보는 나이라면 충분히 들을 수 있는 소리였지만, 왜 난생 처음으로 듣게 된 노안이라는 그 말이 그다지도 싫었을까? 순간적으로 발끈 화를 내며 "지금 무슨 소리 하시는 거예요? 노안이라니?" 하며 뒤도 돌아보지 않고 그대로 나와 버렸다. 아마도 갑작스런 나의 행동에 안경점 직원 또한 적잖이 당황했을 것이다.

지금 돌이켜 보면 아무것도 아닌 일인데, 그때는 거의 충격에 가까운 상처를 받았다. 어느새 내가 노안이라는 소리를 듣는 노인층이 돼 버렸나 하는 낙심도 들면서. 결국 그날은 착잡한 마음에 그냥 집으로 돌아와야 했다.

그래도 나는 행복한 사람

한자 급수 1급을 취득하고 나니 한자교육진흥회에서 회보를 보내왔다. 한자 지도사 교육과정이 있다는 것을 알게 된 건 그 회보를 통해서였다. 한문 공부가 너무 재미있었고, 그동안 독학으로만 공부해서 체계적으로 배우지 못한 아쉬움에 꼭 들어보고 싶었다.

기간은 4개월, 대구교육대학교에서 토요일마다 오전 9시부터 12시 30분까지 있는 수업이었다. 문제는 수업을 들으려면 새벽 5시부터 준비를 해야 한다는 점이었다. '과연 할 수 있을까?' 라는 고민을 잠깐 했지만, 문젯거리를 오랫동안 고민하지 않는 내 특유의 성격상 바로 등록하기로 결정했다.

원서를 내기 위해 대구를 찾았다. 고향이 대구였지만 한동안 가보지 못했던 터라 오랜만에 밟아본 대구는 감회가 새로웠다. 더구나 어릴 적 뛰어놀던 곳이 바로 이곳, 동대구역 근처였다. 늘 느끼는 것이지만 대구는 갈 때마다 많은 변화를 느끼게 하는 도시이다.

동대구역 건설이 한창이던 어린 시절에 친구들과 매일 동대구역

공사장엘 놀러가곤 했다. 그곳에는 여름철 우리의 전용 수영장이었던 냇물이 있었는데, 그 냇물은 공사가 시작되면서 온통 흙탕물로 변해 버렸고, 그 옆에는 돌을 높이 쌓아 열차가 지나갈 수 있는 평지를 만들었다. 그전엔 마음대로 들락거리던 곳이었는데, 그때부터는 너무 높아 기어서 올라가야 했다. 우리가 굳이 그 높고 위험한 철로까지 올라갔던 이유는 그곳에 철근 조각들이 많이 버려져 있었기 때문이다. 우리는 버려진 철근들을 주어다가 당시 최고의 간식거리였던 엿으로 바꿔 먹곤 했다.

9살 때였다. 나는 높은 곳에 올라가는 데는 여느 남자 아이들 못지않았다. 그날도 나는 재빠르게 가장 높은 곳까지 제일 먼저 올라가 승자의 위엄을 뽐내고 있었다. 바로 그때 뒤따라오던 한 친구가 "저기 경비 아저씨 온다. 도망가자!" 하고 외쳤다. 그 순간, 당황한 나는 발을 헛디뎌 바로 아래로 떨어지고 말았다. 아래쪽은 냇가여서 뾰족한 자갈이 무수히 깔려있었다. 나는 떨어지면서 바닥에 턱을 정면으로 부딪치고 말았다. 끔찍한 사고였다. 피범벅이 된 나는 친구들이 모셔온 어머니와 함께 곧바로 동네 병원으로 갔다.

그 당시는 마취가 제대로 이루어지지 않는 시절이었다. 더구나 작은 동네 병원은 말해서 무엇 하겠는가? 지금은 기억나지 않아 어머니께 들은 이야기지만 당시 나는 마취도 하지 않은 채 여덟 바늘을 꿰맸다고 한다. 병원이 떠나가도록 울었고, 꿰맨 병원과 치료하기 위해 다닌 병원과 실밥을 푼 병원이 각각 달랐다고 한다. 한 번 갔던 병원은 문 앞에만 가면 자지러질 듯이 울며 안 들어가겠다고 버텼기 때문이란다.

어릴 때부터 나는 버티는 '깡'이 있었나 보다. 그때부터 나를 못 이기신 어머니는 하는 수 없이 시내 여러 병원을 돌아다녀야 했다. 한 번 가본 병원은 다시는 안 들어간다고 버텼으면서도, 새로운 건물 앞에서는 어머니가 병원이 아니라고 속이면 바보처럼 따라 들어갔다는 것이다.

요즘처럼 의술이 발달되었다면 지금처럼 깊은 상처는 남기지 않았을 텐데, 지금도 내 얼굴에는 그날의 훈장(?)이 크게 자리 잡고 있다. 그 상처 때문에 친구들은 "조직의 보스였냐?" 하고 농담을 하기도 한다. 여자가 얼굴에, 그것도 턱에 커다란 흉터를 달고 다니는데다가 성격도 왈가닥이다 보니 자주 그런 소리를 듣는다.

동대구역에 도착해보니 문득 내가 다쳤던 그 장소에 가보고 싶은 마음이 들었다. 너무 높게만 느껴졌던 경사진 그곳에 냇가는 온데간데없이 사라졌고, 주변에는 건물들이 꽉 들어차 있었다. 내가 떨어졌던 지점에는 3층짜리 건물이 우뚝 서 있었다.

3층집 꼭대기와 철로의 높이가 거의 같은 걸 보니, 그 당시 나는 3층 정도 높이에서 떨어진 것 같았다. 불현듯 옛날 일들이 스치며 지나갔다. 그동안 참 불행했다고 여겨지는 삶이었는데, 여기 다시 와서 보니 그래도 명(命)은 복을 타고 난 것 같다. 지금까지 이렇게 멀쩡히 살아있는 걸 보면.

작은딸아이 6살쯤엔 봉사활동을 다녀오다 교통사고가 난 일이 있었다. 추운 겨울이었고, 눈이 많이 온 후여서 지면이 얼어 있었다. 초보운전이었던 나는 지면 상태를 모른 채 무리하게 가파른 내리막

길을 내려왔다. 오르막을 지나 내리막으로 접어들면서 속도를 줄이기 위해 브레이크에 발을 올려놓는 순간, 차가 그대로 아래로 미끄러진 것이다. 브레이크를 아무리 밟아도 더욱 빠른 속도로 미끄러지는 차를 도저히 세울 수가 없었다.

'아, 이런 게 사고구나! 이렇게 죽을 수도 있겠구나.' 하는 생각이 머리를 스쳐 지나갔다. 차가 미끄러지는 불과 몇 초의 시간 동안 나는 본능적인 판단을 내려야 했다. 왼쪽으론 댐이 있었고, 오른쪽은 산이었다. 순간적으로 나는 핸들을 오른쪽으로 잡아 돌렸고, 미끄러지던 차는 굴러 뒤집혀버렸다. 하늘이 도우셨는지 다행히도 맞은편에서는 다른 차가 오지 않았기에 충돌은 일어나지 않았다. 불과 몇 초 사이에 그 모든 일이 진행되었던 것 같다.

차바퀴가 하늘을 향해 있었다. 다른 충격이 없이 뒤집혔기 때문에 다행히 차문이 열렸다. 옆 좌석에 있던 작은딸을 확인했다. 다행히 딸아이를 안고 탔던 아주머니가 차가 구르는 순간에도 아이를 꼭 안았기에 아이는 무사했다.

'오! 주여!'

다른 사람들도 그때서야 눈에 들어왔다. 감사하게도 다친 사람은 없어 보였다. 순간, 핸들을 반대로 꺾었다면 차가 댐으로 굴러 떨어졌을 거라고 생각하니 아찔함에 가슴이 철렁 내려앉았다.

내 차는 당시 우리나라에서 가장 작기로 유명한 차였다. 그 작은 차에 사람은 또 왜 그렇게 많이 태웠는지, 두 엄마와 그 집 아이들까지 태웠으니 정원이 초과한 상태였다. 지나가는 사람들이 119에 알려 우리가 하나씩 밖으로 기어 나오는 동안 앰뷸런스가 도착했다. 우리는 구급차에 태워져 김천도립병원으로 이송됐다.

병원에 도착했을 때 나는 깜짝 놀라지 않을 수 없었다. 병원 문 앞에 의료진 수십 명이 구급 장비를 갖추고 우리를 기다리고 있었던 것이다. 차량 전복 사고라고 신고가 들어와서 사람들이 많이 다쳤을 거라고 생각했었나 보다. 의료진은 구급차에서 멀쩡하게 걸어 내려오는 우리들을 보고 잠시 멍해지는 표정을 하더니 바로 철수를 하기 시작했다.

다행히 모두들 별다른 외상이 없었기에 가벼운 검진을 몇 가지 받은 후 그날 바로 집으로 돌아올 수 있었다. 그러나 나는 갑작스런 충격으로 허리를 다쳐, 가게 문을 며칠간 닫고 병원으로 외래진료를 다녀야 했다. 차는 바로 폐차되었다.

이 얼마나 다행스럽고 감사한 일인가! 3층 높이에서 떨어졌을 때도 턱에 흉터를 남기는 것으로 그쳤고, 차가 폐차될 정도로 큰 교통사고가 났는데도 크게 다치지 않았으니 말이다. 만약 떨어지면서 척추나 머리를 다쳐 불구가 되었다면, 사고가 났을 때 맞은편에서 차가 한 대라도 지나갔다면, 핸들을 댐 쪽으로 돌렸다면……. 상상만 해도 끔찍하다. 아마 오늘 이렇게 글을 쓸 수도 없었겠지.

살아온 날들이 주마등처럼 뇌리를 스쳐 지나가고 있는 지금, 그래도 난 신의 축복을 받고 있는 사람이라는 생각에 감사하다. 그동안은 때때로 세상에서 복이라고는 제일 없는 사람 중에 한 사람이 나라고 생각할 정도로 자기 학대를 심하게 할 때도 있었다. 세상에서 내가 가장 불행한 여자인 이유를 조목조목 적어 보기도 했다.

〈내가 불행한 이유〉

1) 부모를 잘못 만났다.

2) 학교교육을 받지 못했다.

3) 시대를 잘못 타고났다.

4) 불행한 결혼생활을 두 번이나 했다.

5) ·······.

더 이상 생각나는 게 없었다. 상당히 불행한 삶이라고 생각했는데 막상 적어보려고 하니 실제로 그다지 적을 게 많지 않았다.

이번에는 반대로 세상에서 가장 행복한 여자라고 가정해 보고 써 나가기 시작했다.

〈내가 행복한 이유〉

1) 비교적 신체 건강하다.

2) 지금이라도 공부할 수 있는 여건이 주어졌다.

3) 학업이 가능한 정도의 지능을 가졌다.

4) 자식들이 속을 썩이지 않는다.

5) 비록 대출금으로 이루어지긴 했지만, '집주인' 소리를 듣는다.

6) 내가 계획했던 대로 꿈이 이루어지고 있다.

그동안 내 인생은 불행과 고통으로 점철된 삶인 줄로만 알았는데, 이렇게 적어놓고 보니 행복한 쪽이 한수 위였다. 이만하면 됐지, 무얼 더 바라겠는가? 잠깐 왔다 가는 세상, 여기서 더 바란다는 것은 욕심인 것이다. 모든 일은 마음먹기에 달려있다. 내가 지금 지닌 것에 감사하고 만족할 줄 알면 행복한 것이다.

'지족(知足)', 즉 만족을 알면 인생이 행복하다고 했다. 여기서 한 가지를 더 추가하자면, '지지(知止)', 그칠 줄 알아야 한다고 했다. 만족할 줄 아는 삶과 그쳐서 멈춰서야 하는 자리를 아는 삶. 이 말을 아는 것은 쉽지만 실천하기는 어렵기에 자꾸만 신세한탄을 하게 되는 것이 아니겠는가? 알고 있는 것보다 받아들이는 것이 더 중요하다는 것을 다시금 깨닫게 된다.

순간, 지금까지 많은 우여곡절을 겪는 가운데서도 이 정도로 평탄하게 살 수 있었던 것은 늘 누군가가 나를 이끌어주고 보살펴주었기에 가능했을 것이라는 생각이 들었다. 좋은 가정교육을 받지 못했고, 학교교육도 제대로 못 받은 내가 그나마 이 정도로 누리고 살아올 수 있었던 것은, 분명 내가 마음속으로 믿고 의지하는 그분의 힘이었을 것이다. 지금 생각해 보면 내가 교회를 나가지 않고, 그분을 외면하고 있을 때에도 그분은 언제나 내가 가야 할 길을 묵묵히 일깨워 주신 것 같다.

한자 지도사 수업을 신청하고 집으로 돌아온 나는 또 다른 중대한 결정을 내려야 했다. 현재 운영하고 있는 미용실을 계속하면서 이 모든 공부를 할 수 있을까?

평일에는 대학 야간 수업 때문에 오후 5시 30분에 문을 닫는다. 주말에 대구로 교육을 받으러 가게 되면 토요일엔 하루 종일 문을 닫아야 했다. 현재 오래된 단골들 중 내가 공부하는 것을 알고 이해해 주시는 몇 분의 배려로 그나마 최소한의 수입이 유지되고 있는데, 토요일까지 문을 닫게 되면 가게 사정은 더욱 악화될 것이 뻔했다.

게다가 미용실을 계속하면 마음도 편치 않고 손님들께도 최선을 다할 수 없을 뿐 아니라 수입도 만족스럽지 않았다. 우리 집 손님들에게 가장 많이 듣는 말은 "이 집은 어떻게 된 게 손님이 주인 시간에 맞춰야 해요?"라는 말이었다. 오래된 단골 몇 분은 이렇게 불평하면서도 나와 시간을 어렵게 조정하는 불편함을 감수하면서까지 계속 우리 가게를 찾아주었다. 그 손님들을 생각하니 가게를 그만두는 건 정말 못하겠다는 생각이 들었다.

그렇다고 이제 공부할 수 있는 길을 알았고, 공부에 푹 빠져있는 내게 다시 예전처럼 미용실로 돌아가서 살라고 한다면 그것 역시 싫었다. 다시 사방이 막혀 있는 조그마한 가게 안에서 매일 똑같은 생활을 반복하는 삶은 이제 내게는 의미가 없어진 지 오래되었다.

둘 중 하나를 포기해야만 한다. 계속 공부를 하려면 가게를 정리하고 세를 주는 게 나을 것 같았다. 집도 팔아야 했다. 가게 집세만으로는 생활하기 어려웠기 때문이다. 머리가 복잡했다.

난 늘 내 생각이 여기까지라고 마음먹으면 바로 실천으로 옮겨야 직성이 풀리는 편이다. 오래 고민하지 않는다. 고민거리가 생기면 우선 그것을 분리한다. 고민을 함으로써 해결될 수 있는 문제와, 아무리 고민을 해도 해결될 가능성이 전혀 없는 것으로 나누는 것이다. 이 두 가지로 고민거리를 분리하고 나면 오랜 시간 머리 싸매고 끙끙거리며 에너지를 소비하는 일이 없다.

전자인 경우는 해결점을 찾아 바로 행동으로 옮기고, 후자인 경우에는 미련 없이 그 문제를 나의 머릿속에서 제거해 버리는 것이다. 그리곤 그 문제를 다시는 거론하지도 않으며, 아예 내게 그런 일들은 일어나지도 않은 것처럼 행동해 버린다. 혼자의 생각인지는 모르겠지만, 이런 성격은 부모로부터 물려받은 유일한 유전적 자산인 것 같다. 어쩌면 교육도 제대로 받지 못한 내가 거친 세상을 살아오며 후천적으로 깨닫게 된 나만의 삶의 대처 방법인지도 모른다. 어떤 사람들은 긍정적인 성격을 타고난 것이 부럽다고 하기도 하고, 어떤 사람은 어떻게 그럴 수 있냐며 이해할 수 없다고 하기도 한다.

내가 결정한 일에 대해서는 후회하지 않게 만들기 위해 노력한다. 지금까지 늘 그래왔다. 이미 결정한 일에 대해서 후회할 시간이 있다면 차라리 앞을 내다보고 현실적인 계획을 세우는 것이 현명한 일이 아닐까?

나는 결국 나의 평생직장이자 20여 년 동안 우리 가족의 생계를 책임져 주었던 정든 미용실을 내놓았다. 다행히 가게는 광고가 나가고 얼마 지나지 않아 세를 놓을 수 있었다. 우연인지 하늘이 도우셨는지, 한자 지도사 첫 수업이 있는 날 가게를 넘겨주기로 계약을 하게 되었다. 이제부터는, 가게는 신경 쓰지 않고 내가 하고 싶은 공부를 마음껏 할 수 있게 된 것이다. 다만, 경제적으로 많이 힘들 것이라는 점은 감내(堪耐)해야 했다. 다행히 가게 보증금과 미용 장비들을 넘겨준 돈으로 1년은 버틸 수 있을 것 같았다.

그리고 대학을 졸업하고 나면 교육청에 신고해서 공부방을 열기로 마음먹었다. 가정에서 학생들에게 한자 급수 지도를 하는 것이다. 처음부터 생계비를 충당할 정도는 아니겠지만, 한 사람 한 사람에게 최선을 다하다 보면 어느 정도 안정된 생활을 할 수 있을 것 같았다. 그리고 무엇보다 내가 즐기고 좋아하는 일을 하며 돈을 벌 수 있다는 생각에 한껏 들떴다. 이제 미용실 아줌마가 아닌 선생님으로서의 삶이 시작되는 것이다.

한자 지도사 수업, 새로운 세상을 만나다

한자 지도사 첫 수업! 새벽 5시에 일어났다. 3월이라 바깥 공기는 꽤 쌀쌀했고 밖을 내다보니 아직 캄캄했다. 부지런히 서둘러 아침 열차를 타야 했다. 아침 일찍 움직이는 사람들의 대열에 나도 합류한 것이다. 얼마만의 아침 외출인가?

미용실을 하는 동안 나는 출근 대신 가게 문을 여는 것으로 하루를 시작했다. 그것도 내가 편한 시각에 문을 열었다. 어떤 날은 조금 일찍, 어떤 날은 조금 늦게…… 어찌 보면 누군가의 강요도, 지각도 없는 편한 생활이기도 했다. 이렇게 차가운 아침 공기를 마시며 분주하게 움직이는 인파에 섞여 외출하는 것은 지난 40여 년 동안 해본 적이 없었다. 내 삶이 이렇게 달라졌구나, 새삼스러운 감격과 설렘이 밀려왔다.

추운 날씨에 잔뜩 웅크린 사람들의 표정을 둘러봤다. 바삐 움직이는 사람들을 보면서 '이 부지런한 사람들이 대한민국을 움직이는구나.' 하는 생각을 했다.

학교로 향하는 동안 가슴 벅찬 희열을 느꼈다. 나도 이제 당당한 사회인으로 제2의 인생을 준비한다고 생각하니 앞으로 다가올 내 인생은 지금보다 밝을 것이라는 확신이 들었다.

대구교대 정문을 들어서는 순간 믿어지지 않을 정도로 커다란 감격을 느꼈다. 내가 대구교대 강의실에서 공부를 하게 된 것이다. 이런 날이 올 거라고 누가 상상할 수 있었을까? 무학(無學)으로 생을 마칠 거라고밖에 생각되지 않았던 나의 삶이 이렇게도 바뀔 수 있다는 사실에 또 한 번 가슴 벅찼고, 마치 20대로 돌아왔다는 착각이 들 정도로 기뻤다.

경비실을 통과하는데 아무런 제지를 받지 않자 신기하고 의아했다. 대학 정문을 통과할 때 일일이 출입허가를 받아야 하는 줄 알았기 때문이다. '옛날 공장 생활을 할 때에는 경비실에서 출입자들을 일일이 확인했었는데…….' 라는 생각을 하면서 공장과 학교를 비교하고 있는 내 자신이 머쓱해져 웃음이 나왔다.

공장에서 기숙사 생활을 했던 10대 시절, 기숙사 밖으로 나가야 할 때면 일일이 담당자의 허가증을 받아야만 통과가 가능했다. 강압적이고 통제된 생활……. 또 다시 생각이 거기까지 미쳤다. '어떻게 그 상황을 버텨낼 수 있었을까?' 늘 지나온 시간들 속에서 느끼는 것이지만 누군가 내게 견뎌온 세월들을 다시 한 번 겪으라고 한다면 절대 못할 것 같다.

그래서 인생은 생방송이라고들 말하나 보다. 매시간을 치열하게 싸워야 하는 경기장 같은 곳, 연습과정 없이 부딪히는 매순간을 스스로 방어기제를 발휘하며 살아야 하는 그런 생방송 같은 인생, 왕복

승차권이 주어지지 않는 편도 인생. 나는 나의 무지함으로 중요한 순간마다 옳은 방향으로 나아가지 못하고 살아왔던 것 같다. 내 생애 가장 큰 오류인 두 번의 결혼생활에서 알 수 있듯이 인생을 너무 쉽게만 생각하고 살아 온 것이다.

주위를 두리번거려가며 겨우 강의실에 도착했다. 넓은 강의실에는 삼십여 명의 사람들이 앉아 있었다. 정년퇴임을 했을 것 같은 지긋하신 분들도 계셨고 젊은 사람들도 있었는데 나는 중간 세대쯤으로 보였다.

이곳에서도 자기 소개시간이 있었다. 다들 학사나 석사들이었고 현직 교사, 교수, 학원장도 있었다. 한 번도 이런 사람들과 자리를 함께한 적이 없었던 나는 그들의 사회적 지위에 놀라 주눅이 들 수밖에 없었다. 나는 한낱 미용실을 하다가 온 사람일 뿐이었다. 그나마 내가 대학에 재학 중인 만학도라고 소개할 수 있다는 게 천만다행이라고 스스로 위로했다.

"저는 김천에서 20년 동안 미용실을 운영하다 어제부로 폐업신고를 했고, 현재 대학에서 사회복지를 전공하고 있는 만학도입니다. 집에서 독학으로 한문 1급까지는 땄지만 좀 더 체계적으로 한문을 배우기 위해 이 자리까지 오게 되었습니다."

검정고시에 대해서는 말하지 않았다. 대학 때 그랬던 것처럼 편견이 생길까봐 두려웠기 때문이다. 인사를 마쳤을 때 사람들 속에서 "우와" 하는 소리가 흘러 나왔다. 일단은 성공적인 인사말을 건넨 것 같아 다행스러웠다. 뿌듯한 마음이 들면서 이제는 사람들 앞에 나서도 나의 이력이 결코 초라하지만은 않다는 것을 확인하게 되어 기뺐다.

교수님은 옥편을 통째로 드셨다고 본인 소개를 하셨다. 과연 그분은 내가 보았던 9개월 동안 어떠한 질문에도 막힘없이 그 자리에서 명쾌한 답을 주실 정도로 한문에 탁월한 분이셨다. 더욱 놀라운 것은 이 수업을 위해 토요일마다 새벽 5시에 일어나서 서울에서 대구까지 오신다는 것이었다. 이 일이 아니면 생계가 어려워지는 것도 아닐 텐데 수 년 간을 새벽같이 그렇게 다니시는 것만 봐도 그분의 한문에 대한 열정을 짐작할 수 있었다.

교수님은 한자로 된 불경이 좋아서 종교도 불교를 택하셨단다. 대구 강의가 끝나면 곧장 울산으로 향하셨다. 토요일마다 대구와 울산에 수업이 있었고, 평일에는 서울에서 수업을 하시는 등 그야말로 한문의 대가(大家)라고 일컬어질 정도로 여러 곳에서 강의를 하시는 분이었다. 이런 분께 한자를 배운다니, 정말 영광스럽고 꿈만 같았다.

한자 지도사 과정을 밟으면서 많은 것을 배울 수 있었다. 독학을 할 때와는 비교할 수 없을 정도로 학문에 깊이도 있었고, 수업을 통해 배운 지식은 오래도록 잊어버리지 않을 만큼 더욱 강하게 각인되었다.

수업을 듣는 동안 나는 한문에 대해 더 깊이 공부를 하고 싶다는 욕구에 사로잡혔다. 한문은 인성을 기르는 데 없어서는 안 될 학문이라는 생각이 들었다. 성인들의 말씀 한 마디가 오늘날 사회에 반드시 필요한 인격을 확립할 수 있다는 것을 알게 된 것이다.

또한 훌륭한 사람들과 함께 공부하면서, 배운 사람과 그렇지 못한 사람의 차이를 확연하게 느끼는 기회가 되기도 했다. 배운 사람들은 확실히 달랐다. 마음에 여유가 있어 보였고 표정이 온화했으며, 선비 같은 분위기를 풍겼다. 자연히 나도 그 분위기에 동화되면서 행동을 조심하기 시작했고, 말을 할 때도 신중을 기하게 되었다. 그분들과 함께 있으면 나도 품격 있는 사람이 되는 것 같았다.

수업은 잠시라도 한눈을 팔거나 느슨해질 수 없었다. 교수님 강의에 집중하면서 동시에 꼼꼼하게 필기해야 했기에 정신을 더 바짝 차렸고, 또한 내가 좋아하는 분야이다 보니 더 열정을 가지고 임할 수 있었다.

대학 2년을 다니는 동안 노트를 반 권도 채우지 못했다면, 한자 지도사 강의는 9개월 만에 두꺼운 노트 한 권을 다 채웠을 정도였다. '이런 게 대학 공부구나.' 하는 생각이 그때서야 들었다.

나는 이런 수업이 좋았다. 해도 그만 안 해도 그만, 적당히 앉아서 시간만 보내는 수업이 아니라, 매 시간마다 알차고 강도 높게 진행되는 수업이 그렇게 뿌듯할 수가 없었다. 매주 토요일마다 '오늘도 이런 것들을 배웠구나!' 하는 자부심이 들면서 점점 더 학문의 세계로 빠져들어 갔다.

같이 수업을 듣던 분들도 내가 늦은 나이에 학업을 하고 있고, 첫새벽에 일어나 김천에서 대구까지 통학하면서 열심히 수업에 참여한다고 칭찬과 격려의 말을 아끼지 않으셨다. 내가 존경하고 좋아하는 사람들로부터 받는 소중한 격려는 나를 한껏 들뜨고 신나게 만들었다. 아마도 그분들의 그런 자극들이 나를 더욱 한자에 빠져들게 만들었던 것 같다. 이제야 대학에서 배우지 못한 학구열을 비로소 체험한 나는 7월에 치른 한자 지도사 시험에 무난히 합격할 수 있었다.

수료식이 있던 날, 처음으로 학사모를 썼다. 대학에서 졸업 사진을 찍기 위해 잠깐 썼던 것 외에, 공식 석상에서 학사모를 쓰고 행사에 참석한 것은 그때가 처음이었다. 눈가에 뜨거운 액체가 흘러나올 것 같은 느낌이 들어 사진을 찍고 난 뒤, 아무도 모르게 얼른 화장실로 가서 눈가를 닦았다. 이렇게 좋은 날 남들에게 처량한 눈물을 보여할 이유가 무엇인가? 당당하고 활기찬 모습으로 이 기쁨을 누리고 싶었다.

비록 시험은 통과했지만, 한문은 몇 달 만에 끝낼 수 없는 깊고 심오한 학문이었다. 태어나서 처음으로 감명 깊게 들었고 내게 새로운 세상을 열어준 그 수업을 다시 듣기 위해 나는 재수강 신청을 했다. 이번에는 시험을 본다는 부담에서 벗어나 오로지 한문에만 집중해 보고 싶었고, 한 번 들어서는 이해할 수 없었던 내용들까지 완벽하게 공부해 보고 싶었다. 나의 기대대로, 두 번째 강의는 이전에 몰랐던 새로운 부분까지 보완하고 더욱 깊이 있게 공부할 수 있는 기회가 되었다.

4개월의 수료과정을 마치고 다시 찾은 그곳은 이미 떠난 사람도 있었고, 나처럼 재수강 신청을 한 사람들도 있었다. 그리고 새로 입학하는 신입생들까지 들어오면서 강의실은 여전히 북적북적했다. 새로운 한 학기동안 반을 이끌어갈 회장과 총무를 뽑는 시간이었다. 본부장님이 내게 "김천 선생님, 한 분 추천해 주시지요."라고 했다.(그곳 학생들은 모두 '선생님'이라는 호칭으로 불렸다.) 내가 추천을 하기 위해 자리에서 일어섰을 때 어느 쪽에선가 "추천하지 말고 그냥 김천 선생님이 회장을 맡아주시죠!" 하는 소리가 나왔다. 그와 동시에 여기저기서 같은 목소리가 들려왔다. 단 몇 초 만에 일어난 일이었다. 나는 어리둥절한 상태로, 그 분위기의 심각성(?)을 깨닫기도 전에 회장이 되고 말았다. 본부장님이 거수(擧手)로 결정하자는 제의를 함과 동시에 모든 사람들이 손을 들었다. 그리고 이어지는 박수소리. 변명의 말 한 마디조차 할 수 없는 상황이었다.

도저히 믿어지지 않았다. 지난 4개월 동안 같이 수업을 들으면서 내가 그분들에게 보여준 것이라곤, 결석하지 않았다는 것과 수업시간에 떠들지 않고 조용히 앉아있었던 것뿐이었는데 어느샌가 그분들은 나를 신뢰하고 있었던 것이다. 나는 나를 믿어주는 사람들이 이렇게 많다는 것을 알게 된 기쁨에 그대로 회장직을 맡기로 결정해 버렸다.

"고맙습니다!"라는 인사만 하고 그만 자리에 앉아버린 것이다. 이어지는 교수님의 한 말씀, "강의를 7년째 하고 다니는 동안, 이런 경우는 처음 봤습니다. 이렇게 짧은 시간에 만장일치(滿場一致)로 회장 선출이 이루어지는 경우는……."

그날 내가 얼마나 기분이 좋았는지, 나 아닌 다른 그 누구도 모를 것이다. 너무 기분이 좋은 나머지 경제적인 무리를 감수하면서 과 전체 사람들에게 점심식사 대접까지 했다.

얼마 만에 받은 사람들의 따뜻한 시선인가? 대학을 다니는 동안 나는 검정고시 출신이라는 것과 이혼녀라는 편견으로 힘든 시간을 보냈다. 사람들은 인식을 쉽게 바꾸려고 하지도 않았고, 어느샌가 그 편견은 그대로 나의 전부가 되어 있었다. 내가 자랑스럽게 생각했던 '검정고시'가 그들에게는 한낱 조롱거리가 될 수 있다는 것을 뒤늦게 깨달았던 것이다.

그런 아픔이 있었기에 한자 지도자반에서는 검정고시에 대해 아무에게도 말하지 않았다. 나에 대한 정보를 통해 나를 아는 것이 아니라 나의 있는 모습 그대로를 통해 나를 알아가 주기를 바랐다. 그런데 그 모습 그대로를 사람들은 인정해준 것이다.

사람은 주위로부터 인정받고 사랑받을 때 달라질 수 있다는 것을 느꼈다. 내가 좋아하고 존경하는 그분들에게 인정받았다는 것이 마치 인생을 성공한 것처럼 기쁘고 자랑스러웠다.

나에 대한 주위의 평가가 이렇게까지 달라질 수 있다는 것이 놀라웠다. 내가 이혼녀라는 것과 무학이었다는 것이 알려져 있던 김천대학에서 나는 과의 꼴통이었고, 나에 대해 말하지 않았던 한자지도사반에서 나는 둘도 없는 모범생이었다. 사람들이 두 종류의 다른 나를 만든 것인지, 주위 사람들에게 이끌려 나 스스로 양면성을 지니게 된 것인지 궁금하다.

한문 공부를 하면서 점점 나의 인성(人性)이 변화하고 있는 것을 느끼기 시작했다. 입을 무겁게 해야 한다는 것, 속마음을 다 드러내어서는 안 된다는 것, 남들에게 가볍게 보이지 말아야 한다는 것도 깨달았다.

나는 활달하고 다혈질이라 참을성이 많이 부족하다. 즉흥적으로 행동하는 편이었고, 나를 포장할 줄도 몰랐다. 예전에는 솔직한 게 미덕이라고 생각해서 직설적인 표현을 주로 했지만 이제는 모든 것이 달라져야 했다.

舌詩(설시)

口 禍 之 門
구 화 지 문

口 是 禍 之 門이요
구 시 화 지 문 (입은 재앙의 문이요)

舌 是 斬 身 刀 이니
설 시 참 신 도 (혀는 곧 몸을 자르는 칼이니)

廢 口 深 藏 舌 이면
폐 구 심 장 설 (입을 닫고 혀를 깊숙이 감추면)

安 身 處 牢 이니라.
안 신 처 뇌 (가는 곳마다 몸이 편하다)

　미용실을 운영할 때는 손님들에게 말을 많이 해야 친절하다는 인식을 받았기에 다소 수다스러울 필요가 있었다. 그렇게 불필요한 말까지 하는 것이 습관이 돼버린 나는 학교생활을 하면서도 그 버릇을 버리지 못했다. 그 때문에 나는 학교에서 미운털이 박히는 톡톡한 대가를 치렀고, 학기말 끝나갈 때쯤에야 비로소 내 자신을 돌아보게 되었다. 대학에서 졸업장과 함께 큰 교훈도 얻어 가게 되는구나 싶었다.

당시 초중고 검정고시를 단기간에 통과한 것이 지역 신문과 방송사를 통해 몇 번 알려지게 되면서 나는 커다란 착각에 빠지고 말았다.

'아 ! 내가 정말 잘한 거구나.'

그러나 그것은 순전한 착각이었다. 다른 사람들은 내가 무학이었다는 사실을 가지고, 마치 나에 대한 대단한 꼬투리를 잡은 것처럼 빈정대기도 했다.

나는 지금껏 부모님께 감사할 일이 크게 없다고 생각하고 살아왔다. 그런데 요즘은 가끔 나의 새로운 면을 발견할 때마다 감사하게 된다. 한번 굳힌 결심은 흔들리지 않는, 강인함에 대한 감사다.

조금은 이기적인 면이라고 생각되지만, 나는 한번 뜻을 둔 일을 할 때에는 그 어떤 말도 귀에 들리지 않을 정도로 앞만 보는 편이다. 방해가 될 요소들은 반대로 긍정적인 언어로 뒤집어서 나에게 편한 쪽으로 해석해버리는 것이다. 긍정적인 태도와 일에 대한 확고한 고집스러움, 한번 결정한 일에 대해 후회하기보다 헤쳐나가는 진취성. 그전엔 모르고 살아왔던 나의 내면에는 부모로부터 물려받은 좋은 유전자들이 꽤 있는 것 같다. 늦게나마 그것을 알게 되어 감사하다.

나는 사람들이 하는 말 중에 '시간이 없어서' 라는 말을 가장 싫어한다. '시간에 끌려가지 않고 시간을 내가 끌어와서 관리해 보고나 하는 소리냐?'고 반문(反問)해 보고 싶다. 모두에게 공평하게 하루 24시간이 주어져 있지만, 그것을 어떻게 관리하느냐에 따라 48시간처럼 살 수도 있고, 한 시간처럼 살 수도 있다.

　미용실 카운터에 마련된 나의 책상은 우리 가게에 드나드는 사람이라면 누구나 한번쯤은 살펴보게 되어 있는 공개된 장소이다. 나는 지나간 달력을 버리지 않고 그 뒷면을 활용해 노트로 사용했다. 어떤 사람들은 궁상맞게 보기도 했고, 검소하다고 칭찬해주기도 했으며, 요즘도 이런 사람이 있나 신기해하기도 했다. 달력 뒷면에 빼곡히 한자 공부를 하고 있는 나를 본 어떤 사람들은 안타까운 마음이 들었는지 이렇게 걱정해 주기도 했다.

　"아니, 요즘은 한자를 잘 쓰지도 않는데 뭐 하려고 이렇게 한자 공부를 한다고 시간을 허비하세요?"

　지금은 그런 말을 듣는다면 얼마든지 이해시킬 수 있을 정도로 한자에 대한 가치관이 확립되었지만, 그땐 거기에 제대로 된 답변을 할수 없을 만큼 내 한자 실력도 부족했고 가치관도 정립되지 않은 상태였다. 그냥 막연히 "한자가 너무 재미있고 좋아서요."라고만 대답했다. 그러고 보면 질문을 하는 사람이나 답변하는 사람이나 무지(無知)하기는 매한가지였던 것 같다.

　우리나라에서 한자를 배척하게 된 것은 광복 이후에 '한글을 배워온 국민이 문맹에서 벗어나야 한다'는 인식이 확산되었기 때문이라고 한다. 그러나 우리말의 70% 이상이 한자로 이루어져 있는데, 말이 이루어진 원리를 밝혀주는 한자를 도외시(度外視)하고 한글만으로 읽고 쓰게 하는 것은 본질과 균형을 잃은 것이 아닐까?

　아시아 여러 국가들이 지금도 초등학교부터 한자를 가르치고 있는 것에 비해, 우리나라만 유독 한자를 배척하고 있다. 초등학교에서도 의무교육이 아니고 학교장 재량에 따라 방과 후 수업으로 시행되는 것이 관례이며, 중학교와 고등학교에서도 선택 과목으로 이루어지고 있는 것이다.

일각에서 다시 한자교육을 시켜야 한다는 주장이 계속해서 재기되고 있고, 역대 국무총리 21명이 초등학교 교육과정부터 한자를 가르쳐야 한다고 정부에 건의하기도 했지만 여전히 한자는 그 설 자리를 잃어가고 있는 것 같다.

요즘 아이들의 메마른 인성을 생각하면 한문 교육은 한시라도 늦추어서는 안 될 과제라고 생각한다. 나 역시도 한문 공부를 하기 전에는 구시대적인 한문을 병기하는 것보다 쉽고 효율적인 한글로만 사용하는 게 당연하다고 생각했었다. 그러나 한문을 접하면 접할수록 한문은 이 시대를 사는 현대인에게 꼭 필요한 올바른 인성과 자아(自我)정체성 확립에 도움을 주는 학문이라고 생각하게 되었다.

공자와 맹자 그리고 노자 같은 성인들이 고서적(古書籍)에 남긴 말씀들은 이기적이고 개인주의가 팽배해진 요즘 세대에 경종을 울리는 교훈적인 것들로 가득하다. 사람이 어떻게 살아가야 하는가, 또한 인성이 어떻게 다듬어져야 하는가를 그대로 보여주는 것이다.

지금으로부터 약 2,600년 전에 기록된 것임에도 불구하고 오늘날 현실을 그대로 반영한 듯한 글귀들을 대할 때마다 나는 '아! 그래, 바로 이거야!' 하며 혼자 무릎을 치며 탄복하곤 한다. 자신을 돌아보고 성찰(省察)하는 것은 아무리 세월이 흘러도 변할 수 없는 과제이기에, 선현들이 물려주신 고서적(古書籍)은 어떤 시대이건 그 가치가 퇴색되지 않는 것 같다.

그러나 요즘 젊은 세대들은 한자를 배울 기회가 많지 않아 그 선현(先賢)들의 지혜가 담긴 귀한 책들을 접해보지도 못하고 있다. 이 얼마나 안타까운 현실인가?

공자의 인의예지 수기치인(仁義禮智 修己治人) 같은 덕목은 문명 충돌과, 환경파괴, 인권유린과 같은 문제는 물론 지역갈등, 빈부격차, 노사문제, 교육문제 등 해결해야 할 우리 숙제에 대한 명쾌한 해답을 제공하고 있다.

– 2009년 10월 27일 《매일경제신문》 사설, 서정돈 성균관대 총장

'인의예지(仁義禮智)'란 사람이 마땅히 갖추어야 할 네 가지 성품, 즉 어질고, 의롭고, 예의바르고, 지혜로워야 함을 뜻하고, '수기치인(修己治人)'이란 자신의 몸과 마음을 먼저 닦은 후에 남을 다스려야 한다는 뜻이다.

어려서부터 영재교육을 시킬 것이 아니라 이런 생활 습관을 중시해서 가르친다면 분명히 오늘날의 메마른 청소년들과는 다른 결과가 나타나지 않을까? 정서적으로도 편안함과 여유를 가지고, 남을 배려할 줄 아는 사람으로 자라날 수 있을 것이다. 비록 이런 교육을 한다고 해서 모든 행동이 배운 대로 되지는 않겠지만, 적어도 아이들에게 무엇이 옳고 그른지, 무엇을 추구하고 살아야 하는지에 대한 기본적인 가치관은 세워줄 수 있으리라고 본다.

예전에 나는 감정대로 모든 일을 처리했고, 화가 나면 일단 폭발을 해서 토해냈다. 그럴 때마다 내 안에 있는 나쁜 감정을 날려버리

는 것 같았고, 스트레스가 해소되는 것 같은 느낌도 받았다. 하지만 지금은 감정이 앞설 때마다 예전엔 못 느끼던 죄책감이라는 것이 내 가슴 저 밑바닥으로부터 솟구친다.

'또 행동이 못 따라줬구나, 나의 인내심이 이 정도밖에 안 되는 가?' 하는 후회와 함께 나의 행동을 부끄러워하게 된 것이다. 그리고 아직 수양이 많이 부족하다는 것을 통감하면서 두 번은 실수를 하지 않아야겠다고 자아성찰(自我省察)을 하는 나를 발견하곤 한다. 이 얼마나 값진 교육의 힘인가?

나는 이것만으로도 한문 공부를 하면서 크게 성장했다고 생각한다. 배운 대로 실천하지 못하는 것은 누구에게나 마찬가지일 것이다. 하지만 같은 행동을 하고도 죄책감을 못 느끼던 것이 배우기 전이라면, 지금은 죄책감을 느끼면서 개선하려고 노력한다는 것이 큰 차이점이다.

아이들에게도 마찬가지이다. 초등학교 때부터 한자를 천 자 정도 깨우치게 하고 《명심보감(明心寶鑑)》과 같은 책을 필독서로 읽힌다면, 분명히 아이들의 정서와 가치관에 긍정적인 영향을 줄 수 있을 것이다. 어린 나이에 접하는 지식들은 빠르게 흡입될 수 있으므로, 초등학교 때 심성을 수양하는 책을 통해 바른 가치관을 확립시켜 주는 것이다. 그러면 사춘기에 맞이하게 되는 방황에 보다 슬기롭게 대처할 수 있는 밑바탕도 생기게 되고, 나아가 청소년 범죄 예방에까지 긍정적인 영향을 미칠 수 있을 것이라고 나는 확신한다.

어머니가 쌓아놓은 벽

학이지행(學以知行).

배운 대로 행동하라는 뜻이다. '그 나이에 공부해서 뭐 할 건데?' 라고 묻는 사람들에게 나는 이렇게 대답하고 싶다. '엄청난 자산(資産)을 이루었다' 고……. 나이가 들수록 많이 배워야 한다는 것을 깊이 느낀다. 사람은 시간이 갈수록 옳든 그르든 자신이 믿고 있는 가치관 속에 갇혀 점점 완고한 자기만의 세계를 만들게 된다. 배우지 않으면 그 가치관에 대해 돌아볼 기회를 얻지 못해 결국 자기가 쌓아놓은 성곽에 갇혀 왜곡된 가치관을 가지고 살아가게 되는 것이다.

나의 친정어머니도 그전에는 지금처럼 냉정하지 않으셨다. 주위 사람들로부터 인심 좋다는 얘기도 많이 들으셨고, 누구보다 다정다감하고 따뜻한 분이었다. 그러나 지금은 어쩌다 전화라도 하면 세상 모든 게 귀찮다는 듯이 왜 전화했냐며, 퉁명스럽게 빨리 끊으라고 하실 정도로 냉정해지셨다. 무엇이 어머니를 그렇게 만든 것일까?

예전에는 정반대의 모습으로 변해버린 어머니를 이해하지 못했지만, 시간이 흐를수록 조금씩 어머니를 이해할 수 있게 되었다. 평생 가난에 찌들어 사신 내 어머니는 당신의 인생에서 가장 중요한 가치를 오로지 '돈'으로 여기셨다. 그렇게 홀로 자식 넷을 키우며 돈을 모으는 일에만 세월을 보내신 어머니는 정작 자신을 위해서는 십 원한 푼도 쓸 줄 몰랐다. 어렵사리 모아둔 많지 않은 돈은 자식들이 번갈아가며 이런저런 핑계로 뜯어가기 일쑤였고, 어머니는 갖은 욕설을 퍼부으면서도 마지못해 내어주시곤 했던 것이다.

자식이 달라고 하면 뿌리치지 못하는 게 부모 마음이라지만, 유달리 아들 사랑이 끔찍하신 우리 어머니는 오직 아들들에게는 당신이 줄 수 있는 모든 것을 주고도 늘 미안해하고 아쉬워하셨다. 며느리는 때때로 어머니께 생활고를 한탄했고, 그럴 때마다 어머니는 만약 어머니가 돈을 안 주어서 생계가 힘들어지면 며느리가 가출을 할 것이고, 그러면 손자들을 당신께서 키워야 한다는 그런, 나로서는 이해되지 않는 공식으로 인해 가진 돈을 몽땅 내어주시기를 수차례 반복해 왔다. 어머니 말씀처럼, 그렇게 남동생이 가져간 돈을 합치면 집 한 채 값은 족히 되고도 남았을 것이다.

또 다른 나의 남동생은 없는 집안에 일본으로 대학을 가겠다고 어머니를 졸랐다. 입학금만 대주면 다음부터는 자기가 벌어서 다니겠다고 약속했기에, 어머니는 예순이 넘은 나이에도 남의 집에 일을 다니며 어렵사리 막내아들의 등록금을 마련해 주었다. 그러나 아들은 매 학기마다 어머니께 손을 벌렸고, 결국 졸업할 때까지 모든 등록금을 어머니가 대주고야 말았다. 대학을 졸업한 후에는 영국에까지 유학을 가겠다고 했다. 그렇게 노모의 피땀 어린 돈으로 영국 유학까지 마친 아들은 지금 연락조차 되지 않고 있다.

언젠가 동생이 영국으로 유학가기 전 내게 잠시 들른 적이 있었다. 영국으로 가는 항공권 비용을 내게 부탁하러 온 것이었다. 늘 그랬지만, 나이 쉰이 되도록 내 통장 잔고는 항상 바닥이었다. 집을 먼저 장만하고 대출금을 갚아나가며 살아왔기 때문이다.

매달 결제일만 되면 카드로 갚고 다시 대출을 받아 생활하는 내가 무슨 돈이 있어 그 돈을 해줬을까? 지금 생각하면 다른 것도 아니고 동생이 공부하러 간다는 그 이유 하나만으로 선뜻 해준 것 같다. 내가 워낙 못 배웠고 공부에 한이 맺혀 있었기에, 없는 형편에 공부하겠다고 그 멀리 영국까지 가겠다는 동생이 기특하기도 했고 대견스러워 카드빚을 내서 해준 것이다.

그 후로 오늘까지 6년이라는 세월이 흘렀지만 한 번도 동생을 보지 못했다. 영국에 있던 동생은 일본 어느 회사에 취직이 되어 유학을 중도포기하고 다시 일본으로 갔다. 그리고 일본 유학 시절 알게 된 10살 연상의 한국 유학생과 동거를 하고 있다고 했다. 그 소식을 전해들은 어머니는 그날로 동생에게 다시는 한국에 오지 말라고 엄포를 놓으셨고, 동생은 정말 어머니 말씀대로 한국에 나오지도 않고, 결국 연락이 두절되었다.

집 한 채 값을 가져간 큰아들은 아직까지 빚더미에 쌓여 전셋집을 전전하고 있고, 어머니께 가장 살갑게 대하고 공부를 마치면 호강시켜 드린다고 큰소리치던 막내아들조차 어머니를 외면하고 있으니, 어머니의 실망과 충격이 얼마나 컸겠는가?

거기다 요즘 안 그래도 바른 소리 잘하는 미운 딸이 미장원 폐업까지 하면서 이 나이에 공부하겠다고 하고 있으니 예쁘게 봐주실 리가 없었다. 어머니가 보시기에는 기껏 공부를 시켜 놓은 아들은 일본에서 행방불명되었으니, 늦은 나이에 공부하겠다고 설치고 있는 이 딸이 얼마나 한심하실까?

이런 어머니께 내가 공부를 하고 나니 지난 삶과는 비교가 되지 않을 만큼 많이 변했고, 행복해졌다는 말이 귀에 들어오실 리가 없었다.

워낙 한(恨)의 골이 깊었던 만큼 한번 발을 들여놓은 공부의 세계는 그 한을 보상받기라도 하듯 무섭게 빨려 들어갔다. 지금까지 세상을 살아오면서 이처럼 스릴 넘치고 재미있는 것이 없었다. 오락으로 오는 즐거움은 일시적이었고, 그 순간이 지나고 나면 후회와 허무가 밀려와 즐거웠던 그 시간조차 기억하고 싶지 않을 만큼 나를 더 힘들게 한 반면, 공부를 하면서 오는 즐거움은 시간이 지날수록 그 크기가 더해만 갔다.

한 가지 목표를 세우고 그 목표를 계획한 대로 이루어냈을 때 오는 쾌감은, 무엇과도 비교할 수 없을 만큼 스릴 있고 짜릿했다. 차곡차곡 쌓이는 졸업장과 한자 공부를 하면서 취득한 각종 자격증, 이모든 것들이 나를 미치도록 흥분시키는 것이었다.

이렇게까지 공부에 빠져 있는 나를 조금도 이해하려고 하지 않는 어머니가 야속하기만 해서 가까이 다가가고 싶지 않은 것 또한 사실이다. 한편으로는 이해하려고 하다가도 어머니와 전화통화를 하고 나면 저렇게까지 하셔야 하나 하는 생각이 들면서 다시 원망이 솟아오르는 나를 어떻게 할 수가 없다. 내가 어머니였다면 어릴 때 제대로 못 가르쳐 준 것이 미안해서 늦게 공부하는 딸을 격려해 줄 것 같은데, 무엇이 저렇게 밉고 못마땅하신 걸까?

아홉 남매 중 여덟 째 딸로 태어나신 어머니는 – 그 시대의 여자들이 대부분이 그러했겠지만 – 학교를 전혀 다니지 않으셨다. 한글도 외삼촌들이 공부하는 것을 어깨 너머로 보고 깨우쳤다고 하셨다. 어머니는 지금도 여자는 한글만 알아도 불편함 없이 살 수 있다고 믿고 계신다.

처음엔 어머니를 붙잡고 여러 차례 공부의 필요성에 대해 설명을 드려봤지만 그럴 때마다 내게 돌아오는 것은 상처뿐이었다. 처음부터 아예 내 이야기를 듣지 않고 귀를 닫아버리는 어머니께 나의 하소연은 하나의 부질없는 울림일 뿐이었다. 어쩌면 내 어머니를 보고 느낀 것이 나를 더욱 공부에 빠지도록 하는 것인지도 모르겠다. 나 역시 늙어서 내 자식들에게 저렇게 독단적으로 편견을 내세울까봐 두려워서…….

어머니가 평생을 헌신했던 두 아들은 결국 어머니를 외면하고 있으며, 학교교육도 가정교육도 제대로 받지 못한 언니와 나는 성공이란 단어조차 기대할 수 없는 삶을 살게 된 것이다. 매일 술에 취해 폭력을 휘두르는 아버지로 인해 늘 불안한 성장기를 거쳤고, 힘든 공장 노동에서 벗어나고 싶어 결혼 또한 섣불리 하다 보니 가난을 대물림받을 수밖에 없었던 것 같다. 그래서 본의 아니게 어머니께 다른 집 자식들처럼 용돈을 드리기는커녕 옷 한 벌 제대로 해드리지 못했다.

이 기막힌 어머니의 삶이 이제는 한(恨)을 넘어 당신을 악(惡)으로 중무장하게 만든 것이다. 보는 자식들마다 푸념과 한탄을 하는 것을 넘어, 온갖 악담까지 쏟아 내시는 것이다.

당신 자신을 위해 돈을 제대로 써보지도 못했는데 그렇게 악착을 떨어 돈이 모일 때쯤이면 큰 남동생이 아니면 작은 남동생, 거기다 언니까지 셋이 번갈아 가며 어머니 표현에 따르면 '뜯어간다'는 것이다. 나 역시도 어머니의 돈을 '뜯어' 쓴 적이 있다. 그나마 나는 집을 사기 위해 빌렸다가 이혼하면서 집을 팔게 되어, 비록 이자는 못 드렸지만 원금은 갚아 드렸다.

그러나 어머니는 내가 갚은 돈을 고스란히 남동생 카드빚을 갚아 줘야 한다며 다 건네주셨다. 기가 막혔다. 나는 어머니의 돈을 빌려서 집을 산 것에 대해 늘 마음이 쓰였고, 그것을 갚을 능력이 되지 않아 결국은 집을 팔 수밖에 없었다. 그런데 그 돈이 그렇게 뜻 없이 소비되는 것을 보니 너무도 허무했다.

그렇게 가져간 돈은 주는 사람에게는 큰돈이지만 가져간 사람에게는 공(空)돈이 되기 십상이다. 본인들이 직접 번 돈이 아니기 때문에 중요성도 못 느낀다. 어머니가 몇 년간 일해 모은 그 돈이 한낱 카드빚, 또는 의류비, 유흥비 정도밖에 안 되는 것을 눈으로 보신 어머니는 무슨 생각을 하셨을까?

"자식이 아니고 다 웬수들이다!"

많은 부모들이 나의 어머니와 같은 삶을 살고 있지 않을까. 자식을 위해 희생하는 것이 마치 습관인 것처럼, 자식을 위해 고생하는 것을 당연하게 여기는 것 같다. 설사 자식으로부터 배신당해도 희생은 멈추지 않는다.

내 어머니가 당신 자신을 위해서 취미 활동도 하고, 건강에도 투자를 하며 좀 더 심적으로 여유 있는 삶을 살았더라면 지금처럼 악으로 무장하지 않았어도 되었을 것을……. 이젠 어머니를 위한 인생을 좀 사시라고 말씀드리면, 돌아오는 대답은 한결같았다.

"언제 너희들이 나를 편하게 내버려뒀냐? 독한 것들……."

자녀가 어느 정도 성장했을 땐 모든 악조건을 스스로 헤쳐 나갈수 있도록 방임(放任)해 두어야 한다고 생각한다. 난관에 부딪혔다고, 그때마다 부모가 나서서 해결해주는 것은 자녀가 독립심과 사회성을 배울 기회를 박탈하는 것이다. 돈을 주는 것보다 돈을 벌 수 있는 방법을 가르쳐주는 것이 더 현명한 교육이 아닐까? 또한 자기가 저지른 실수는 본인들이 직접 해결해 보아야만 다시는 같은 실수를 반복하지 않을 수 있다. 모든 것들을 무조건적인 모성애(母性愛)로 해결해 준다면 결국 의존적으로 길들여진 자식을 평생 안고 살아갈수밖에 없는 것이다.

어머니께는 나도 앞서 말한 자식들과 똑같은 자식일 뿐이었다. 공부하면서 나의 대학 등록금을 어머니가 두 번 정도 보태 주신 것이다. 내 큰딸이 결혼한 지 얼마 되지 않아 나의 등록금을 다 부담하기 힘들었기에 어머니가 두 학기 동안 조금씩 보태주신 것이다. 갖은 욕설과 그리고 꼭 갚으라는 당부와 함께.

나는 지금 살고 있는 집을 팔아서라도 공부가 하고 싶었기에 집을 부동산에 내놓고 대학에 도전했다. 집이 팔리면 모든 것이 해결될 거라고 생각했기에 일단 도전부터 한 것이 결국 큰딸에게 신세를 지게되었고, 나중엔 어머니에게까지 손을 벌리고 말았다.

집은 대학을 졸업한 지금까지도 팔리지 않고 나를 힘들게 하고 있다. 아파트는 매매가 잘되는데 비해, 일반 주택은 거의 매매가 이루어지고 있지 않다 보니 몇 년째 대출금 이자를 물어가며 울며 겨자 먹기 식으로 갚아나가고 있는 것이다.

더욱 기가 막힌 것은 1층 미용실을 세놓은 후 부동산 임대업자로 분류된 것이다. 공부하면서 가게를 운영하는 데 문제가 많아 차라리 세를 주고 마음 편하게 공부에 매달리려고 했던 것이, 집세를 받고 있다는 이유로 임대업자가 되고 말았다.

이곳은 지방이고 작은 동네인데다, 가게도 아주 작기 때문에 가게 월세는 매달 25만 원에 불과했지만, 부동산 임대업자 사업자등록증을 받아든 나는 현실의 냉혹함에 또 한 번 한숨을 쉬어야만 했다.

게다가 집을 사기 위해 대출받은 빚 또한 재산으로 인정한다고 했다. 대출받은 금액을 개인이 운용하고 있다는 이유에서란다. 여러 해가 바뀌어도 팔리지 않는 집을 보면서, 이제는 집이 내게는 마치 애물단지로 전락해 버린 것만 같다. 하루빨리 팔려서 큰딸과 어머니께 진 신세도 갚고, 돈 걱정을 하지 않고 편안한 마음으로 공부에 전념할 수 있었으면 하는 바람이다.

나는 내 어머니처럼 살지 않을 것이다. 내 딸들에게 기본적인 학업만을 시켜준 뒤 그 다음부터는 본인이 알아서 헤쳐 나가도록 맡겨둘 것이다. 나 또한 자식들에게 의존하지 않고 어느 누구를 위해 희생하는 삶을 살지도 않을 것이다. 오로지 나의 개발을 위해 노력할 것이며, 후회 없는 노년(老年)을 맞이하기 위해 지금 닥쳐온 이 위기를 기회로 삼아 긍정적인 태도로 나를 개척해 나갈 것이다.

마흔 이전엔 두려워하지 말고 마흔 이후엔 후회하지 말라.

　어느 책에서 봤던 이 말은 중년에게 주는 강력한 메시지라고 생각한다. 나이를 인식하고 현실에 주저하는 삶, 변화를 두려워하는 삶은 발전이 없다. 세월은 나이 숫자만큼의 속도로 흐른다는 말도 있지 않은가?

　2010년 오늘 나는 시속 50km의 속도로 인생이라는 도로 위를 질주하고 있는 것이다.

　비록 응원하는 사람은 없지만, 나만의 인생 이모작을 위해서…….

야생의 들꽃 같은 나의 딸들

큰딸에게 나는 대학 2학년까지만 등록금을 대주었고, 그 나머지는 딸아이가 대출을 받아 졸업 후 스스로 갚았다. 딸아이는 대학 동아리 선배와 만나, 6년의 연애 끝에 결혼을 했다. 딸이 학원 강사로 일하면서 임용고시를 준비하고 있고, 사위는 회사에 취직한 지 고작 1년이 지났을 때였다. 둘 다 벌어놓은 돈도 없고 사돈 집안이나 우리 집안이나 도와줄 형편이 안 되었기에 결혼식만큼은 조금 늦추었으면 하고 바랐다.

어느 날 딸이, 사위가 자취를 해서 밥도 제대로 챙겨먹지 못하고 회사를 다닌다며 결혼식을 늦추더라도 함께 살면 안 되겠냐고 물어왔다. 순간 머릿속이 하얘지면서 그것만은 안 된다고 일침을 주었다. 내가 너무 쉽게 결혼을 결정했고 동거부터 했던 터라 내 딸만큼은 그렇게 시작하는 걸 원치 않았다.

정식으로 결혼식을 올리고 신혼생활을 누리게 하고 싶어서 일단 결혼식만 간소하게 올리자고 했다. 내 수중에 돈 한 푼도 없는 상태에서 어디서 그런 배짱이 생겼을까? 그렇게 밀어붙이기만 하고 실제로 아무것도 도와줄 수 있는 상황이 아니었다. 결혼식 비용 정도는 어떻게 해결될 것이란 막연한 생각뿐이었는데, 의외로 큰딸과 사위는 너무 알아서 잘해 주었다.

둘 다 직장 생활을 한 지 1년밖에 되지 않았지만, 워낙 알뜰했던 두 아이는 어른들의 도움 없이 결혼식과 살림집까지 스스로 다 해결했다. 대출을 받아 전셋집을 마련하고, 가전제품에서 살림살이, 예복 그리고 신혼여행까지 모든 것을 알아서 한 것이다.

이바지나 함 같은 형식적인 것들은 사돈어른들과 잘 합의가 되어서 최대한 생략할 수 있었다. 바깥사돈은 물론이고, 초등학교 교편을 잡고 계시는 안사돈 또한 개방적이고 현실적인 분들이었다. 구시대적 사고(思考)에 얽매인 형식적인 결혼식을 그대로 흉내 낼 필요가 없다는 것이 그분들의 생각이었다. 내 입장에서는 너무나 감사하고 고마운 일이었다.

덕분에 우리는 사돈과의 마찰 없이 화기애애한 분위기에서 무사히 결혼식을 마칠 수 있었다. 모든 것을 두 아이들이 알아서 했기 때문에 나는 그날 하객처럼 결혼식에 참석만 한 결과가 되고 말았다.

마음이 많이 무거웠다. 부모가 된 입장에서 도리를 다 못하고 딸에게 너무 많은 짐을 지게 했기에, 지금까지 늘 사위와 딸을 대할 때면 미안한 마음이 앞서곤 한다. 결혼식을 미루고 동거부터 하려는 것을 말리고 결혼식을 강행시킨 것 외엔 아무것도 해줄 수가 없었다. 엄마로서 아무 재력도 없는 상태에서 밀어붙이기만 한 터라 아이들이 현명하지 않았다면 결혼식을 무사히 치르지 못했을 것이다. 둘이 욕심 부리지 않고 실속 있게 결혼식을 준비했기에 좋은 결과를 가져올 수 있었던 것 같다.

결혼 2년 후, 작은 전셋집에서 시작한 아이들이 벌써 집을 장만했다. 어른들의 도움 하나 없이, 집값이 비싸기로 소문난 수도권에서 아파트를 마련한 것이다. 처음 전화로 집을 장만했다는 소리를 듣고 얼마나 감사하고 기특하던지, 내 자식이지만 이렇게까지 예쁘게 잘 자라준 것이 고마워 눈물이 났다. 한편으로는 결혼식은 물론이고, 집을 장만하기까지 경제적 도움 하나 주지 못한 내가 한없이 미안하고 가슴이 아팠다.

집들이에 사돈 내외분도 오신다고 해서 나도 친정어머니를 모시고 다녀오기로 했다. 지은 지 20년이 넘은 아파트였지만 딸이 새로 인테리어를 해서 새 아파트처럼 예쁘고 깨끗했다. 안사돈은 아이들이 이렇게까지 잘 해주어 대견하다며 기쁜 마음을 숨기지 않으셨다.

"요즘 애들치고, 우리 애들처럼 알뜰히 예쁘게 사는 사람 없을 거예요. 그렇죠?"

얼굴 가득 미소를 머금고 좋아하시며 내게 말을 건넸다.

"그럼요."

나와 사돈은 그곳에 머무는 시간 내내 아이들 자랑으로 시간을 보냈다. 안사돈은 요즘 아이들 자랑에 여념이 없다고 하셨다. 나 역시도 마찬가지였다. 알고 지내는 모든 사람에게 우리 딸이 결혼한 지 2년 만에 집을 장만했다고 자랑하고 다녔던 것이다.

이혼 후 내 손으로 직접 키우지 못해 친정어머께 맡겨둔 채 한 달에 두어 번 만나기만 했던 아이, 어린 시절 학원 한 군데 보내지 못했지만 공부도 곧잘 해주었고, 그 흔한 방황 한 번 없이 착하고 예쁘게 자라준 내 딸. 아이가 스스로 어려운 환경을 이겨내며 잘 자라준 것을 생각하면 안타까움과 미안함으로 지금도 큰딸을 생각할 때마다 눈시울이 젖어오고 만다. 그때 그 시절로 돌아간다면 다시는 그런 실수는 하지 않을 거라고, 아무 쓸데없는 후회를 해보지만 이미 돌이킬 수 없는 과거일 뿐이다.

모든 부모들은 자녀가 상처받지 않고, 아프지 않고, 좋은 것만 경험하기를 바라지만, 집안에서 곱게 키운 화초보다 야생에서 모진 바람을 이겨내며 자란 들꽃이 더욱 강인하듯이 아이들도 모진 시련을 이겨낸 후에야 더욱 강해질 수 있다.

또한 상처받고 다쳐 본 사람만이 다른 사람을 이해하고 돌아볼 수 있는 너그러움을 가질 수 있다. 바람이 불면 부는 대로 바람을 직접 몸으로 맞으며 피하는 방법을 깨우치고, 넘어지면 일어나는 방법을 스스로 배우도록, 부모들에게 어느 정도는 방임(放任)의 자세가 필요하다.

비록 내 큰딸이 들꽃처럼 모질게 살아야 했던 것은 어쩔 수 없는 일이었지만, 오히려 그것이 큰딸에게는 사회에 적응하는 법을 일찍 깨우치고 자신이 살아남는 법을 터득하게 하는 약이었던 것 같다.

자식이 부모의 속을 썩일 때 가장 흔하게 하는 말들 중에 '꼭 너 같은 자식 낳아서 키워봐라.' 라는 말이 있다지만, 내 큰딸은 지금까지 속을 썩인 적이 단 한 번도 없었다.

초등학교 시절 반 선생님이 피아노를 배운 사람은 손들어보라고 한 적이 있었단다. 그때만 해도 아이들에게 피아노는 기본으로 가르치던 시절이었고, 내 딸은 친구들이 손을 드는 것을 보고 주눅이 들었다고 했다. 그 어린 것이 얼마나 친구들을 부러워했을까? 그런 일이 있어도 이 못난 엄마 신경 안 쓰게 한다고 내겐 말 한 마디 하지 않았다.

친정어머니를 통해 그 이야기를 듣고 너무나도 미안했던 나는 그날로 아이를 피아노 학원에 등록시켰다. 자랑 같지만 무슨 과목이든 이해력이 뛰어났던 아이라, 학원에 보낸 지 3개월 만에 몇 년 다닌 아이들의 실력을 따라잡았다. 피아노 선생님은 아이가 피아노를 처음 배운 게 맞느냐며 혀를 내둘렀다.

나는 왜 그렇게 철이 없었을까? 돈 벌어서 무엇에 쓰려고 늘 쪼들린다며 큰딸을 가르치는 것조차 궁색하게 굴었을까? 결국 이렇게 지금까지 쪼들리는 삶을 살고 있으면서. 이혼하면서도 가진 재산 반을 넘겨주는 어리석은 짓까지 하면서 내 큰딸에게는 더없이 궁색했다. 절대로 이혼할 수 없다는 남편을 설득하기 위해 작은딸아이의 양육비도 청구하지 않았고, 가진 재산의 반을 주기로 해버린 것이었다. 그때의 상황만 벗어나는 것이 최선이라고 생각했기에……

세월이 지나자 나는 점점 혼자 생활을 해나가기가 힘들어졌고, 결국 작은딸 아빠에게 아이의 학원비를 보내달라고 부탁하는 처지가 되고 말았다. 예상대로 아이의 아빠는 한 마디로 거절했다. 큰딸에 이어 작은딸까지 엄마를 잘못 만난 죄로 재능이 묻히게 버려둘 수는 없었다. 같은 실수를 하지 않기 위해 어떻게든 작은딸은 제대로 가르치고 싶었다.

결국 나는 전남편에게 양육비 청구 법정소송을 내기에 이르렀다. 이렇게까지 하고 싶지는 않았지만, 아이의 아빠로서 도리가 아니라는 생각이 들었기 때문이다. 법무사 경비가 10만 원 정도 든다고 했다. 한 푼이라도 아껴야 하는 처지였던 나는 혼자 힘으로 진행하기로 했다. 인터넷을 뒤져서 필요한 서류의 기본 양식을 얻은 뒤 거기에 적합하게 직접 서류를 작성했다. 처음 해보는 절차여서인지 상당히 까다롭고 복잡하게 느껴졌다. 그나마 검정고시 공부를 해 두어 다행이라는 생각이 들었다.

그러나 어렵사리 제출한 서류는 법원으로부터 다시 작성하라는 통보를 받았다. 내가 읽어보아도 문장이 너무 허술했고 여러모로 많이 부족한 것이 느껴졌다. 한 번 더 인터넷에 기록되어 있는 사례들을 꼼꼼히 살펴본 후 이번에는 그전보다 더욱 상세하게 나의 입장을 밝히고 문장 하나하나에도 신경을 많이 써서 다시 제출했다. 그렇게 공들인 두 번째 서류는 다행히 통과가 되었다.

법무사를 통하지 않고 내 손으로 직접 서류를 작성해서 까다로운 대한민국 법원에서 요구하는 기준선을 통과한 것에 뿌듯함을 느꼈다. 만약 검정고시 공부를 하지 않았더라면 절대 내 힘으로 해낼 수 없었으리라.

재판 날짜가 잡히고 딸아이까지 출두하라는 통보를 받았다. 아직 어리기만 한 작은딸을 법원에 출석시켜야 하는 현실이 야속했지만, 어쩔 수 없었다. 그때 작은딸은 겨우 초등학교 4학년이었다. 모든 것을 내 탓으로 돌려야지 어쩌겠는가. 나의 불찰로 그런 아빠를 만났고, 내 배를 통해 이 세상에 태어난 것을……

결국 판사 앞에 아이를 앞세우고 나가 재판을 받아야 했고, 그 다음엔 어른들은 내보내고 딸아이만 남게 했다. 판사가 딸의 의사(意思)를 물어보기 위해서였다. 딸은 단호히 엄마랑 살겠다고 말했단다. 엄마가 미용실을 하면 집에 혼자 있는 시간이 많아 보살펴 주는 데 문제가 되지 않느냐는 질문에, 딸은 가게는 일층이고 이층이 집이기 때문에 늘 엄마는 집에 있는 사람이라고 설명했다고 했다.

10여 분이 흐른 뒤 나온 딸은 내가 걱정한 것과는 달리 명랑한 모습이었다. 내게 자기가 대답했던 것을 설명해주며 애써 밝은 표정을 지어 보였다. 아이의 진정한 속마음은 알 수 없었지만, 그 순간만큼은 엄마의 기분을 헤아려주는 것 같아 그렇게 고마울 수 없었다.

아무렇지 않은 표정으로 나와서 아빠에게도 잘 가라고 인사를 할 정도로, 어린 나이에 너무나 성숙하고 의젓했다. 그리고는 집으로 오는 동안 내내, 분위기를 바꾸기 위해서였는지 평소보다 말을 많이 하며 아무 일도 없었던 것 같은 모습을 보여주었다.

딸의 그런 모습에 나는 아이를 바라볼 수 없을 정도로 많이 미안했다. 이렇게까지 상처를 주고 싶지는 않았는데, 여기까지 오게 한 아이의 아빠가 원망스럽기만 했다. 어떻게 아이의 학원 한 군데를 보내달라는 부탁을 거절해 법의 힘까지 빌리게 만들었을까? 이런 사람을 믿고 내 일생을 맡기기로 했던 나의 어리석음에 다시 한 번 땅을 쳐야 했다.

법원으로부터 아이 아빠에게 한 달에 30만 원씩 양육비로 지급하라는 판결을 받아낼 수 있었다. 그 한 번의 소송으로 끝날 것을 그리도 마음 졸이고 살아온 지난 세월이 어리석게만 느껴졌다.

그 소송으로 아이 아빠는 변호사까지 선임했다. 내게 와서 변호사 비용으로 300만 원이나 날렸는데 이게 뭐냐며 투덜거렸다. 아이의 학원비로 한 달에 20만 원을 달라고 했던 나의 요구를 무시하고 일을 이렇게까지 크게 만든 장본인이 내게 할 소리인가 싶어 어이가 없었다.

한편으로는 측은하고 딱한 마음마저 들었다. 이 일로 변호사까지 선임해야 했나? 어쩌면 그렇게밖에 생각이 미치지 않았을까? 딸아이를 위한 당연한 의무조차 이행하지 않고 살고 싶어 하는 이 사람을 어떻게 이해해야 하나? 다시 한 번 그 사람의 이기적인 사고방식에 몸서리가 쳐지면서, 이혼하기를 정말 잘했다는 생각이 들었다.

혼자가 된 이후에야 나는 진정한 나의 삶을 돌아볼 수 있는 시간이 생겼다. 마음도 안정되었고 누구에게도 구애됨 없이 공부를 마음껏 할 수 있는 여건도 주어졌기에, 비록 이혼녀라는 소리를 듣고 산다고 해도 한 치의 후회도 해보지 않은 것이다. 다만, 두 번의 이혼으로 나의 사랑하는 두 딸에게 씻을 수 없는 상처를 준 것은 아마 평생 동안 아파해야 할 일인 것 같다.

편입, 난관을 뚫다

대학 졸업을 마치고 나는 사람들에게 앞으로 경북대 한문학과에 가겠다고 입버릇처럼 이야기해 왔다. 사람들은 대부분 허황된 꿈이라고들 했다. 경북에서 일류 대학인데 나의 실력으로는 절대 불가능하다는 것이었다.

그런 말을 들을 때면 묘하게 오기(傲氣)라는, 내 안에 잠재된 세포들이 무서운 속도로 들고 일어나고는 했다. 세상 사람들이 아무리 나를 주저앉히려 해도 나는 결코 주눅 들지 않았다. 그것이 나를 여기까지 오게 한 원동력이었던 것 같다. 사람들이 부정적인 말을 할수록 그것이 내게 더욱 강한 채찍질이 되었던 것이다. 야학에 계시는 은사(恩師) 한 분은 이런 말을 해주신 적이 있다.

"고정숙 씨는 도전 정신이 너무 강하고, 꿈이 터무니없이 크기 때문에 만약 그 꿈을 이루지 못했을 때 남들보다 더 큰 상처를 입을 수도 있습니다."

그리고는 언제라도 나의 평생직장인, 지금까지 열심히 꾸려왔던 미용실로 돌아갈 준비를 하라고 하셨다. 꿈의 크기만큼 큰 상처를 받을 수 있고 실망할 수 있다는 염려에서 하신 말씀인 것 같다. 그러나 나는 속으로 '절대 그런 일은 없을 겁니다.' 라며 마음을 다시 한 번 굳게 다졌다. 어떻게 먹은 마음인데, 어떻게 해서 내가 여기까지 오게 되었는데 다시 원점으로 돌아가란 말인가?

수많은 날들을 밤잠 설쳐가며 경제적인 어려움까지 감수해가며 해온 공부인데……. 이렇게 힘들게 공부한 것은 내게 꿈이 있었기 때문이다. 이제야 공부할 수 있는 방법도 깨달았고 꿈을 이룰 수 있는 자신감도 생겼는데, 여기서 포기할 수는 없었다. 건강만 허락해 준다면 경제적인 어려움까지도 극복해 나갈 수 있는 자신이 내게는 있다. 그전의 나로 돌아가는 일은 절대 없을 것이다.

학교 홈페이지를 통해 편입 원서 제출 날짜를 확인하던 나는 또한 번 나의 무지(無知)함에 땅을 쳐야 했다. 내야 할 서류에 '공인인증 영어 100점' 이라는 것이 눈에 들어온 것이다. 아뿔싸! 나는 그동안 영어를 준비하지 않았다. 막연하게 경북대를 동경하면서도 준비는 전혀 하지 않은 것이었다. 한문학과이니 한문 공부만 열심히 해놓으면 될 거라는 나의 예상은 여지없이 빗나가고 말았다.

몇 달 전 큰딸아이가 영어책과 MP3 플레이어를 사줬건만 제대로 공부하지 않았다. 처음 며칠은 책도 보고 테이프도 듣고 다니면서 열심히 들었다. 하지만 영어는 내게 너무 까마득했다. 그 수많은 단어들은 도저히 외워지지 않았고, 너무 복잡하기만 한 문법에도 질려버린 것이다.

한문 공부는 밤을 새워서라도 했는데, 영어는 처음 시작하는 순간부터 나의 한계를 단정 지어 버렸다. 영어는 안 되겠다는 결론을 내림과 동시에, 이 시간에 한문 공부를 해 두는 게 더 효율적이라고 판단해 버린 것이다. 영어 점수 만들기에 열을 올려야 했을 그 시간에 나는 논어, 명심보감, 고문진보 등을 읽었다. 성인들의 비유적이고 교훈적인 말씀들이 참 좋았기에, 그야말로 고서적(古書籍) 삼매경에 푹 빠져 버린 것이었다. 별다른 갈등 없이 쉽게 내린 이 결정이 이렇게 큰 후회로 남게 될 줄 몰랐다.

'아! 어쩌면 이렇게 무지할 수가 있을까.'

내가 편입을 결심했을 때 주위 사람들은 다른 전공으로 편입할 경우에는 3학년이 아닌 2학년으로밖에 갈 수 없다고 했다. 나는 이 말만 믿고 일찌감치 편입을 포기하고 대신 학점은행제로 한문을 전공하기로 마음먹었다. 내 나이가 벌써 쉰인데 앞으로 3년이나 학교에 더 다닌다는 것은 무리였다. 학점은행제는 열심히만 하면 1년 반 만에라도 끝낼 수 있다는 말에 귀가 솔깃했다. 하루빨리 학업을 마쳐서 내가 해보고 싶은 일을 하겠다는 의욕만 앞섰던 것이다.

하지만 학교에 직접 전화를 걸어 알아본 결과 한문을 전공하지 않았어도 3학년으로 편입이 가능하다는 사실을 알게 되었다. 그때서야 나는 사람들의 말을 곧이곧대로 믿어버린 나를 자책하면서 뒤늦게 편입을 결정했다. 왜 진작 전화해볼 생각은 하지 않고 주위 사람들의 말만 믿고 어리석게 굴었을까?

이제 와서 영어 시험을 보자니 시간이 너무 부족했다. 앞으로 원서를 낼 때까지 일주일 정도밖에 남지 않았는데 지금 토익 점수를 만든다는 것은 신(神)이라고 해도 불가능했다. 경북대의 꿈을 접느냐, 아니면 재수를 해서 내년에 가느냐에 대해 심각하게 고민해야 했다.

　나와 친분이 있는 언니 한 분은 내가 매사를 너무 쉽게 생각하는 면이 강하다는 조언을 해 주었다. 그래도 지역 명문대인데 그렇게 쉽게 들어갈 수 있다고 생각한 것 자체가 무리라는 것이었다. 그렇다. 나는 세상을 쉽게 생각하고 바라보는 편이다. 어렵게 생각하면 세상 일은 한없이 어려울 것이고 쉽게 생각하면 모든 인생길이 쉽게 열릴 것이라는, 지나친 긍정적 사고(思考)방식이 때로는 이렇게 걸림돌이 되어 나를 힘들게 할 때도 있었다.

　'어떻게든 되겠지.'

　나는 힘든 일이 닥치더라도 오랫동안 많이 고민하지 않는 낙천적인 성격이다. 그렇다고 무작정 운명에 맡겨두는 것이 아니라 할 수 있는 데까지 해보고 역시 안 된다는 판단이 서면 바로 내 기억에서 삭제해 버리는 것이다. 안될 일을 붙잡고 시간을 허비하기보다는 바로 다른 길을 모색해보는 사고방식, 그렇게 긍정적으로 살았기 때문에 그 많은 역경들을 견뎌낼 수 있었던 것은 아닐까?

　대학 2학년을 마칠 때쯤 기말고사를 끝으로 나는 완전한 해방감을 느꼈다. 끝까지 해냈다는 기쁨에, 주위 사람들에게 힘든 대학 생활을 드디어 해냈다고 여기저기 자랑을 했다. 사람들은 그동안 내가 전혀 힘든 것 같지 않아 보였다며 축하해 주었다. 매사에 긍정적인 생각으로 살아서인지, 나는 얼굴이 밝고 활기차 보인다는 소리를 참 많이 듣는다.

고생이라고는 전혀 해보지 않은 사람 같다는 얘기도 많이 듣는다. 그것이 어쩌면 나의 가장 큰 재산이자 원동력이 아닐까? 당장 돈 한 푼이 없어 카드로 신용대출을 받고 살아가는 하루하루지만 사람들은 내가 경제적으로 매우 여유가 있어 보인다고도 한다. 그렇다고 남들에게 돈을 펑펑 쓰며 인심을 쓰는 것도 아닌데……. 얼굴이 달덩어리처럼 커서 부잣집 맏며느리쯤으로 보이나 보다.

어쩌다 농담 반 진담 반으로 "나 돈 떨어졌어." 하면 아무도 믿어주지 않는다. 은행에 돈이 떨어졌으면 떨어졌지, 고정숙네 집은 돈 마를 날이 없을 것 같단다. 비록 수중에 돈 한 푼이 없어도, 이런 평을 듣고 산다는 것만 해도 축복이 아니겠는가? 남들에게 구차해 보이지 않는 것만 해도 감사할 일이다.

월말이 되면 각종 세금과 고지서를 카드로 결제하면서 돈은 때가 되면 따라주겠거니, 은행돈이 다 내 돈이려니 하며 나를 위로하곤 한다. 지금의 이 가난을 벗어날 시기가 언제인지 지금으로선 알 수 없지만 이렇게 해서라도 마음만은 부자로 살고 싶다.

변화는 기적의 문을 열게 한다.

편입 자격을 충족시킬 수 없었던 나는 급한 마음에 학과 홈페이지에 들어가서 교수님들의 인적사항을 열람해 보았다. 총 다섯 분의 교수님들이 계셨고, 사진과 이메일 주소가 기재되어 있었다. 나는 그분들에게 메일을 쓰기 시작했다. '경북대학교 한문학과 편입을 간절히 원하는 학생입니다.' 라는 제목으로, 그동안 내가 검정고시를 공부했던 과정을 밝히고 각종 신문에 보도된 나의 기사들을 스크랩해서 첨부했다. 그리고 영어 점수를 마련하지 못했는데 한문학과로 편입할 수 있는 다른 길이 없는지 자문(諮問)을 구했다.

그 중 두 분에게서 답장이 왔다. 답장에는 편입학에 있어서 영어는 필수라고 했다. 한 분은 시간제 학생으로 등록하는 게 어떻겠냐며 학과 전화번호까지 상세히 알려 주셨다. 시간제 등록을 해서 84학점을 이수하면 학부 졸업이 된다는 것이다. 게다가 영어 점수도 필요하지 않고, 자기 소개서와 구술(口述)만으로 입학할 수 있다고 했다. 시간제 학생이 되면 한문학과 학생들과 함께 수강을 하고, 경북대학교 총장 직인이 찍힌 졸업장을 받게 되며, 대학원까지 갈 수 있는 자격이 주어진다고 했다. 뜻이 있는 곳에는 반드시 길이 있는 법이다. 보라! 이런 방법도 있지 않은가?

굳이 안 되는 영어 공부를 한다고 스트레스 받지 않았어도, 내가 원했던 한문 공부만을 고집했어도, 이렇게 들어가는 길은 있었던 것이다. 그런데 시간제 학생 정원이 딱 두 명뿐이라는 점이 마음에 걸렸다. 편입학에 비해 들어가는 문이 더 좁아진 것이었다.

친구에게 이런 사정을 이야기했더니 대구 경북에서 알아주는 대학에서, 그것도 두 명 뽑는데 원서를 낸다는 것은 하늘에 별 따기라면서 포기하라고 했다. 그 말은 듣는 순간, 또 다시 나는 강한 반발심과 함께 오기가 발동했다.

'하늘의 별을 따는 거라고? 그래, 내 능력으로 하늘에 별은 못 따지. 하지만 이건 하늘의 별이 아니라 내게 주어진 별이야.'

이런 도전 정신이 내겐 나를 보호할 수 있는 강한 무기였다.

원서를 내러 가는 내내 초조하기도 했지만, 한편으론 뿌듯하기도 했다. 내가 간절히 원하는 곳에 이렇게 서류를 준비해서 지원할 수 있을 만큼의 학문을 닦았다는 데 가슴 벅찼고, 늘 동경(憧憬)해 왔던 한문학과의 꿈을 향해 나아가고 있다는 지금의 이 현실이, 내 스스로도 믿기지 않을 만큼 기적이라고 생각되었기 때문이다. 무학(無學)이었던 내가 남들은 초등학교 6년, 중학교 3년, 고등학교 3년, 전문대 2년, 총 14년의 세월을 보낸 후에야 얻을 수 있는 자격을 단 3년 만에 얻은 것이다.

사람은 누구나 현재 발전하는 진행형이다. 아무도 어제의 사람으로 머물러 있지 않다. 지나간 어제의 고착(固着)된 시선으로 사람을 판단하는 것은 어리석다. 그것은 마치 본인이 발전하지 않고 현재에 머물러 살고 있다는 것을 스스로 인정하는 결과와 다를 바 없다.

인간에 대한 심판은 과거를 바탕으로 할 수밖에 없지만 현재의 그 사람은 이미 달라져 있게 마련이다. – 톨스토이 –

괄목상대(刮目相對)라는 말도 있지 않은가? 선비는 사흘을 떨어져 있다 다시 만날 때는 눈을 비비고 대해야 할 정도로 달라져 있어야 하는 법이다. 그만큼 하루가 다르게 학문을 갈고 닦아야 한다는 뜻이다. 한자로 팔 매(賣) 자를 분석해 보면 맨 위에 선비 사(士) 자가 자리 잡고 있다. 그만큼 선비가 되기 위해서는 사야 할 것보다 팔아야 할 것이 더 많다는 뜻이다. 공자께서도 황금을 팔아 책을 사라고 말씀하셨지 않은가? 나 역시도 학자가 되기 위해 현재 내가 가지고 있던 얼마 되지 않던 패물까지 다 팔아버렸고, 집까지 부동산에 내어놓은 실정이다.

어제의 나는 바꿀 수 없지만 내일의 나는 노력 여하에 따라 얼마든지 바꿀 수 있다. 나는 현실에 안주해 있는 것이 아니라, 미래를 향해 계획된 시간들을 보내고 있으며, 내 안에 잠재되어 있는 무한한 세계를 나로부터 끄집어내기 위한 수양을 하고 있는 것이다.

여러 가지 많은 생각을 하는 사이에 경북대에 도착했다. 때는 1월, 방학 중인데도 캠퍼스에 많은 학생들이 북적거리는 것을 보고 놀랐다. 그리고 학교의 규모를 보고 또 한 번 놀랐다. 여러 군데 분산되어 있는 건물들을 보니 어떻게 찾아가야 할지 막막하기만 했다. 한 학생에게 본관으로 가는 길을 물어보면서, 방학인데 왜 이렇게 캠퍼스에 학생들이 많은 거냐고 물어보았다.

어떤 학생들은 계절학기 수강을 위해 등교했고, 또 어떤 학생들은 독서실에 자료를 보러 왔다고 했다. 그들의 학구열에 다시 한 번 놀랐다. 그곳 학생들은 방학도 반납한 채 학업에 열중이었다.

집에서 나설 때 모든 서류를 빠짐없이 챙겼다고 생각하고, 한 번 더 확인하는 치밀함을 보였음에도 불구하고 한 가지를 빠뜨리고 오고 말았다. 검정고시 합격증을 안 가지고 온 것이다. 원서접수를 받는 학생들에게 나는 집이 김천이라 다녀올 수 있는 시간적 여유가 없으니 팩스로 보내주면 안되겠냐고 사정을 해봤지만, 학생들은 자신들도 아르바이트생이라 잘 모르겠다고 했다. 더구나 내가 간 날은 원서 제출 마지막 날이었다.

난감해 하는 나를 보고 한 학생이 검정고시 합격증은 인근 학교에서 팩스 민원을 통해 발급받을 수 있다고 알려주었다. 팩스 민원이라는 제도를 알고 있었으면서도 당황해서인지 전혀 거기까진 생각이 미치질 못하고 있었다. 그 학생은 정문 앞에 있는 초등학교 이름까지 알아봐주며 친절하게 안내해 주었다. 학교 캠퍼스가 넓어 정문까지는 걸어서 약 30분이나 걸렸다. 워낙 여유 있게 도착했기에 시간에 쫓기지 않은 게 그나마 다행이었다.

근처 초등학교에서 검정고시 합격증을 출력해서 받아 들고 오는 동안 갑자기 배가 몹시 고파왔다. 그러고 보니 아침 일찍 서두른다고 이른 시간에 아침을 조금밖에 먹지 않았고, 걸어서 활동한 시간이 워낙 많았던 터였다. 시간은 1시를 조금 지나고 있었다. 이제 서류를 다 갖추었다고 생각하니 마음의 여유가 생겨서인지 갑자기 허기가 느껴졌다.

옛날에는 하루 종일 굶고도 미용실 손님이 모두 돌아갔을 때에야 겨우 밥을 먹고는 했는데 요즘은 나이가 들어서인지 먹을 때가 지나면 손이 떨려올 정도로 참을 수가 없다. 시간 여유는 있었지만, 그래도 마음이 조급했고 서류 접수를 빨리 끝내야만 안정이 될 것 같아 나는 걸어가면서 간단하게나마 허기를 채우기로 했다.

마침 정문 앞에 마트가 눈에 띄어 우유와 빵 하나를 사들고 나왔다. 정문에서 조금 벗어난 한적한 길로 접어들었을 때 나는 걸어가면서 먹기 시작했다. 가끔 지나가는 학생들이 쳐다보았지만 개의치 않았다.

나는 어떻게 보면 성격이 급한 면도 있지만, 그런대로 성격은 잘 타고 난 것 같다. 남을 지나치게 의식하지 않고 내 할 일을 다 한다는 것이 때로는 사람들의 눈총을 받을 때도 있지만, 해야 할 일이 있을 때 무엇에도 방해받지 않고 추진할 수 있어 다행스러울 때가 많다.

빵과 우유를 먹으며 캠퍼스를 가로질러 걸어가는 동안 생각에 잠겼다. 만약 지금 여기가 내가 꿈꾸던 대학 캠퍼스가 아닌 후미진 골목이었다면, 혹은 먹고 살기 위해 생계수단으로 길거리에서 이러고 있다면 눈물 날 정도로 측은한 장면이었겠지? 만일 그랬다면 얼마나 서러웠겠는가?

하지만 나는 지금 내가 간절히 원했던 학과로 편입하기 위해 이 자리에 와 있고, 예전에는 감히 상상할 수도 없었던 절차를 밟고 있지 않은가? 비록 걸어가면서 허기를 채우고 있지만, 지금 이 상황이 마냥 행복하기만 하고 세상이 온통 나를 위해 존재하며 흘러가고 있다는 착각이 들 만큼, 희망에 부풀어 빵을 먹고 있는 것이다.

앞으로 내 앞에 핑크빛 미래가 보장된 것만 같은 기대를 하면서 발걸음을 빠르게 움직였다. 조금도 창피하거나 위축되는 마음 없이 당당하기만 했고, 과연 내가 걷고 있는 이 길이 경북대학교 캠퍼스가 맞는지도 의심스러울 정도로 흥분되었다.

우여곡절 끝에 비로소 완벽하게 갖춰진 서류를 제출한 나는 가벼운 발걸음으로 집으로 돌아올 수 있었다. 이젠 앞으로 보름 후에 있을 구술(口述)면접 시험만 통과하면 되는 것이다. 사람들에게 경북대에 원서내고 왔다고 소리치고 싶을 정도로 마치 꿈만 같았다. 원서를 낼 자격이 주어졌다는 것만으로도 마치 합격증을 받은 것처럼 기쁘고 스스로 대견하기까지 했다.

앞날에 대한 아무런 희망도 기대도 할 수 없었던 지나간 시간들……. 너무 허무하게만 살아왔던 그 시간들은 되돌리고 싶어 한다고 되돌릴 수 있는 것이 아니다. 지나간 시간을 아쉬워하며 보내기엔 앞으로 해야 할 일들과 읽어야 할 책들이 산더미처럼 쌓여 있기에 단 1분의 시간이라도 과거에 집착하며 소비할 수 없다. 비록 남들보다 많이 늦었지만 늦게 시작한 만큼의 속도를 더 올리면 못 따라갈 것도 없지 않은가? 여기까지 오는 데 다른 사람들의 4분의 1의 시간이 걸렸다.

나는 남들보다 더 빨리 달릴 수 있는 장점이 있다. 모든 것은 마음먹기에 달려있다. '내 나이가 벌써 쉰이야?' 보다는 '이제 인생의 딱 반 살았네. 앞으로 온 만큼 남았네.' 이렇게 마음을 고쳐먹으면 그까짓 나이는 그야말로 숫자일 뿐이다.

2010년 1월 29일. 경북대 시간제 학생 합격자 발표가 있는 날이었다. 하필이면 이 중요한 날에 컴퓨터가 말썽이 생겨 버렸다. 부팅이 되지 않는 것이다. 서예 공부를 하러 가야 했기에 컴퓨터 수리 접수를 하고 가방을 챙겨 집을 나섰다. 차로 이동하면서 큰딸에게 문자로 학교 홈페이지에서 합격 여부를 확인해 보라고 부탁했다.

서예교실에 도착해 먹을 갈고 글씨를 쓰면서도 안절부절 못하기만 했다. 합격자 발표 시각인 10시가 훨씬 넘었지만 딸에게는 아무런 연락이 없었다. 다시 한 번 문자를 보냈다. 될 수 있으면 빨리 좀 들어가서 확인해 보라고…….

11시가 다 되어갈 무렵 드디어 문자 소리가 울렸다. 붓을 팽개치고 바로 확인해 보았다. 기다리던 딸의 문자다.

[엄마!!! 합격!!! 축하해!!!]

몇 자 되지 않는 이 문구를 보고 또 보았다. 정말 내가 경북대 한문학과에 합격했다는 사실이 믿어지지 않았다. 늘 입버릇처럼 '나는 경북대 한문학과에 갈 거야!' 라고 막연히 사람들에게 말하고 다녔던 것이 현실로 내게 다가온 순간이었다. 소리라도 지르고 싶었지만 워낙 조용한 분위기에서 글을 쓰는 곳이라 목구멍까지 차고 오르는 희열을 꾹 참아야만 했다.

옆에 친하게 지내는 몇몇 사람들에게만 합격했다고 낮은 목소리로 이야기했다. 다들 놀라워하면서 대단하다며 축하해 주었다. 흥분해서 손이 떨려 글씨를 쓸 수가 없었다. 시간이 빨리 지나가 주길 바라고 또 바랐다.

이제는 수강 신청을 하고 등록금 준비를 해야 했다. 집으로 돌아와서, 지난번 경북대 평생교육원에서 출력해준 한문학과 시간표를 꺼내봤다. 혹시나 하고 받아오길 잘했다고 생각하며 내가 원하는 시간대에 들을 수 있는 수업을 살펴봤다. 아직 교수님들의 성향도 전혀 모르고 과목도 이름만으로는 파악이 안 되는 상태여서 내가 김천에서 통학하며 무리 없이 소화해 낼 수 있는 시간대를 우선적으로 골라봤다.

내가 다닌 전문대는 따로 수강 신청하는 일이 없이 학교에서 정해준 과목만을 듣다보니, 좋든 싫든 무조건 다 들어야 했다. 난생 처음

해 보는 수강 신청이 당황스러워 경북대 면접시험장에서 만났던 선배에게 전화로 자문을 구했다.

그 선배는 이제 마지막 한 학기를 남겨두고 있다고 했다. 처음 그분을 봤을 때는 하얗게 센 백발에 나이가 지긋해 보였기에 교수인 줄 알았다. 그런데 나처럼 시험을 보러 온 학생이란 걸 알고 깜짝 놀랐다. 나만 나이가 많은 게 아니라는 데 우선 안도감이 들었고 한편으로는 동병상련(同病相憐)이 느껴져 반가웠다.

나를 보고 '그 나이에' 하며 우려하던 사람들이 저 분을 보고도 나이를 운운할 수 있을까? 그 선배는 2년제 통신대학을 나온 후, 공직에 있다가 정년퇴임을 하고 한문 공부를 다시 시작했다고 했다. 사람은 하고 싶어 하는 바를 행동으로 옮겨야만 진정 원하는 것을 성취할 수 있다. 하고자 하는 욕망 앞에서는 나이는 그야말로 숫자일 뿐이라는 사실을 그 선배를 보고 나서 더욱 확고하게 깨달았다.

그 선배로부터 많은 정보를 얻을 수 있었다. 대학에서는 12학점만 이수할 수 있고, 학점은행제를 동시에 선택해서 수강을 하면 한 학기당 21학점까지 이수할 수 있다는 것과, 나와 같은 시간제 편입생은 84학점을 받아야만 경북대학교 총장 직인이 찍힌 졸업장을 받을 수 있다는 것 등. 나이를 잊고 왕성하게 활동하시는 그분을 보며 나도 저렇게 멋지게 나이 들어가며 황혼을 맞이하리라 마음먹었다.

수강 계획표를 짜는 동안, 누구나 하고자 하는 곳엔 반드시 길이 열리게 되어 있다는 사실을 또 한 번 느꼈다. 마음만 먹고 행동으로 실행하지 않는다면 아무리 크고 원대한 꿈을 가졌다고 하더라도 그 꿈은 아무 부질없는 휴지 조각으로 버려질 수 있지만, 그것을 이루기 위해 끈기 있게 노력한다면 반드시 노력한 만큼의 비례하는 결과가 주어지는 것이다. 너무나 당연한 공식이지만 요즘 사람들은 그 과정을 겪지 않고 결과만을 바라는 성급함이 앞서는 경우가 많은 것 같다.

처음으로 직접 짜본 수강 계획표! 과목 이름을 모두 한문으로 써봤다. 이제는 한문을 더 많이 써봐야 한문학과 수업을 따라갈 수 있을 것 같아 평소에 한문으로 쓰는 습관을 들이기로 마음먹은 것이다. 그렇게 히면 한자와 더 가까워질 수 있고 획수가 복잡한 한자도 쓰는 데 자신감이 생길 것 같았다.

이제 남은 건 등록금이다. 큰딸에게는 미안해서 부탁할 수 없었고 집은 오랫동안 팔리지 않고 있어서 대출을 받아 등록금을 해결하기로 했다.

지난 12월쯤에, 나는 이 상황을 예감하고 대통령에게 편지를 보낸 적이 있다. 허리 디스크 때문에 오랫동안 앉아 있을 수가 없어 작성하는 데 일주일이나 걸렸다. 컴퓨터로 쓸까 하다가 정성을 보여줘야 할 것 같은 생각에 천하에 악필인 내가 자필로 29장을 써서 보낸 것이다. 그동안 내가 공부한 과정과 신문에 난 몇 군데의 기사를 스크랩해서 오려붙이고, 늦게나마 배움의 한을 풀어보고 싶어 시작한 공부이기에 여기서 경제적인 벽에 부딪혀 포기하고 싶지 않다고, 앞으로 공부를 하는 데 필요한 등록금을 지원받고 싶다는 부탁의 말을 끝으로 편지를 마무리했다. 그렇게 편지를 보낸 지 얼마 후 엉뚱한 곳에서 두 차례의 답장이 왔다.

한 달 후 편지를 보낸 곳은 국가인권위원회였다. '귀하의 민원은 교육부 소관으로 교육부로 보냈다.' 는 내용이었다. 그 다음 한 달 후엔 교육부로부터 기초생활수급자를 위한 장학금 제도가 있으니 그쪽을 이용해보라는 내용이 왔다. 나의 기대와는 전혀 엉뚱하게 결론이 나고 말았던 것이다.

나는 나라의 아버지라고 생각하는 대통령에게 인간적으로 하소연하기 위해 편지를 보냈는데 그것이 어떻게 민원서류로 받아들여질 수 있을까? 이렇게까지 어려운 상황에서 공부를 더 해서 사회를 위해 봉사하며 살아보고 싶은 마음을 간절히 전하고 싶었고, 등록금 보조를 부탁한 것이 중요한 결론이었는데, 그 편지는 대통령에게는 전달조차 되지 않았고 그렇게 흐지부지 결론이 나 버리고 만 것이었다. 더구나 나는 기초생활수급자의 혜택을 받을 수 없는 처지였다. 수입은 단 한 푼도 없지만 집이 있다는 이유에서였다.

얼마나 내가 세상을 모르고 살아온 것인가? 개인적인 감정에 호소한 것이 민원이 되어버렸고 그들 입장에선 대수롭지 않은 일로 취급된 것이다. 감정에만 치우쳤던 나의 무지함을 다시 한 번 실감하게 했다.

많은 기대는 걸지 않았지만 등록금 정도만이라도 어떻게 지원해줄 수 있지 않을까 하는 나의 생각은 이렇게 전혀 엉뚱한 결과를 가져왔고 나를 또 한 번 담금질 하는 계기가 되었다. 현 대통령도 지금은 고인(故人)이 된 박정희 대통령에게 편지를 보낸 적이 있다고 들었는데 어떻게 내 편지는 전달조차 되지 않을 수 있었을까? 자필(自筆)로 장장 29장이나 썼고 일주일을 꼬빡 정성 들인 건데…….

바보라는 소리를 들을 만큼 내가 어리석었다는 것을 그제야 알게 되었다. 세상은 결코 내가 생각한 것처럼 만만한 것이 아니라는 것도 그때 알게 되었다. 결론은, 앞으로도 나는 더욱 많은 걸 경험해야 하며 남들보다 더 많이 노력해야 한다는 점이었다.

제3부

개구리는 '올챙이 시절'을 몰라도 된다

새로운 직장, 한자 공부방

2010년 2월 4일, 내 평생 처음 맞이하는 졸업식이 있는 날이었다. 그토록 내가 원했던 대학 졸업장을 손에 쥐게 된 것이다. 이제는 무학(無學)이 아니라 엄연히 대학 졸업생이다. 아직 나의 학업은 끝나지 않았다. 지금부터 본격적으로 전공을 살릴 수 있는 공부를 시작해야 하는 나는 새로운 출발점에 서 있는 것이다. 석사 학위를 받게 될지, 박사 과정까지 밟게 될 것인지 나의 미래가 나도 궁금하다.

졸업장을 받아든 후, 그 길로 교육청으로 향했다. 집에서 한자 공부방을 열어 아이들에게 급수 지도를 하기 위해서다. 자격 조건이 2년제 대학 졸업 이상이었기에 졸업장이 나오기만 기다린 것이다. 그 외에 한자로 취득할 수 있는 자격증은 미리 준비해 두었기에 졸업장만 있으면 공부방을 열 수 있었다.

준비해간 서류들을 제출하자 그대로 통과가 되었고, 다음날 바로 연락을 준다고 했다. 의외로 절차가 까다롭지 않았고 처리 기간도 빨랐다. 이렇게 쉽게 교육청의 허가를 받다니……

　또 한 번 나의 지위가 변한 것을 확인할 수 있었다. 호칭도 그전처럼 아줌마가 아닌 선생님으로 바뀌어져 있었다. 교육청 담당 직원이 "선생님, 내일까지 전화로 연락드릴게요."라고 하는 순간 '아! 나도 이젠 선생님이구나!' 하는 생각에 새삼 신기했다. 이제 겨우 첫발을 내딛고 있는 순간이었지만, 앞으로 모든 사람에게 선생님으로 인정받기 위해 그전보다 더욱 가치 있게 살겠다고 다짐했다.

　교육청을 나오니 가슴이 시원했다. 이제부터 인생 이모작이 시작되는 것이다. 아직 갈 길은 많이 남아 있지만, 여기까지 내 힘으로 왔다는 것에 자부심을 느꼈고, 50세를 기점으로 내게 새로운 인생이 펼쳐진다는 기대감에 한껏 부풀었다.

　생각해보면 40대에 나는 참으로 많은 일들을 겪어야 했다. 40대 초에 생각지도 않았던 늦둥이를 임신했었고, 또 바로 뱃속에서 아기가 죽어 버려 큰 상처를 남겼다. 암 수술을 세 번에 걸쳐 이겨냈으며, 수술 직후 바로 이혼을 했다. 혼자가 되고 나서 찾은 진정한 자유와 여유로움을 잠시 만끽하며 살았고, 46세 때 비로소 공부를 시작했으며, 공부하면서 자아(自我)를 찾을 수 있었다. 46세 5월에 치른 초등 검정고시를 시작으로, 47세 4월에 고등학교 과정을 마쳤다. 이 일로 인해 지역 기네스에 오르는 영광을 누리기도 했고, 각종 지역 매스컴과 신문에 내 이름이 알려지는 행운도 누렸다. 그리고 대학 졸업!

　이 모든 일들이 40대에 시작되고 끝을 본 것이다. 앞으로 다가올 50대는 미용사로서의 삶이 아닌, 한문 선생님으로서의 삶이 나를 기다리고 있다. 그리고 그토록 갈망했던 한문학과 학생이 된 것이다……. 내가 지금 서있는 이 자리가 참으로 꿈이 아닌 현실이라는 사실이 또 한 번 나를 설레게 한다.

사람들은 최근 몇 년 사이 내가 표정도 밝아지고, 더 젊어졌다고들 한다. 거울을 보면 나도 느낄 수 있을 정도이다. 남편과의 갈등도, 그로 인한 스트레스도 없고, 내가 좋아서 하고 있는 이 공부가 신나고 재미있기 때문인 것 같다. 또한 거대한 야망을 꿈으로 목표를 정해놓고 시간 관리를 하다 보니 웬만한 작은 일에는 화도 나지 않고 신경도 쓰지 않게 되었다. 오직 내 꿈을 이루고 말겠다는 것만이 나의 전부를 차지하고 있기에…….

공자께서 하신 '오십이지천명(五十而知天命)'이라는 말씀은 내게 너무도 깊이 와 닿는다.

나이 오십에 비로소 하늘의 뜻을 알았다는 뜻이다. 더불어 내가 가고자 하는 길을 알았다는 말로도 해석할 수 있다. 나 역시 진정 하늘에서 나에게 명한 일이, 지금 내가 이루고자 하는 꿈이란 것을 알았고, 드디어 나이 쉰에 그 꿈을 이룰 수 있는 계기가 주어진 것이다.

교육청을 다녀온 그 다음날 오전 10시쯤 약속대로 전화가 걸려왔다.

"선생님! 신고필증 나왔으니 아무 때나 들러서 찾아 가세요."

전화기에서 들려오는 그 소리가 어찌나 밝고 선명하게 들렸는지, 소리를 지르고 싶을 정도로 최고로 들떴다. 이렇게 빨리 아무 걸림돌 없이 일사천리로 일이 진행되고 있는 현실이 고맙기만 했고, 앞으로 선생님으로 살아가는 첫 단추부터 쉽게 술술 풀려 나가고 있다는 사실에 기뻤다. 이젠 세무서에 사업자 등록을 하고 명함을 새기는 등,

몇 가지만 준비하면 되는 것이다.

우선 그동안 공부한다고 아무렇게 내버려둔 집안 청소부터 시작했다. 수업을 하기 위해서 거실을 교실 분위기가 나도록 최대한 꾸며야 하는 것이다. 책상 위부터 정리하기 시작했다. 버리기엔 아깝고, 그렇다고 몇 년이 다 가도록 한 번도 쓰지 않던 잡다한 물건들을 미련 없이 버리기로 했다. 서랍 구석까지 차지하고 있던 많은 물건들을 끄집어내고 탁자 위에 아무렇게나 방치해 두었던 것들을 치워 버렸다. 꼬박 하루를 설쳐댔더니 그런대로 정리가 되었다.

칠판도 하나 사서 배치했다. 칠판이 들어오는 날, 정말 이제 제대로 일이 실현되고 있다는 느낌을 받았다. 그리고 생전 처음 내 이름으로 명함도 만들었다. 이력서 한 줄 쓸 게 없었던 나였는데, 명함 뒷면 약력 기재란에 다섯줄이나 쓸 게 생겼다는 데 내 스스로도 신기했다.

한자 1급 자격증 취득
한자 지도사 자격증 취득
아동 복지관 한문 교사
김천대학 실버케어 보건복지 전공
경북대 한문학과 재학 중

내 약력을 보니 내가 언제 이 많은 업적들을 해냈나 싶어 새삼스럽고 놀라웠다. 한문 공부를 한 지 꼭 3년 만에 이루어 낸 쾌거다. 이만하면 한자 급수를 지도하기에 별 무리 없는 이력이라는 뿌듯함에 다시금 입가에 미소가 번졌다.

전단지도 만들고 현수막도 걸었다. 간판을 달기엔 너무 값이 비쌌고, 학부모들의 입으로 전달되는 것이 중요하다고 생각되었기 때문에 굳이 간판에 돈을 투자하지 않기로 했다. 간판에 투자할 돈이 있다면 차라리 전공과목 책을 사거나 등록금과 교통비로 써야 했다. 미용실을 폐업한 후로 거의 수입이 없었기에 알뜰히 쓰지 않으면 안 되었다.

여기까지 마치고 나니 완벽하게 준비완료다. 이젠 입소문을 통해 학부모와 학생들에게 알려지는 과제만 남은 것이다. 금방 수입이 생활을 해결할 수 있을 만큼 좋아진다고는 생각지 않았다. 한 명부터라도 시작해서 시간이 많이 흘려야 어느 정도 안정선에 들어갈 것 같았다. 그때까진 여전히 쪼들리는 생활을 감내해야 했다.

이제, 나는 전과 다른 새로운 인생을 살게 된 것이다. 공부를 하지 못했던 것을 한으로만 간직하고 있었다면, 오늘도 나는 가위를 들고 사람들의 머리를 손질하고 있었을 것이다. 주위 환경의 제약에 굴복하지 않고 결심한 것을 이루기 위해 노력한 결과, 오늘 나는 나이 쉰에 선생님으로 출발하는 새로운 인생 무대 위에 서 있는 것이다. 마음 저 깊은 곳에서부터, 이제 나의 앞날은 그전처럼 힘들고 고통스런 시간들보다 더 많은 행복한 나날들이 나를 위해 준비되어 있을 것 같다는 생각이 들었다.

겨울비가 연이어 내렸다. 비 때문에 전단지를 한 장도 붙이지 못하고 있었지만 하나도 불안하지 않았다. 마치 나의 제2의 인생을 축복해주는 비처럼 느껴졌다. 그렇다. 내가 아무리 발을 동동 굴러 가며 신경 써도 모든 것은 때가 있듯이, 순리대로 물 흘러가듯이 내게도 이젠 그 흐름을 타는 여유가 생기기 시작한 것이다. 서두르지 않고 차분히 기다리는 나답지 않은 여유로움이 다소 낯설기도 했다.

내게도 이런 여유로움이 찾아오리라고 꿈에도 생각지 못했다. 늘 누가 나를 잡으러 쫓아오기나 한 것처럼 바쁘게만 살아왔다. 가게 문을 열어두고 어쩌다 볼일이 생겨 외출할 때도 주위 한번 둘러볼 여유조차 없이 바쁘게 집으로 돌아오곤 했던 지난 세월들……

때로는 점심으로 간단하게 먹기 위해 라면을 끓여서 한 젓가락 먹으려던 찰나, 들이닥치는 손님으로 인해 그마저도 맛있게 못 먹었던 적도 흔히 있었다. 성격상 누구 기다리게 해놓고는 불안해서 못 먹기에, 손님 머리 손질을 다 하고 보내고 나서 퉁퉁 불어터진 라면을 먹기가 일쑤였다. 버릴까도 생각해봤지만, 난 체질적으로 음식을 아끼는 습성이 몸에 배어 절대 못 버리는 것이다. 아무 맛없는 불어버린 라면을 먹어도 배만 부르면 된다는 생각에 끝까지 다 먹고는 했다. 누가 이런 나의 궁상스러움을 알까?

나는 외모로 보이는 이미지는 새침하고 까다로울 것 같다는 소리를 자주 듣는다. 하지만 나를 겪어본 사람들은 나의 생활 태도를 보고 놀라곤 한다. 나이 드신 어른들은 검소하다고 칭찬을 하는 반면, 젊은 사람들은 왜 그렇게 궁상을 떨며 사느냐는 말을 하곤 한다. 하지만 어쩌겠는가? 워낙 가난하게 살아서 입에 들어가는 모든 음식은 아까워서 못 버리는 것을……

가게를 그만두고부터는 불어터진 라면을 먹을 일도 없고, 끼니를 지나치는 일도 없으며, 배고플 일도 없다는 사실만으로 행복했다. 손님이 계속 밀려들어올 때면 하루 종일 굶고 물만 마셔가며 일을 한 적도 있었다. 그러다 저녁이 되면 우유 한 잔을 마시고 피곤해서 쓰러져 자기도 했다. 사람이 먹고 살자고 일도 하는 건데, 난 지금까지 그렇게 살지 못했던 것이다.

가장 한스러운 일은 작은딸아이 돌 지나기 전 무렵이었다. 나는 미용실을 운영하면서도 아이에게 모유(母乳)를 10개월까지 먹였다. 장사와 육아를 병행하기가 사실상 힘들었기 때문에 아이 돌봐주는 아주머니도 고용했다. 그런데 그날은 계속해서 손님이 들어오는 바람에 한참 동안 딸아이에게 젖을 먹이지 못했다.

마침내 일이 끝나고 막 아이에게 젖을 물리는 순간, 또 손님이 들어왔다. 아이가 이제 막 한 모금을 넘겼을 때였다. 손님에게 방금 아이 젖을 물렸는데 잠시만 기다려 달라고 양해를 구했지만 시간이 없어서 힘들다고 했다. 가게가 고속버스 터미널 앞에 자리 잡고 있었기에 그 손님도 버스 시간 때문에 곤란했던 것이다. 나는 아이에게 물리고 있던 젖을 사정없이 떼어냈다. 울음을 터트리는 아이를 유모에게 떼어주고 돌아섰던 그 일이 지금까지도 마음에 걸린다. 그까짓 돈 몇 푼 벌자고 왜 푸근하게 아이에게 배불리 젖을 먹이지 못했을까 하는 후회가 들어 작은딸을 대할 때마다 미안할 뿐이다.

그것이 한이 되었는지 나는 아이에게 끼니를 거르게 하는 일이 없다. 요즘은 나 역시도 마찬가지다. 어쩌다 끼니때를 그냥 넘기면 나이 탓인지 손발이 떨려오는 것이다. 미용실을 할 때는 식사를 불규칙적으로 하기가 일쑤였지만 이제는 끼니를 챙기는 것이 중요한 일과가 되어버렸다.

한문학과 편입을 앞두고, 중요한 일이 아니면 외출도 자제하고 거의 공부하는 데 많은 시간을 투자했다. 대학 다닐 때 하지 못한 한자 공부를 보충하기로 한 것이다. 혼자 하다 보니 그렇게 해야만 학교 수업을 따라갈 수 있을 것 같았다. 보통 새벽 1시까지는 책이 손에서 떨어지지 않았다. 잠자리에 들 때도 책을 끼고 이불 속으로 들어갔고, 눈꺼풀이 감길 때까지 보다가 잠이 들곤 했다.

이전에는 글자만 익혔었다면 이제는 글자의 형성과정과 유래를 공부하면서 더욱 한자가 흥미 있어졌다. 왜 이 글자가 이렇게 만들어졌나를 알게 되면 혼자 손뼉을 치면서 '맞아!' 하며 좋아하는 것이다.

언제 내가 이렇게 여유로운 삶을 살아 왔던가 하는 행복감에 가슴이 벅차올랐다. 이 나이에 이런 여유로움이 주어졌다는 현실에 감사하고, 경제적으로 풍족해서 하는 공부는 아니지만, 그래도 어떻게든 해결해 나갈 수 있다는 자신감에 또 한 번 감사했다.

不 患 寡 而 患 不 均
불 환 과 이 환 불 균
재물이 적은 것을 걱정하지 말고 고르게 쓰이지 않는 것을 걱정하라 －孔子－

해야 할 공부와 봐야 할 책들이 산더미처럼 쌓여 있기에 하루가 어떻게 가는지도 모를 정도로 집안에서조차 바쁘기만 했다. 집안에 혼자 있으면서 이렇게 해야 할 일이 많은지 새삼 알게 되어 신기하기도 했다.

이제는 한문학과 수업과 공부방, 그리고 봉사활동을 병행해야 했다. 공부방에 올 학생들과 면담할 때 시간을 조율해야 하기 때문에 시간표를 만들어서 냉장고에 붙이고 외워두었다.

이렇듯 '정말 힘들어 못 살겠다.'는 한탄과 한숨이 끊이지 않던 내 인생도 공부를 하면서부터는 모든 것이 긍정적으로 바뀌면서 일이 잘 풀려 나가고 있다. '잠을 자면 꿈을 꾸지만, 노력하면 꿈을 이룬다.'는 말과 같이 확실한 목표를 세우고 계획대로 차근차근 해나간다면 반드시 내 꿈도 이루어질 것이라고 믿는다.

日 日 新 又 日 新
일 일 신 우 일 신
하루하루를 새롭게 하고, 또 하루를 새롭게 한다.

차분한 가운데 설 연휴가 다가왔다. 가끔 명절이나 아이 생일이 되면 아빠가 아이를 불러내 얼마간의 용돈을 주고 간다. 아빠를 만나고 오면 가뜩이나 무뚝뚝한 작은딸은 더욱 나와 대화가 없어진다. 드러내놓고 표현은 하지 않지만, 엄마란 사람이 얼마나 야속하고 미울까? 아이는 이혼 당시 어렸기 때문에 우리 부부가 어느 정도로 심한 갈등을 느끼며 살았는지 잘 이해하지 못하고 있을 수도 있다. 더욱이 엄마란 사람은 장사한다고 매일 가게에 있다가 저녁이 되면 집으로 올라와야 했기에 아이에게 정서적으로 충분한 사랑을 주지도 못했다.

하루 종일 같이 있어도 각자 할일만 할 뿐, 필요한 대화 이외엔 별로 말도 주고받지 않는다. 주로 작은딸은 인터넷을 하고, 나는 내방에서 책을 보는 편이다. 어쩌다 딸에게 "우리 집은 학생보다 학부모가 공부를 더 열심히 하네."라고 너스레를 떨어 봐도 별 반응이 없고, 그 말로 인해 오히려 짜증을 내고는 한다. 서운하긴 했지만 아이가 이렇게 무뚝뚝한 성격을 갖게 된 것도 어쩌면 나 때문일지 모른다는 생각이 들었다. 나 때문에 아빠랑 같이 못 살고 헤어지게 된 것이 가장 큰 상처 중의 하나일 테니까.

공부를 시작하고는 야학에 다니는 1년 동안 저녁마다 집을 비웠고, 야간 대학에 들어가서는 또 2년간을 밤마다 아이 혼자 두었으니 어떻게 딸에게 신경을 제대로 쓸 수 있었겠는가? 그 모든 책임이 내게 있다는 것을 알고 나니 늘 미안한 마음이 앞섰다. 딸에게는 가장 중요한 사춘기인데, 나는 내 공부를 한다고 아이를 제대로 단속하지도 못했고 인터넷 사용 시간을 통제할 수도 없었다.

"시간 지켜! 어느 정도 하고 나서 그 다음엔 공부해."라는 잔소리만 해줄 뿐이었고, 그렇게 딸은 매일매일 밤에 혼자 남겨지곤 했다. 자그마치 3년 동안.

그나마 이제는 낮에 수업을 받기 때문에 작은딸과 보낼 수 있는 시간이 더 많아졌다는 것이 다행이라면 다행이었다. 어느 정도는 아이의 하루 계획을 세워주고 관리할 수 있는 여유도 생겼고, 집도 공부방으로 꾸몄기에 컴퓨터와 텔레비전은 자연히 멀어지게 될 것이다. 저녁마다 등교해야 했던 생활도 끝났고, 아이와 하루의 시작과 끝을 같이 할 수 있게 되었다.

또한 나의 인생관도 바뀌는 것이다. '한자 지도사'라고 명함까지 돌렸으니 그에 준한 사람의 인격을 갖추어야 했다. 생각 없이 친구들과 식당에 앉아 술잔을 기울이던 버릇도 고쳐야 했다. 남에게 흐트러진 모습을 보여서는 안 되는 사람이 된 것이다. 지금까지는 뭔가 일이 잘 풀리지 않고 답답할 때면 습관적으로 술을 가까이하곤 했지만 이제는 술에 의지할 만큼 나약하지 않다. 지식이란 양식이 나를 채우고 있기에 허전함도 없을 것이며, 이것들이 나를 지켜나갈 것이기 때문이다.

설 연휴를 보낸 후 처음으로 전단지를 붙였다. 그동안 길거리에 붙어 있는 수많은 전단지들을 한 번도 눈여겨보지 않았던 나를 생각해봤다. 나부터도 그렇게 무시하고 지냈는데, 과연 사람들이 반응을 보일지 걱정이 많이 되었다.

생활정보지를 통해 광고할 수도 있었지만, 차를 운행할 수 없어 너무 멀리 있는 학생들이 배우러 오는 건 무리였기에 가까운 동네 위주로 알리기로 했다. 그리고 무엇보다 생활정보지는 광고비용이 만만치 않았다.

작은 동네이다 보니 전단지를 붙일 때 피해갈 수 없는 일들이 종종 벌어졌다. 평소 미용실 손님으로 오던 사람들과 자주 부딪힌 것이다. 내가 붙인 전단지를 보고는, "정말 직접 가르치세요?" 하고 물어보는 사람들이 많았다. 불과 일 년 전만 해도 미용실을 하던 사람이 갑자기 한자 급수 지도를 하겠다니 사람들이 놀라는 것도 무리가 아니었다. 더구나 미용실 아줌마가 언제 아이들을 가르칠 수 있을 만큼 한문 실력을 쌓았는지 의문을 갖는 건 당연한 게 아닐까?

그리고 전단지에 적어놓은 약력을 보고는 언제 이렇게 공부를 했느냐며 또 한 번 놀라는 것이었다. 늘 미용실에 오면 공부하는 모습을 보긴 했지만, 항상 검정고시 준비를 하고 있겠거니 생각했단다. 어떤 사람은 내가 한문 공부를 이렇게까지 했으리라고는 상상도 하지 못했다고 했다.

사람들의 이런 반응이 조금은 즐겁기도 했지만 내가 우선적으로 해결해야 할 큰 과제가 '이미지 변신'이라는 것을 절감했다. 이제부터는 미용실 원장이 아닌, 한문 교사로서의 입지를 다져나가야 하는 것이다. 교사답게 매사 언행을 삼가고, 조신하고 무게 있는 처신을 해야 했다.

50여 년 동안 나를 대표했던 거친 성격을 개조하는 것이 가장 시급한 문제였다. 그런 모습은 워낙 오래된 습관이었기에 나도 모르게 튀어나와 나를 놀라게 하거나 실망하게 만들곤 했다. 특히 나를 아직도 예전의 나로 보는 시선들과 마주할 때면 더욱 감정조절이 잘 안 되고 욱하는 경우가 많았다.

공부한 후 새로 알게 된 사람들은 나의 단점들을 모르기 때문에 현재 내 모습 그대로 나를 바라봐 주는 반면에, 그전부터 알고 지낸 사람들은 아직도 내게 거친 말들을 서슴없이 하곤 했다. 그럴 때마다 차분하게 그들을 말로 이해시키지 못하고 성질대로 해 버리는 것이다. 도대체 나를 언제까지 무시할 것이냐고 하면서 폭발해 버리는 다혈질적인 내 성격! 그들은 내가 변했다고 하지만, 이렇게 예전의 성격이 그대로 나오는 나를 보면 하나도 변하지 않았다는 지적을 해주곤 했다.

분위기가 사람을 만드는 것 같다. 차분한 사람들과 대화를 나눠보면 화낼 일도 없는데, 왜 꼭 예전 친구들을 만나면 이성보다 감정이 앞서는지, 공부를 많이 했어도 아직 인성 훈련은 되지 않은 것 같다. 가장 듣기 싫은 소리는 '네가 언제부터 배웠다고?' 하는 말이다. 그런 소리를 들을 때면 감정이 거의 폭발 수준으로 변해버리는 나를 발견하곤 한다. 이젠 그런 말들을 자연스럽게 웃어넘기고 의연하게 대처할 수 있을 법도 한데 아직까지도 잘 되지 않는다.

전단지를 붙이고 하루가 지나도록 전화가 한 통도 오지 않았다. 예상했던 일이지만 50장이나 붙였는데, 그래도 혹시나 하는 기대는 마음속 깊이에 있었나 보다. 그로부터 이틀 후 처음으로 받은 전화는 아파트 경비원으로부터 걸려온 항의 전화였다.

"거기 어딥니까?" 하며 따지는 퉁명스러운 목소리. 순간적으로 무슨 문제가 생겼음을 알 수 있었다. 그 다음 이어지는 말은 나를 당황하게 만들었다.

"게시판에 게시물 붙이는 거, 유료인 줄 몰랐습니까?"

솔직히 들은 적은 있었지만, 안내문이 없어 정확하게는 잘 모르는 부분이었다. 더구나 그날 아파트 경비 중에 아는 사람을 만나서 게시판에 붙여도 된다고 허락을 받았기에, 아무런 의심 없이 붙이고 온 거였는데……. 결국 내가 붙인 전단지들은 불법 게시물로 바로 폐기 처분되어 버렸다.

추운 날씨에 온종일 돌아다녔고, 붙일 때 손이 시려서 입김으로 데워가며 전화번호를 떼어갈 수 있도록 하나하나 가위질을 해서 정성스럽게 붙이고 온 전단지가, 하루도 안 돼서 폐기되어 버린 것이 너무 허탈했다. 이 정도로 세상 돌아가는 순리를 모르고 살아온 내 자신이 한없이 바보스럽게 느껴졌다.

　나의 무지함으로 일어난 일인데 누구를 원망하겠는가? 나중에 그곳 주민으로부터 들은 이야기로는 게시판에 일주일 동안 게시하는 비용이 3만 원이라고 했다. 생활정보지에 비해 상당히 비싼 요금이라는 생각이 들었다. 나의 경제 사정으로는 도저히 이용할 수도 없는 금액일 뿐더러 효과는 과연 얼마나 있을까 싶었다.

　학생 한 명의 한 달 수강료가 5만 원인데 그 중 반 이상이 광고비로 나가는 것이다. 물론 장기적으로 투자를 해야 하는 게 맞지만, 요즘 그럴 형편이 안 되는 것을 어찌하겠는가?

　직접 내가 붙인 전단지가 어떻게 된 건지 다시 한 번 그곳을 둘러봤다. 전봇대를 비롯해 길거리에 붙인 것은 그대로 있었지만, 아파트 게시판에 붙인 것들은 하나도 남김없이 떨어져 나가고 없었다. 허무했다……. 세상인심이 야박하다는 생각과 함께 나의 노력과 수고가 헛된 것이 되고 만 데 대한 씁쓸함에 한동안 멍했다.

　그러나 잠시 후 공공질서를 위해서 당연한 조치라는 생각이 들기 시작했다. 이렇게 하지 않으면 넘쳐나는 각종 전단지들을 어떻게 다 통제할 수 있겠는가? 그렇게 이해하고 긍정적으로 생각하니 한순간에 조금 전 세상을 향해 원망하던 마음이 눈 녹듯이 사라졌다. 참, 나는 긍정적인 성격 하나는 특이하게 잘 물려받은 것 같다.

　다혈질적이고 급한 성격 때문에 눈총을 받는 일도 많지만, 내 나름대로 힘겹게 닥쳐오는 모든 고난들을 '그럴 수 있지'라며 긍정적으로 합리화해 버리는 것은 정신건강 측면에서 참으로 내게 상당히 이로운 점으로 작용한다. '그럴 수 있어?'를 '그럴 수 있지!'로 단

한 글자만 바꾸면 금방 기분전환이 될 정도로 나는 단순하다.

그날 이후로 한동안은 전단지를 붙이고, 그것이 벽에 잘 붙어 있나 확인하는 게 중요한 일과가 되어버렸다. 거리를 오가며 혹시 누가 관심을 가져 전화번호를 떼어간 게 있나 살피는 것이다. 가끔 누가 전화번호를 떼어간 흔적을 볼 때면, 그래도 관심만이라도 가져 줬다는 사실에 기뻤다. 그런데 어찌 된 일인지 걸려오는 전화는 단 한 통도 없었다.

그도 그럴 것이, 영어도 아니고 수학도 아닌 한문이지 않은가? 사람이 살아가면서 평생 동안 삶의 지침서 역할을 할 수 있는 한문이 이렇게 천대받는 사실에 마음이 무거워졌다. 지식은 새것에서 오지만 지혜는 옛것으로부터 오는 것인데 말이다.

세상일은 엎친 데 덮친다

해가 바뀌고 한문학과 개강을 앞두고 있을 때였다. 학자금을 대출 받으려고 했던 것이 그만 막혀 버리고 말았다. 장학재단에 서류를 제출하고 대출 승인이 나기만을 기다리고 있었는데 나의 생각이 빗나가고 만 것이다.

시간제 학생은 장학재단의 대출을 받을 수 없다는 것이다. 그것도 모르고 여러 가지 서류를 갖추느라고 동분서주(東奔西走)했던 나의 무지함을 또 한 번 뼈저리게 느꼈다. 일반 학생과 시간제 학생을 이런 부분에서 차이를 두고 있을 줄은 꿈에도 생각하지 못했다.

토익 점수를 준비해 두지 않아 시간제 학생으로 지원한 것이 화근이었던 걸까? 일반 학생들과 같은 교실에서 같은 교수님께 배우고 있는데, 왜 이런 차별이 필요한가 싶어 좀처럼 충격이 가시지 않았다.

나의 경제 사정상 등록금 대출을 받아야만 학업을 계속할 수 있었다. 일이 이렇게 되고 나니 앞이 캄캄해졌다. 더구나 그 사실을 알게 된 건 등록금 납부 기한 전날이었다. 예상하지 못한 일이어서 당황스러웠고, 의지만 있다면 공부할 수 있는 정부의 지원이 많을 것이라고 막연하게 생각했던 나의 무지함에 서러워서 혼자 가슴을 쳤다.

이젠 어떻게 하나?

앞으로 일 년 동안 영어 점수를 만들어 정식으로 편입하는 것도 쉬운 일은 아니다. 마음을 독하게 먹고 한다면야 어느 정도는 할 수는 있겠지만, 한문 공부를 하기에도 시간이 부족한 내게 영어는 너무 의미 없는 일이었다.

별별 후회가 다 밀려왔다.

'차라리 눈을 조금 낮추어 영어 점수 없이 일반 편입이 가능한 학교를 알아봤어야 했는데.'

세상일은 엎친 데 덮친다는 말을 뼈저리게 경험했다. 등록금 제출 기간 하루 전에, 그전부터 알고 지내는 미용실 원장이 딸과 함께 집을 보러 왔다. 집을 둘러보고는 마음에 든다고 당장 계약하자고 했다. 그리고 다음날 전화로 알려준다는 약속까지 했다. 기분이 좋아서 얼마나 들떴는지 모른다.

'아! 이젠 등록금 걱정하지 않아도 되겠다. 열심히 살면 이렇게도 일이 자연스럽게 풀리는구나.' 하며 기뻐 날뛰었다. 학교 측으로부터 등록금 대출이 불가능하다는 소리를 들었어도 마음이 불안하지 않았고 흥분됨이 없이 차분하게 "예 알겠습니다." 하고 대응할 수 있었던 것도, 집이 곧 팔린다는 기대에서였다.

약속했던 대로 그 다음날 집을 사겠다는 사람으로부터 전화가 걸려왔다. 오후 다섯 시에 계약을 하러 온다는 것이었다. 계약 금액으로 은행에 저당 잡힌 것을 풀 수 있는 금액 삼천만 원을 건다고 했다. 그리고는 중도금 없이 내가 이사할 수 있는 곳이 결정되고, 이사 나가는 날 잔금 전부를 바로 준다는 아주 좋은 조건이었다. 모르는 사람도 아니고 평소 그분의 성격이 확실하게 일을 처리하는 성격이라 전혀 의심하지 않았다.

등록금 제출기한은 다음날 오후 4시까지였다. 일이 이렇게 되면 대출과는 무관하게 오후에 계약금을 받아 등록금을 지불하면 된다고 생각하니 마음이 그렇게 여유로울 수가 없었다.

새로 이사할 집도 알아봐야 했다. 집 앞에 꽂혀있는 생활정보지를 한 장 들고 와서 살펴보았다. 갑자기 마음이 급해졌기에, 이왕 이렇게 된 것 학교 개강하기 전에 이사할 수 있으면 좋을 것 같아 서두르기로 마음먹고, 신문에 전세부터 작은 아파트 매매까지 쭉 훑어 내려갔다.

신문을 보던 나는 깜짝 놀라지 않을 수 없었다. 내가 살고 있는 주택은 가격이 내려간 반면에, 김천이 혁신도시로 선정되면서 아파트 시세는 엄청나게 많이 올라가 있었다. 현재 살고 있는 집을 팔아도 작은 아파트 한 채를 구입하고 나면 한 푼도 남지 않을 것 같았다. 막막했다. 아파트를 사는 쪽보다는 전세를 얻는 쪽으로 결론을 내려야 했다.

세상의 흐름은 참 알 수 없는 것 같다. 불과 몇 년 전만 해도 김천은 대도시와는 다르게 시골이라 아파트보다는 주택을 선호하는 분위기였는데, 지금은 모두 아파트를 선호하는 까닭에 주택 매매는 잘 이루어지지 않게 된 것이다.

작은 아파트 전세를 얻어 학교 공부를 계속하면서 어느 정도 공부방이 자리 잡기 전까지 생활비를 저축해 둬야만 하는 것이다. 나름대로 혼자 열심히 계획을 짜면서 시계만 쳐다보고 있었다.

그나마 지금이라도 집이 팔려 준다는 것에 고맙게 생각하며 작은 딸아이에게도 곧 이사할 것 같다고 말해주었다. 딸아이는 멀리는 싫고, 지금 살고 있는 집근처로 가고 싶다고 했다. 그럴 수 있을 거라고 아이를 안심시키고, 나머지 문제점들을 곰곰이 생각해보면서 오후 다섯 시가 되기를 애타게 기다렸다.

그러나 시계가 다섯 시를 훌쩍 넘어 일곱 시를 향해 가고 있었지만, 계약하러 온다는 그 사람들은 연락조차 없었다. 뭔가 불길한 예감이 들었다. 이렇게 마냥 기다리고 있을 만큼 내 성격이 느긋하지 않았기에 내 쪽에서 전화를 걸어봤다. 역시 오전에 바로 계약금 들고 온다고 큰소리치던 그 목소리는 어디로 가고 없고, 자신감 없는 목소리가 들려왔다. 잠시 후 다시 연락하겠다는 말을 남기며……

이미 나는 일이 잘못 돌아가고 있다는 확신이 들었다. 역시나 잠시 후 걸려온 전화는 미안하다는 말이었다. 너무 기가 막혀 아무 말 없이 알았다는 말만을 하고 전화를 끊어버렸다. 이렇게 꼬박 만 하루 동안 들떴던 나의 기분은, 내 자신이 한없이 초라해질 만큼 나를 힘들게 했다.

참으로 비참했었다…….

집 한 채 사고파는 데 사람들에게 이렇게까지 희롱 아닌 희롱을 당해야 하나 하는 자기 비하(卑下)에서 또 한편으론, 어디에다 분출해야 할지도 모르는 방향 없는 분노가 내 안에서 솟구쳤다. 오기와 함께…….

'그래! 어느 만큼이나 이 세상이 나를 시험에 들게 하고 얼마나 나의 가는 길을 방해하는지 어디 두고 보자, 그런다고 내가 여기서 주저앉을 만큼 나약한 존재는 결코 아니다.'

빠른 시간에 나를 수습하는 것 또한 나의 장점이다. 이런 일이 없었다면 더 좋았겠지만, 이미 일어난 일이고 돌이킬 수 없는 사실이라면 나는 이제 정해진 이 시점에서 다시 생각을 정리해야 하는 것이다.

대출도 막혔고, 믿고 있었던 집 매매도 수포로 돌아갔지만 어떻게 입학하게 된 학교인데, 여기서 포기한다는 것은 결코 있을 수 없는 일이었다. 공부할 수 있는 길을 찾아낸 이상 결단코 물러서지 않으리라 마음먹었기에 다른 길을 모색해 나가야만 했다.

등록이 우선이었기에 일단 카드로 신용대출을 받기로 했다. 그 다음은 그때 또 닥치는 대로 대처해 나가면 되는 것이다.

'얼마간의 시간이 흐르면, 공부방에 학생이 들어오기만 하면, 이 까짓 돈 걱정은 아무것도 아니야. 몸과 정신이 건강한 게 우선이지 돈은 그 다음 문제야.'

혼자 이렇게 나를 위로하는 수밖에 달리 방법이 없었다. 어느 누가 나의 입장을 이해할 수 있겠는가? 돈 한 푼 가진 것 없으면서도 대학을 다니려 하는 나를 사람들은 아무도 본정신 가진 사람이라고 생각지 않을 것이다. 지금 나는 나의 유일한 무기인 배짱 하나 믿고 모든 일을 하늘에 맡길 뿐이다.

"현재 내가 겪고 있는 이 경제적인 문제를 잘 이끌어 나가주시고 현명한 길로 인도하소서."

이 짧은 한 마디 기도가 끝나기가 무섭게 문자 알림음이 울렸다.

[아무것도 걱정하지 말고, 오직 모든 일에 기도와 간구로 너희 구할 것을 감사함으로 하나님께 아뢰라.]

담임 목사님으로부터 온 문자 메시지였다. 마치 내가 걱정하고 있는 것을 보시기라도 한 것처럼 너무나도 신기했다. 마치 하나님이 기도 응답을 주신 것처럼 반갑고 마음이 편안해졌다. 바로 등록금을 현금대출을 받아서 납부했다. 그야말로 아무 걱정하지 않으면서.

한문학과 학생이 되다

　기다리고 기다리던 한문학과 수업 첫날, 설레는 가슴을 쓸어내리며 강의실로 향했다. 젊은 학생들이 분주하게 오가는 모습들이 보였다. 그동안 야간 대학을 다녔기에 늘 어둡고 조용한 캠퍼스만 봐왔던 터라 캠퍼스의 활기찬 모습이 무척 생동감 있게 와 닿았다.

　남의 자식들이지만 학생들도 하나 같이 참 예뻐 보였다. 나는 수능으로 입학한 경우가 아니다 보니 그 학생들이 더욱 대견스러워 보였고, 어쩌면 다들 하나같이 인물들도 그렇게 좋은지, 모든 것을 다 갖춘 축복받은 아이들처럼 보였다.

　최근 들어 감동할 만한 일이 많이 일어났지만, 한문학과 수업 첫날은 그 어떤 날보다 더욱 흥분되는 날이었다. 이렇게 좋은 학교에서 그토록 원했던 한문 공부를 하게 된 것이 도저히 믿어지지 않을 정도로 가슴 설레었다. 여기까지 온 것만으로도 내 꿈이 다 이루어진 것만 같았고, 이 모든 일들을 최근 몇 년 사이에 내가 해냈다는 사실 또한 나를 감동하게 했다. 돌이켜 생각해보면, 집이 안 팔려서 경제적으로 많은 어려움을 겪고 있는 일 외엔 모든 일들이 내가 마음먹은 대로 다 이루어지고 있는 것이다.

수많은 사람들과 차들이 교문을 드나들고 있었다. 내가 이들과 같은 목표와 적(籍)을 둔 일원이라는 사실이 그렇게 기쁠 수 없었다. 이제는 내가 원했던 한문 공부만을 하면 되는 것이다. 버스정류장에서 멀지 않은 곳에 인문대 강의실이 있었다. 들뜬 기분으로 한 걸음 한 걸음 내딛었다. 건물은 오래되어 다소 낡긴 했지만 그게 무슨 문제인가? 지금 이 순간, 내가 이곳에 소속된 학생이라는 것만이 '현실'인 것이다.

강의 시간보다 조금 빨리 도착했기에 천천히 복도를 서성거리며 주위도 살펴보고, 강의실과 화장실 위치도 알아두었다. 살며시 강의실 문을 열고 들어갔다. 젊은 학생들이 재잘거리며 모여앉아 있었다. 왠지 인사하기도 쑥스럽고 해서 그냥 빈자리에 조용히 앉았다. 한 여학생이 나를 보더니 살짝 놀라는 것 같았다. 언뜻 보기에도 엄마뻘로 보이는 내가 자리에 앉으니 당연하겠지. 아무리 둘러봐도 어린 학생들뿐이었다.

나처럼 시간제 등록생 중에 비슷한 또래 한 명 정도만 있었으면 하고 기대를 했는데 아쉬웠다. 이젠 철저히 나 혼자 알아서 공부해야 하는 것이다. 또래친구 하나 없는 외로운 대학 생활이 시작되었지만 그것은 아무 문제가 되지 않았다. 이제야 그토록 바라던 한문학을 공부할 수 있게 되지 않았는가?

학생들이 한순간에 조용해지는가 싶더니 교수님께서 들어오셨다. 나보다 몇 살 더 들어 보이는 온화한 인상의 교수님이었다.

교수님은 한 학기 강의 계획서를 나눠주시며 미리 공부를 해오라고 하셨다. 그리고 매 수업시간마다 즉석에서 발표를 시킨다는 것이다. 언제 누가 호명될지 모르는 상황이어서 매시간 공부를 반드시 해가야 했다. 발표를 제대로 못한 것이 세 번이 되면 '삼진아웃제'를 적용해 학점에 불이익을 준다고 하셨다. 출석이 30%를 차지했던 그전 학교와는 다르게, 여기서 출석은 10%밖에 반영되지 않았고 시험의 비중이 더 높았다. 무의미한 출석보다는 학업을 더 중시한다는 느낌이 들었다.

예습과 복습을 철저히 하지 않으면 절대 수업을 못 따라갈 것 같았다. 더구나 나는 아직 분위기가 익숙해지지 않은 상태라 교수님 말씀을 전부 이해하기도 어려웠다. 그야말로 어리둥절한 상태에서 시간이 흘러갔던 것이다. 친구 하나 없기에 물어볼 수도 없고 답답했지만, 시간이 어느 정도 지나고 나면 적응되겠지 하며 위축되지 않기 위해 스스로를 다독거렸다.

그야말로 나 혼자 일인다역(一人多役)을 하는 셈이다. 때로는 나에게 엄마가 되어 달래주기도 하고, 또는 친구가 되어 충고도 해주기도 하면서, 그렇게 외로운 만학도의 길을 가고 있는 것이다.

마치 전쟁과도 같은 치열하고 바쁜 일과가 시작되었다. 1교시 수업이 있는 날엔 집에서 늦어도 6시 50분에는 나가야 했다. 수요일은 학점은행제 수업이 밤 9시까지 있어서 집으로 돌아와 씻기만 해도 보통 밤 12시였다. 그리고 다음날은 새벽 5시에는 일어나야 딸아이 밥을 챙겨주고 나 역시 등교 준비를 할 수 있었다. 그렇게 한 주일을 보내고 나면 일주일간의 모든 일과가 정리된 듯한 뿌듯함을 느낄 수 있었다.

아무리 아껴 써도 교통비와 점심 식대비로 나가는 돈이 만만치 않았다. 월요일에 5만 원 정도를 준비해서 가지고 다니다 보면 목요일 저녁이면 거의 바닥을 드러내곤 했다. 기차표를 정액권으로 끊었어도 그 정도인 것이다. 기차 정액권도 새마을호는 비싸서 못 사고 저렴한 무궁화호를 끊었다. 새마을호는 워낙 자주 다녀서 별로 기다리지 않아도 되지만, 무궁화호는 역에서 보통 한 시간을 기다려야 할 정도로 운행이 뜸했다.

하루는 배도 너무 고프고 피곤하기도 해서 무궁화호 정액권으로 슬쩍 새마을 열차를 탄 적이 있었다. 그 전에는 거의 기차 안에서 표를 검색하지 않았던 걸로 기억이 돼서 그날도 그럴 줄 알고 눈 딱 감고 불법인 줄 알면서도 그래본 것이다.

세상에! 딱 걸려버렸다. 어떻게 알았는지 승무원이 바로 내게 와서 표를 보여 달라고 했다. 나는 참 귀신같이 잡아낸다는 생각을 하면서 어쩔 수 없이 무궁화호 정액권을 보여주었다. 한 번 쯤은 봐줄 줄 알았는데 어림도 없었다. 하긴 내가 한 번인지 상습범인지 그들이 어떻게 알겠는가?

그날 정액권 값에서 어느 정도 적용이 되고 모자라는 새마을 기차 요금만 더 부과하면 될 줄 알았는데 아예 대구에서 김천까지 전체 요금을 다 물어내고야 말았다. 말 그대로 무임승차로 간주되어 버린 것이다.

씁쓸하기도 하고 창피하기도 했다. 세상 물정 모르는 아줌마 기질을 적나라하게 드러낸 하루였다. 그동안 무심코 지나치며 다니는 줄로 알았던 승무원들이 결코 무심하게 다니는 게 아니란 것도 그날 알게 되었다. 다니면서 일일이 좌석번호를 체크해가며 정상적인 자리는 그냥 지나치고 빈 좌석으로 있어야 할 자리에 사람이 앉아있으면 표 검사를 했던 것이다.

그렇게 호되게 혼난 다음부터는 아무리 피곤해도 새마을호 기차를 타는 일은 없고 오래 기다려서라도 꼭 무궁화호를 타고 다니게 되었다. 때로 기다리는 게 힘들 때면 아예 새마을 정액권으로 구입하고픈 생각이 들기도 했다. 그러나 새마을호와 무궁화호 기차의 요금이 5만 원이나 차이가 났다. 통장 잔고가 이미 오래전에 바닥이 난 상태에서 한 달에 5만 원은 결코 내게 적은 금액이 아니었다.

통장이 바닥이라고는 하지만 돈 때문에 여기까지 와서 포기할 수는 없는 것이다. 간절히 원했던 한문 공부를 하고 있는 나는, 지금 행복하다. 비록 시간제 학생이긴 하지만, 일반 학생들과 똑같이 한 강의실에서 강의를 듣고 캠퍼스 곳곳을 마음껏 누릴 수 있는데 무엇이 부러운가?

넓은 캠퍼스를 아직 다 돌아 다녀보진 않았지만, 교내를 거닐며 활보할 때의 그 뿌듯함이란 내가 아닌 다른 그 누구도 모를 것이다.

도서관을 출입할 때 기계에 학생증을 대고 통과하는 것조차 행복하기만 했다. 서툴러 몇 번을 대봐야 겨우 통과할 수 있었지만, 지금은 어느 정도 요령이 생겨서 한 번 만에 바로 통과할 정도로 익숙해졌다. 처음 헤맬 때 옆에 있던 학생이 보기에 딱했던지 친절하게 요령을 가르쳐 주었다. 지켜보던 경비 아저씨도 서툴게 학생증을 읽히며 허둥대는 나를 입가에 살짝 미소를 지으며 지켜보고 있었다. 학생이라고 하기에는 나이가 너무 많은 내가 그분에겐 어떻게 보였을까?

강의 시간이 빌 때마다 도서관에서 공부를 하다보면 시간도 금방 지나갔고, 혈기 넘치는 젊은 학생들과 어깨를 나란히 하고 있다는 사실과, 지금까지 경험해 보지 못한 이 많은 일들이 나를 행복으로 가득 차게 했다.

점심시간이면 학생식당을 이용하지 않고 교직원식당을 이용했다. 비록 가격은 학생식당보다 조금 비쌌지만 학생식당은 나이 때문인지 선뜻 들어서지지가 않았다. 교직원식당은 그래도 나이가 어느 정도 지긋한 사람들이 오가고 있었기에 부끄럽지도 않았고 편하게 드나들 수 있었다.

그렇다고 내가 교수로 보일 거라는 생각은 하지 않았다. 교수들에게선 뭔지 몰라도 품위와 인격이 겉으로 보기에도 그대로 느껴졌으며 옷차림새 또한 세련된 반면에, 나는 늘 점퍼와 청바지에 운동화 차림이었으니까.

발목 고질병으로 예쁜 구두도 못 신고 다니는 형편이다 보니, 늘 발이 편한 운동화를 신게 된다. 자주 삐었던 발목을 방치한 결과 조금만 굽이 있는 신발을 신으면 걸음조차 마음대로 못 걸을 정도로 발목이 약해져 버리고 말았다.

어쩌다 중년 여성들이 구두를 신고 예쁜 치마를 입고 걸어 다니는 모습을 보면 참 부럽기까지 하다. 어릴 때 어르신들께서 발목 조심하라고, 너무 높은 신발을 신고 다니다 나이 들면 고생한다는 말씀을 하실 때마다 왜 새겨듣지 않았을까? 늘 그랬듯이 그렇게 부정적인 말들은 나에게는 해당되지 않는 일로만 여겼다. 어르신들이 쓰디쓴 인생 경험을 통해 터득한 것들을 아무리 젊은 세대들에게 알려줘도, 젊은이들은 그 쓴 경험과 직접 마주하기 전까지는 그저 흘려듣게 되는 것 같다.

비록 인대가 약해진 발목은 되돌릴 수 없어도, 나는 그 시원찮은 발목을 이끌고 운동화를 신고 넓은 캠퍼스에서 강의실로, 도서관으로, 식당으로 바쁘게 오가며 매일을 즐기고 다녔다. 때로는 북적이는 학생들 틈에서 전해져 오는 생동감이 주체할 수 없을 정도로 벅찬 행복으로 다가오기도 했다. 이 나이에, 이보다 더 값진 하루 일과를 어디에서 얻을 수 있겠는가?

사람들이 그 나이에 공부해서 무얼 할 거냐?' 하는 질문에 대한 또다른 대답을 제시할 수 있을 것 같다.

대답은, '오늘 이 시간을 즐기기 위해서' 다.

오늘 내게 주어진 이 값진 시간들은, 늘 한으로 가슴에 묻어둔 숙제를 풀어가는 이 행복한 순간을 즐기기 위한 거라고……. 하루 24시간이라는 이 소중한 보물을 누구보다 가치 있게 보내는 지금, 난 세상에서 가장 행복한 사람임에 틀림없다.

어떤 이들은 내게 여윳돈이 많아 쓸 곳이 없어 그러고 다니는 거냐고 물어오기도 했다. 그러고 보면 사람들은 모든 것을 돈을 기준으로 생각할 때가 많다. 있다가도 없는 것, 죽을 때 한 푼도 가져갈 수 없는 게 돈이건만…….

돈이란 어떻게 쓰이는가가 중요하다. 사람들은 돈이 있다면 집을 사는 게 최우선이라고 생각하겠지만, 난 집을 팔아서라도 나를 계발하는 데 투자하고 싶다. 앞으로 내게 주어진 시간을 살아가는 동안 지적으로 보다 여유 있고 풍요로운 삶을 살고 싶기 때문이다. 의미 없는 하루하루를 보내는 것보다 어제 몰랐던 것을 새롭게 알아가는 것이 내게는 더 가치 있는 삶이다. 흐르는 시간에 나를 방치하지 않고 내가 주(主)가 되어 시간을 마음대로 조정하며 부리는 삶을 살아가고 싶다.

어느 책에선가 '정신세계는 나의 하인이다.' 라는 말을 본 적이 있다. 내 안에 존재하고 있는 정신세계를 본인 의지대로 부리지 못하는 삶은 주객이 전도(顚倒)된 인생과 다름없다. 언제부턴가, 하루를 정리하면서 오늘은 불필요하게 보내버린 시간이 없는지 되돌아보는 것이 중요한 일과가 되었다. 친구와 중요하지 않은 대화로 시간을 보내진 않았는지, 불필요한 전화 통화는 하지 않았는지, 그보다 더욱 중요한 것은 일어나지도 않은 일에 대한 걱정으로 쓸데없이 뇌의 많은 부분을 소모시키지는 않았는지…….

경북대에 들어와 보니 안타까운 일들도 접할 수 있었다. 늦게까지 졸업하지 않고 학교를 다니고 있는 학생들이 생각보다 너무 많았던 것이다. 심지어 03학번도 있었다. 올해 신입생이 10학번이니, 군대를 다녀왔어도 06학번 정도일 텐데 생각보다 나이 많은 학생들이 학교를 다니고 있었다.

몇몇은 가정형편이 어려워서 제때에 졸업을 못하는 경우라고 한다. 휴학과 복학을 반복하며 아르바이트를 해서 학비를 충당해 오는 것이다. 또 다른 경우는 막상 졸업을 해서 사회에 진출을 해도 취업이 제대로 되지 않기에, 졸업시기를 늦추는 학생들이었다.

우리나라 청년 취업이 얼마나 심각한지를 온 몸으로 느꼈다. 예전에는 대학을 졸업하기도 전에 취직이 잘 되곤 했는데 요즘은 그런 경우는 드물다고 했다. 이젠 대학 캠퍼스에서 '낭만은 사치'라고 할 정도로 일찌감치 취업과의 전쟁이 시작되고 있었다.

고등학교에서는 좋은 대학에만 가면 성공하는 거라는 희망에 부풀어 열심히 공부만 하다가, 막상 대학에 들어오고 나면 더 치열한 취업과의 전쟁을 맞이하는 것이다. 이제는 꼭 일류대학이라고 미래를 보장해 주지만은 않는다. 요즘의 캠퍼스는, 낭만은 사라진 지 이미 오래고 고독과 치열한 경쟁만이 존재하고 있는 것 같다.

지금까지는 활달하고 명랑한 학생들로만 보였지만, 상황을 알고 보니 참으로 딱하게 여겨졌다. 더구나 기성세대인 내가 바라볼 때 왠지 모를 미안한 마음까지 들었다. 무엇이 저렇게 해맑고 똑똑한 아이들의 미래를 답답하게 하고 있을까? 왜 이 사회는 저들에게 직장이라는 곳의 담장을 이다지도 높여 놓았을까?

이른 아침에도 도서관에서 공부하는 학생들을 보는 것이 드문 일이 아닐 만큼 이곳 학생들은 참으로 열심히 공부한다. 오늘날 학생들의 처지에 서글픈 마음도 있었지만, 또 다른 마음으로는 이들과 가까이에서 함께 시간을 보내고 있다는 것에 뿌듯함이 솟구치기도 했다. 이제야 말로 제대로 학문을 하고 있다는 자부심과, 이렇게 열심히 하는 젊은이들과 함께 공부한다는 사실이 내게는 신선한 자극이 되는 것이다.

조별로 발표가 있는 시간이었다. 발표를 맡은 학생이 발표 자료를 복사해 와서 한 부씩 나눠주었다. 그것을 받아든 나는 순간적으로 허탈한 웃음이 터져 나왔다. 글씨가 깨알 같이 작아서 내용을 전혀 알아볼 수 없었기 때문이다.

더구나 그 수업은 오후 수업이었고, 그때는 내가 눈이 극도로 피로해지는 시간대였다. 나는 마흔이 되었을 무렵 안막건조증이라는 진단을 받아 오후가 되면 시야(視野)가 뿌옇게 흐려보였고 그때마다 수시로 안약을 투입해야 했다. 그런데 하필 그날따라 안약을 가져가지 않은 것이다.

종이에 적혀있는 글씨들이 그냥 까만 점들로만 보였다. 젊은 학생들이 어찌 나 같은 나이든 학생의 고충을 알겠는가? 나이든 학생은 나 혼자뿐이어서 아무도 나의 이런 고충을 공감할 수 있는 사람은 없었다.

혹시 교수님은 보이실까 하는 마음에 앞자리에 계시는 교수님을 올려다보았다. 그런데 교수님은 나보다 나이가 조금 더 많은데도 전혀 불편함을 못 느끼는 것 같았다. 안경도 쓰지 않은 채 학생들의 발표를 듣고 계시다가 부족한 부분을 바로 짚어 내서 지적까지 해주시는 것이다. 참으로 놀라웠다.

나는 혼자 속으로 터져 나오는 웃음을 참느라 안간힘을 썼다. 까만 점들로만 보이는 종이를 그냥 물끄러미 바라보다가 학생들이 뒷장으로 넘기면 나도 따라 넘기는 시늉만 하는 나 자신을 보고 있자니, 어찌 웃음이 나오지 않겠는가? 다음부턴 아예 돋보기를 준비하리라고 마음먹었다.

발표가 끝난 직후, 교수님은 중요한 부분을 지적해 주시며 중간고사에 출제하겠다고 하셨다. 잘 보이지도 않을뿐더러 외우는 것은 절대 불가능한 나였기에 매우 난감했다.

　사람들이 내게 '지금까지 공부한 것이 머릿속에 남아있냐?'는 질문을 할 때마다 나는 외우지 못해 눈으로 익혀 내 것으로 만든다는 대답을 하고는 했다. 그런데 이제는 정말 외워야 한다. 눈으로 보고 익힌 것은 지문(地文)이 주어졌을 때 가능한 것이지, 서술형 시험에는 결코 통하지 않는 것이다. 다가올 중간고사야말로 내가 넘어야 할 가장 험한 고지(高地)가 될 것 같았다. 또 한 번 지나간 시간들의 아쉬움에 한(恨)이 되살아났다. 한창 공부하는 저 좋은 나이에 나는 무엇을 하고 있었는가 하는 자책감, 왜 좀 더 젊은 나이에 이 길을 택하지 않았나 하는 돌이킬 수 없는 시간들에 대한 아쉬움, 시력이 좋았을 때만이라도 깨우쳤다면 하는 아무 쓸데없는 허망함……

　요즘은 교통이 좋아져서 그런지 다른 지방 학생들도 자취나 하숙을 하지 않고 집에서 통학하는 사람이 많다. 1교시 수업이 있는 날, 새벽에 기차역에 가보면 통학하는 학생들과 직장인들을 많이 만날 수 있다.

　기차 안에도 수많은 출근 인파, 등교 인파들로 발 디딜 틈이 없다. 화장실을 가려고 해도 좌석이 없는 사람들이 통로에까지 신문을 깔고 점령해 버리기 일쑤여서 움직이기가 쉽지 않다. 그동안 사회에서 일어나는 일들에 내가 얼마나 무지(無知)했는가를 실감할 수 있었다.

　'다들 이렇게까지 바쁘게 살아가고 있구나.'

　기차에 빽빽하게 모여 앉아 있는 학생들과 직장인들을 보고 있자니 그들의 부지런함과 삶에 대한 열정에 잔잔한 감동이 느껴졌다.

그렇게 많은 사람들과의 틈 속에서 일어나는 전쟁은 아침 내내 이어졌다. 기차에서 내리는 것부터 시작해서 계단을 오를 때에도, 버스를 타기 위해 정류장에 갈 때도 거대한 인파가 움직였다.

아침 시간에 학교 방향 버스를 타는 것도 하늘의 별 따기였다. 학교로 가는 버스는 이미 사람들을 가득 태운 상태여서 정류장을 그냥 지나쳐 버리는 일이 많았다. 등교 첫날에는 그렇게 정류장에 서지 않고 그대로 통과해 버리는 3대의 버스를 야속하게 바라보며 발만 동동 굴렀다. 강의 시간은 15분밖에 남지 않았다.

정류장을 지나치는 버스를 향해 몇 발 쫓아가 보다가, 이내 포기하고 발길을 돌렸다. 이래선 안 되겠다는 생각이 들어 아줌마 특유의 정신을 발휘하기로 했다. 학생들을 향해 "경북대 북문까지 택시 합승할 사람 안 계세요?" 하고 소리친 것이다. 그랬더니 여기저기서 학생들이 반응을 보이며 모여들었다. 금방 나를 포함해 4명을 채울 수 있었다. 우리들은 택시를 잡아타고 학교로 향했다. 그러나 워낙 붐비는 시간대였기에, 바쁜 마음과는 달리 택시는 속도를 낼 수가 없었다. 도로 곳곳의 신호등마다 정체를 거듭해가며 겨우 학교에 도착했을 때는 수업시간이 5분밖에 남지 않았다. 그래도 여기서부터 뛰어간다면 지각은 면할 수 있을 것 같았다. 택시 요금은 마치 짜 맞추기라도 한 것처럼 꼭 4천원이 나왔다. 각각 천 원씩만 내면 되는 것이다.

이런 것도 불로(不勞) 소득이라고 할 수 있을까? 나는 아직 교통카드를 구입하지 않았기에 버스비로 1,100원을 내야 했는데 이렇게 합승을 하니 백 원을 번 것이다.

'올레!'

좋아하는 기분에 젖어 든 것도 잠시, 나는 강의실을 향해 무조건 뛰어야 했다. 지금까지 살아오면서 그때만큼 내 뱃살들을 향해 원망해 본 적도 없을 것이다. 몸이 왜 그렇게 무거운지, 뱃살의 무게감으로 아무리 뛰어도 제자리인 것만 같았다. 강의실이 3층이라는 것 또한 이렇게 큰 부담으로 작용할 줄 몰랐다. 숨 가쁘게 3층까지 뛰어가서 강의실 문을 살며시 열어보니 다행히 교수님은 도착하지 않았다. 강의시간은 5분을 경과하고 있었다.

첫 수업에 지각하지 않고 이렇게라도 도착할 수 있었던 것이 행운이었다. 등교 첫날부터, 말로만 듣던 대도시의 일명 '콩나물 버스'라는 것을 - 직접 타보지는 못했지만 - 쳐다보기라도 했고, 오전 시간의 치열한 교통 전쟁도 경험할 수 있었다.

앞으로 한 학기동안 이런 날들이 계속될 것이었지만 내겐 아무런 문제도 되지 않았다. 나는 새로운 인생을 시작하기 위한 출발점에 있으니까.

첫 수강생

매주 토요일만큼은 어떤 약속도 잡지 않고 오로지 공부에만 시간을 할애(割愛)하기로 마음먹었다. 월요일부터 목요일까지는 경북대 수업, 금요일 오전은 서예공부, 오후는 복지관 수업이 잡혀 있었기에 한가한 날은 오로지 토요일뿐이었다(일요일은 교회에 나가야 했다).

개학하고 나서부터는 그나마 공식적인 일정이 없던 토요일마저도 왜 그렇게 약속이 많이 잡혔던지, 편안히 집에 있어본 적이 별로 없었다. 그러다 모처럼 한가한 토요일을 맞이하게 되어, 그날은 아무것도 하지 않고 공부만 하기로 했다.

오후에 낯선 번호로 한 통의 전화가 걸려왔다. 그토록 기다리던 한문 수강생의 문의 전화였다. 몇 가지 질문을 하고 나서, 오후 5시쯤 아이를 데리고 상담하러 온다고 했다. 아직 좋아하기엔 일렀지만 이렇게 연락이 왔다는 것만으로도 기뻤다.

그동안 열심히 전단지를 붙여왔지만 한 달 동안 전화 한 통 없었고, 그나마 힘들게 붙인 것도 다음날 가보면 누군가 떼어버려 없어진 후였기에 그 뒤로는 거의 붙이지 않고 있었다. 또 개강하고 나서 학교에 적응하기 바빠서 이쪽에 신경을 쓰지 못하기도 했다. 저녁에 집에 오면 밀린 집안일과 다음날 수업 준비를 하기에도 바빴기 때문에 일주일이 숨 쉴 틈 없이 빠르게 지나가고 있었던 것이다.

그나마 집 앞에 걸어놓은 현수막에 의지하고 어쩌다 아는 사람을 만나면 명함을 돌리는 정도밖에 달리 할 수 있는 방법이 없었다. 동네가 좁았기에, 20여 년간 미용실을 경영해왔던 나의 이미지는 여전히 '미용실 아줌마'로 굳어져 있었다. 그 이미지를 벗어나는 것은 어느 정도 시간이 필요하다고 생각했기에 서두르지 않기로 하고 차분하게 마음먹었다.

그렇게 보낸 시간이 어느새 한 달이 훌쩍 넘어가고 있었다. 그런데 이제야 드디어 기다리던 전화를 받은 것이다. 오늘만큼은 늘어지도록 편안한 토요일을 보내기로 했던 마음을 고쳐먹고, 바로 세수와 약간의 화장을 하고 기다렸다. 막상 전화는 받았지만, 허둥대지도 않았고 크게 기대되지도 않았다. 최근 몇 년 사이에 집을 계약하러 온다는 사람들에게 수없이 실망해 봤기 때문에, 이번 일만큼은 실망하지 않기 위해 담담하게 기다리기로 했다.

약속한 시각을 1시간 넘겼을 때, 기다리던 학부모가 아이의 손을 잡고 방문했다. 한문 5급을 딴 4학년 남자아이였다. 아이는 매우 총기 있어 보였고, 자기의 의사도 당당하게 밝혔다. 문제지로 아이의 실력을 간단하게 테스트해 보고, 화요일과 목요일에 한 시간씩 수업하기로 결정하고 돌아갔다.

난생 처음 교사로서 학부모와 면담을 치른 것이다. 학부모가 돌아가고 나니 상담할 때 실수한 것이 생각났다. 교육비를 이체해 주겠다며 계좌번호를 물어왔을 때, 아무 종이에 끼적거려 계좌번호를 준 것이다. 그 흔하게 돌리던 명함 생각을 왜 못했을까? 명함 뒷부분에 계좌번호를 적어줬더라면 더 폼 나고 권위도 있어 보였을 텐데……

앞으로 첫 수업이 3일 후였다. 수업을 위해 나 역시도 공부를 새로 해야 했다. 알고 있는 것과 가르치는 것은 다르기에, 글자 형성과정을 학생에게 쉽게 전달하기 위한 연구가 필요했기 때문이다. 지난 겨울방학 때 틈틈이 파자(破字) 공부를 해둔 것이 도움이 될 것 같았다. 도서관에서 한자의 형성과정을 다룬 책을 빌려 정리를 해둔 것이 노트 한 권을 차지할 만큼 많은 분량이 되어 있었다.

노트를 다시 한 번 살펴보니, 내가 언제 이렇게 많은 공부를 했었나 싶을 정도로 자료가 방대했다. 웬만한 급수에 나오는 한자는 거의 다 기록되어 있었다. 파자 내용이 다소 억지스러운 것들은 내 특유의 상상력을 발휘해서 나름대로 고치기도 했다. 복지관 아이들의 돌발 질문에 대처하기 위해서라도 항상 충분히 공부해 두어야 했다.

복지관 아이들과 처음으로 개인과외를 맡은 아이와는 많은 차이점이 있었다. 복지관 아이들은 대부분 공부가 몸에 배지 않아 수업 시간에 집중력이 흐트러지는 경우가 많았지만, 개인과외를 받는 아이는 어렸을 때부터 학원을 많이 다녀서인지 마치 공부는 당연히 해야 한다는 듯한 표정으로 수업에 임했다. 집중하는 아이를 보니 한편으로는 신기하기도 하고 한편으로는 더욱 힘이 솟는 것 같았다.

두 번째 수강생이 들어온 것은 한문 공부방을 연 지 2개월이 지났을 때였다. 사범대를 졸업한 국어교사로, 학생들을 가르치다 보니 한문의 필요성을 절실히 깨달았다고 했다. 오랫동안 고민하던 중 내가 붙인 전단지를 보고 '이곳이다.' 라는 확신이 들어서 찾아왔단다. 이미 누구보다 한문의 중요성을 잘 알고 있기에 10분 정도의 짧은 상담만으로 바로 수업을 받기로 하고 돌아갔다.

조금씩 희망이 보이는 것 같았다.

이 동네에서 여전히 미용실 아줌마로 굳어져 있는 내게 선뜻 한문을 배우겠다고 나서는 사람이 많지 않을 것이라고 생각했는데, 예상보다 빠르게 수강생이 들어온 것이다. 이렇게 한 걸음씩 나아가다 보면 언젠가는 경제적인 어려움을 해결할 수 있을 만큼의 수입도 보장될 거라는 생각에 기뻤다. 내가 좋아하는 일을 하면서 돈을 벌 수 있다는 것 자체만으로도 내겐 큰 행복이었다.

학생을 가르치기 위해서는 생각보다 많은 시간을 할애해야 했다. 나는 한자를 잘 기억하도록 하기 위해 낱글자의 형성과정을 하나하나 설명하는 방법으로 수업을 했다. 그러기 위해 더 쉽고 재미있는 설명을 찾기 위해 늘 연구하고 또 연구했다. 4시간 수업을 하기 위해서는 나 역시도 그 정도의 시간만큼 공부를 해야 했다. 처음이라 더 열심히 가르쳐야 한다는 의무감도 있었기에 더욱 게을리 할 수가 없었다.

열정이 더해갈수록 아쉬운 것은 마음과 달리 몸이 안 따라 준다는 것이다. 눈과 허리가 아파올 때면 잠시 일어나 기지개를 켜보기도 하고 눈에 안약을 넣어보기도 했다. 안약을 넣으면 한 시간 정도는 그런대로 버틸 만했지만 그것도 잠시, 금세 다시 피로해지곤 했다. 그럴 때면 바깥공기도 쐬여보고, 찬물에 세수도 해보고, 내가 할 수 있는 모든 방법을 총 동원해서 어떻게 하든지 공부할 시간을 벌기 위해 애를 썼다.

그러나 그런 것들조차도 나는 즐겁기만 했다. 이 나이가 되어서라도 이렇게 공부할 수 있고, 가르칠 수 있다는 것이 늘 감사하다.

젊은이들과 경쟁하기, 그들과 함께하기

어느덧 중간고사가 다가오고 있었다. 수업을 듣는 것과 혼자 공부를 하는 것은 재미있었지만, 젊은 학생들과 경쟁해야 한다는 게 큰 부담으로 다가왔다. 특히 자료 검색이나 암기는 아무리 노력해도 학생들을 따라가기가 힘들었다.

강의 속도 또한 학생들에게 맞추어 빠르게 진행되다보니 이해되지 않는 부분도 많았다. 하지만 나 한 사람으로 인해 수업이 늦추어지게 할 수가 없어 질문을 하기도 어려웠다. 가끔은 위축감이 밀려오면서 포기하고 싶은 생각도 들기도 했다. 하지만 그럴 때마다 내가 어떻게 여기까지 왔는지를 되뇌면서 더욱 악착같이 공부에 매달렸다.

30년의 세대 차이를 극복하기란 결코 쉽지 않았다. 가장 큰 문제점 중 하나는 한문을 독해하는 것이었다. 지금까지 나는 단순히 낱글자 위주로 한자를 익혀왔는데, 대학에서는 문장 전체를 해석했다. 암기 능력이 절대적으로 부족한 나였기에, 문장 한 단락을 통째로 외우고 쓴다는 것은 거의 불가능할 것 같았다.

‘우물 안 개구리’ 라는 속담이 절실히 와 닿았다. 한문학과에 오기 전에는 이 정도의 실력이면 한자에 대해 충분히 안다고 생각했었는데 그것은 혼자만의 착각이었다. 한문학이란 낱글자가 아닌 그야말로 깊이 있게 기초부터 쌓아야 하는 그런 학문이었다. 독학으로 여기까지 온 내겐 대학에서 배우는 한문학은 차원이 다르게 느껴졌다.

공부가 힘들 때마다 나는 내게 최면을 걸었다. 최면은 오랜 시간 혼자 살아오면서 생존을 위해 터득한 방법 중 하나이다. 험하고 어려운 시험에 빠질 때마다 굳건하게 버틸 수 있도록 하는 것은 오로지 ‘긍정적인 생각’ 이라는 최면뿐이었다.

‘지금의 이 어려움은 아무것도 아니다.’

‘남들 다 겪는 과정을 조금 늦게 겪고 있을 뿐이다.’

그래도 내가 지금 앉아 있는 이곳은 대학교가 아니던가? 이곳에서 이렇게나마 공부할 수 있는 기회가 주어졌다는 것도, 생기발랄한 젊은이들과 한 강의실에서 공부하고 있다는 것도, 최고의 실력을 갖추신 교수님들의 훌륭한 강의를 들을 수 있는 것도 모든 것이 쉽게 주어질 수 없는 행운인 것이다. 단지 남들보다 조금 늦게 이해할 뿐이지, 시간이 지나고 나면 언젠가는 지금의 이 어려움도 자랑스러운 추억이 되어 있을 것이다. 나는 지금, 인생 최고의 절정기를 보내고 있는 것이다!

사실 나는 결혼에 실패했다는 것과 경제적인 어려움을 겪고 있는 것 외엔 별로 크게 힘들 것도 없다. 하지만 나는 이혼도, 경제적 어려움도 내 인생에 있어서 큰 실패가 아니라고 생각한다.

혹자는 여자로서 결혼생활에서 실패한 것보다 더 큰 실패가 어디

있냐고 하겠지만, 이제는 여성의 삶이 반드시 남편에 의해 결정되는 시대가 아니지 않은가? 지금은 남자든 여자든 각자 전문성만 갖춘다면 남편 혹은 아내에게 의존하지 않아도 얼마든지 자립해서 살아갈 수 있는 것이다. 결혼이란 누구나 처음 하는 것이고 연습조차 하지 않은 상태에서 출발하는 것이기에 누구라도 실패할 수 있다. 또한 결혼의 실패는 어느 한쪽의 잘못이 아닌 두 사람 사이의 문제이기 때문에, 유독 이혼한 여자에게만 가해지는 사회의 차가운 눈총과 비판은 자제해야 한다.

나 역시 대한민국의 이혼녀들이 으레 받게 되는 냉소어린 시선들을 많이 받아보았고, 이제는 그런 것들을 이미 초월한 상태다. – 아니 초월했다고 내 자신에게 최면을 걸어야만 그 차가운 시선들을 이겨낼 수 있다 – 그렇게 해야만 사회생활을 하는 데 있어서 당당해질 수 있는 것이다. 혼자 산다는 이유로 위축될 필요는 없다.

그리고 또 하나의 문제점인 경제적 어려움! 결코 쉬운 문제는 아니지만, 그렇다고 극복 못하는 문제만도 아니다. 마냥 손 놓고 있는 것이 아니라 지금 미래를 향해 열심히 노력하고 있지 않은가? 보다 나은 삶을 위해 치러야 할 과정이라고 생각하면 지금 겪고 있는 이 어려움은 아무것도 아니다. 마음먹기에 따라 충분히 이겨낼 수 있는 것들이고, 또한 반드시 이겨내야만 하는 것이다. 언젠가 사람들 앞에 당당하게 서서 한문 강의를 할 때쯤이면, 자연히 해결될 일시적인 문제들인 것이다.

이렇게 나를 다독여가며 중간고사 대비에 매달렸지만 결국 시험은 망치고 말았다. 학번과 이름만 제대로 쓴 것이다. 시험에 대해 거의 정보가 없던 나로서는 어디서 어디까지, 어떻게 공부해야 하는지조차 파악이 안 된 상태에서 시험을 치렀다.

시험지를 받아든 순간 너무나 놀라고 당황스러웠다. 시험지 앞뒷면을 빼곡히 채운 문제를 보고 그만 질려버린 것이다. 모두가 한문을 번역하라는 것이었다. 그리고 성어에 대한 유래와 설명까지…….

답란조차 간격이 너무 좁았다. 쓸 수 있는 문제가 전혀 없기도 했지만 쓴다고 해도 시력이 나쁜 나는 그 정도의 칸에는 쓰지 못할 것 같았다. 손은 또 왜 그리 떨리는지, 아무리 떨지 않으려고 힘을 줘봐도 마치 수전증에 걸린 사람처럼 부들부들 떨려왔다.

알고 있는 단어 몇 개를 바탕으로 되는 데까지 번역해 보려고 했지만 그것 또한 떨리는 손 때문에 고역이었다. '이런 게 바로 시험이구나.' 하는 생각이 들었다. 예전 학교와는 비교가 되지 않을 정도로 난이도가 높았다. 주위 학생들을 둘러보니 얼마나 열심히 공부를 했는지, 답을 빼곡하게 적는다고 정신이 없었다. 부러웠다. 제때에 제대로 된 공부를 하고 있는 학생들을 바라보고 있자니 대견하기도 했고, 참으로 훌륭하게 느껴졌다.

나의 경우는 수술을 여러 번 해서 뇌가 손상된 것인지, 아니면 나이 탓인지, 단순한 전화번호조차 메모해 두지 않으면 금세 잊어버린다. 114에 전화번호를 물어보고도 전화기를 내려놓는 순간 백지 상태가 되기 일쑤다. 그런 머리로 대학 시험지를 받아 들었으니 어려운 것도, 떨리는 것도 어쩌면 당연한 것인지도 몰랐다.

시험 시간이 남아돌았다. 아는 게 없으니 쓸 것도 없었고, 그러다 보니 답답한 마음에 연필을 내려놓고 주위를 둘러보는 여유(?)까지 생겼던 것이다. 자리를 털고 밖으로 나오고 싶었지만, 모두들 너무 조용한 상태에서 열심히 시험을 보고 있었기에 미안해서 일어날 수조차 없었다. 멍하니 앉아 시간만 가기를 기다렸다.

30분이 지나자 한 학생이 자리에서 일어나 답안지를 제출하고 나갔다. 바로 뒤따라 일어나고 싶었지만, 답안지를 받아든 조교를 본 순간 그만 단념하고 말았다. 조교가 답안지를 꼼꼼하게 살펴보고 있었기 때문이다.

내 답안지도 그렇게 볼 것을 생각하니 부끄럽고 창피해서 일어날 수가 없었다. 거의 백지인 답안지인데다가, 손을 심하게 떨어서 글자는 알아볼 수 없을 정도였기 때문이다. 도저히 그것을 답안지라고 제출할 수 있는 용기가 없었다. 다시 자리에 주저앉아 조금 더 있다가 일어나기로 했다.

그 잠시의 시간 동안 많은 걸 반성해야 했다. 나는 이 시험을 위해 공부를 열심히 하지 않았다. 나이 탓도 아니고, 시간이 부족해서도 아니었다. 내가 열심히 하지 않은 결과인 것이다.

'나이 들어 공부해 봐도 머리에 전혀 들어가지 않아.' 하며 시험 공부를 하지 않았고, 바쁘다는 핑계를 대며 스스로 합리화했고, 교수가 어느 정도는 나의 입장을 배려해줄 수도 있을 것이라는 안일한 생각 또한 아주 없었던 것은 아니었다.

이제는 시험 유형을 어느 정도 파악했으니까 다음엔 열심히 해야겠다는 생각을 하는 동안 여러 명의 학생들이 답안지를 제출하고 밖으로 나가고 있었다. 나도 용기를 내어 제출하기로 했다. 답안지를 건네주고, 그것을 보려고 하는 조교에게 얼른 "보지 마세요." 하고는 뒤도 돌아보지 않고 밖으로 나왔다.

밖으로 나온 나는 해방감과 동시에 허탈함을 뼈저리게 느꼈다. 하늘을 향해 마음껏 원망해 보고 싶었지만 원망해야 할 대상이 없었다. 누구를 탓하고 누구를 원망할 것인가? 다시금 나를 위로하며 일으켜 세우기 시작했다.

'서럽다고 생각도 하지 말자.'

이 나이에 이렇게 공부할 수 있는 기회가 주어지는 것은 아무나 가질 수 있는 특혜가 아닌 것이다. 이제라도 이렇게 시험다운 시험을 치를 수 있게 된 것만으로 감사하자!

그날 이후 나는 남아 있는 시험을 위해 잠시도 쉬지 않고 공부에 매달렸다. 그래서인지 다른 과목에서는 아는 문제가 많이 나왔다. 시험이 끝나고 나서야 시험에 대비하는 공부 방법을 조금 알 것 같았다. 인터넷에서 한문으로 된 원본과 번역본을 구해, 많이 읽어보고 이해력을 키워야 했던 것이었다. 무조건 많이 읽어 보는 것만이 가장 좋은 공부 방법이라는 것을 뒤늦게 깨달았다. 어려운 단어가 나오면 그때마다 옥편으로 확인해서 단어에 대한 이해력도 같이 갖추어야 했고, 수업시간에 교수님께서 언급해주신 내용은 반드시 필기를 해 두고 외워야 했다.

나는 수업시간에 필기를 매우 열심히 했다. 그러나 문제는 달력으로 만든 연습장에다 모든 수업 내용을 같이 적어 두었기에 그것을 효과적으로 활용하기가 힘들었다는 것이다. 막상 공부했던 것을 찾아보려니 도무지 찾기가 어려웠다. 수업내용 필기 하나 효율적으로 하지 못한 걸 보면 나는 참 단순하고 어리석은 사람 같다.

마지막 시험을 치르고 교정을 나오는 순간, 어제까지의 절망감은 사라지고 자신감이 생겼다. '이렇게 준비해 가면 되겠구나.' 하는 자신감.

집으로 돌아오자마자 나는 노트를 새로 작성하기 시작했다. 달력 연습장에 적힌 것들을 내용별로 나누어 따로 노트에 정리하기로 마음먹은 것이다. 새로 정리한 노트 표지에는 과목명도 붙여 알아보기 쉽게 했다.

공부도 중요하지만 다음에 찾아볼 수 있도록 정리를 잘해 두는 것 또한 중요하다는 것을 이제야 알게 된 것이다. 그동안 이렇게 어수선하게 필기를 했으니 무용지물이나 다름없었다. 못 쓰는 달력이 아까워 연습장으로 활용한 것부터가 잘못이었다. 지금까지 이런 기초적인 공부 방법을 배울 기회도, 배운 적도 없었기에 직접 시행착오를 겪어보고 나서야 하나하나 깨달을 수 있었다. 속성으로 공부하는 데 익숙해져 배운 것을 점검하고 완전히 내 것으로 만드는 것에는 소홀했던 것이다. 아직 나는 많은 부분에서 부족하다는 것을 다시 한 번 느꼈다.

2010년 4월 29일 목요일

오전 수업이 끝나고 점심을 먹고 나면 11시가 조금 넘는다. 오후 수업까지는 두 시간이나 남아 있다. 이 시간, 빈 강의실에 혼자 앉아 있는 것을 나는 끔찍이도 좋아한다. 학교 주변을 여기저기 산책

하면서 수업이 끝나기를 기다리다가, 학생들이 빠져나가고 나면 강의실로 들어와 완전한 혼자만의 시간을 즐기는 것이다.

얼마나 분주하게 나갔는지, 강의실 문이 열려 있다. 강의실 안에는 학생들이 두고 간 가방과 책들만이 덩그러니 자리를 지키고 있다. 한쪽 벽면 구석진 곳에 있는 여기는 내가 가장 좋아하는 자리다. 마치 나를 위해 마련된 것처럼 아늑하다.

빈 강의실을 가만히 둘러본다. 군데군데 놓인 책들을 보니 조금 전까지만 해도 시끌벅적했을 이곳의 모습이 생각나, 나도 모르게 웃음이 새어나온다.

반듯하게 책을 펴놓고 간 아이가 있는가 하면, 아무렇게나 휙 던져둔 아이도 있다. 어떤 아이들은 가방을, 어떤 아이는 휴대폰을……. 작은 담요도 보인다.

남학생들은 조금만 설쳐대도 더운지 창문을 활짝 열곤 한다. 뼛속까지 찬 기운이 들어와 소름이 끼쳐도, 혈기왕성할 아이들을 생각해 그저 참는다.

'나만 추위를 타는 게 아니었구나.'

이 글을 쓰고 있는 순간, 한 남학생이 막 강의실 문을 열고 들어온다. 자리에 앉자마자 창문을 연다.

또 웃음이 터져 나온다.

어쩌겠는가, 젊은이들의 혈기가 분출되는 통로인 것을…….

이렇게 아무것도 아닌 일에 웃음이 나오는 걸 보면 나는 분명 지금 행복하다.

암, 이렇게 착하고 훌륭하고 예쁜 아이들과 한 교실에서 공부하고 있다는 기쁨에 비하면, 그깟 추위는 아무것도 아니지.

비오는 날이면, 몸살이란 녀석이 찾아와 온몸이 쑤시고 아프다. 이불 속에서 꼼짝 않고 싶어진다. 하지만 하루하루를 기대하게 만드는 한 가지 생각은 오늘도 나를 자리에서 벌떡 일어나게 한다.

'오늘도 배워야지.'

학교를 두 달 정도 다녔을 무렵, 도무지 한문학과 학생이 저지른 일이라고는 상상도 할 수 없는 일이 일어났다. 전공과목 중에 '당송고문(唐宋古文)'이라는 수업이 있다. 당나라와 송나라의 오래전에 기록된 편지나, 옛 성인들의 시(詩)를 배우는 과목이다. 나는 책 표지와 노트에 당송고문을 한자로 커다랗게 써서 파일에 붙여 들고 다녔다.

내가 좋아하는 구석 자리에 그날은 다른 여학생이 먼저 와서 앉아 있었기에, 하는 수 없이 맨 앞자리에 앉았다. 마침 교수님이 강의실로 들어오시더니, 고개를 갸우뚱하시며 말씀하셨다.

"'송' 자가 틀렸네, 일부러 이렇게 썼나?"

원래 머리 회전이 둔한 탓도 있었지만, 나는 그때까지만 해도 무엇을 지적당했는지조차 몰랐다.

'왜 이 글자가 틀렸지? 그럼 여기다 무슨 송 자를 써야 하는지 알려주고 가시지.'

아마 교수님은 설마 모르고 그렇게 썼다고는 생각하지도 못하셨나 보다. 어떤 글자를 써야 하는지 가르쳐 주지 않아도 될 만큼, 한문학과 학생이라면 당연히 알아야 할 기초적인 것이었기에……

수업 시간 내내 도대체 뭐가 틀린 건지를 고민했다. 그로부터 10

분 후.

'아, 이 무지함을 어떻게 설명해야 할까?'

얼굴이 화끈거려 교수님 얼굴을 쳐다볼 수가 없었다. 너무도 당당하게 '宋(나라이름 송)' 자를 '誦(욀 송)' 이라고 쓴 것이다. 수업 시간마다 몇 번을 '당나라와 송나라' 라고 말씀하셨던가? 왜 이런 실수를 했을까? 갑자기 바뀐 환경 탓으로 돌려야 하나? 아니다. 이것은 분명히 나의 인지(認知) 능력이 부족한 탓이다.

차곡차곡 제대로 익히지 않은 상태에서 급하게 계단을 올라오다 보니, 알아듣는 능력이 부족한 탓도 있었고, 그동안 강의 시간 내내 멍한 상태로 시간만 때우고 지나갔다는 것 역시 부인할 수 없는 사실이었다. 평소에 새겨듣지 않는 급한 성격 또한 한몫 했을 것이고…… 쯧쯧.

집으로 돌아온 즉시 다른 일은 다 제쳐두고 당송고문의 표지를 바꾸는 일부터 했다. 그전보다 더 큰 글자로 '唐宋古文' 이라고 써서, 그 전의 표지를 떼어내고 새로 붙였다. 그리고는 다음날 당송고문 시간에 교수님이 들어오시는 입구에서 가장 잘 보이는 위치에 자리를 잡았다. 그 다음은 책과 파일 표지가 교수님께 잘 보이도록 쫙 펼쳐두었다. 교수님은 강의실로 들어오시면서 내 자리를 스윽 보시고는 강단으로 가셨다.

교수님이 내가 정말 몰라서 그랬다는 것을 눈치 채셨을까? 어찌되었건 나는 일단 제목을 바로 고쳤다는 것을 보여드리고 싶었다. 많이 창피하긴 했지만…….

'무지(無知)'에 대해 잘 알고 있는 사람은 거의 드물 것이다. 무지하지 않은 사람은 무지하지 않기 때문에, 무지한 사람은 자신이 무엇을 모르는지를 모르기 때문에 그렇다. 너무나 무지했던 과거의 나와, 무지하지 않은 사람이 되기 위해 노력하고 있는 지금의 나 사이에는 넘어야 할 벽들이 참 많았다.

　대학 생활을 하다 보니 나와 맞지 않는 과목도 있었다. 한자 공부를 하는 데 도움이 될 것이라는 생각에 듣기로 한 국문학 수업이었다. 굳이 멀리 현장답사를 가야 하는 것도, 교수님의 목소리도, 별게 다 불만이 되어 쌓이기 시작했다.

　공부를 하면서 깨닫게 된 또 다른 하나는 공부를 통해 지식뿐 아니라 인내심까지 배울 수 있다는 것이었다. 지금까지는 나 혼자 미용실을 꾸려왔기에 모든 결정권은 내게 있었고, 내가 싫은 것을 억지로 해야 할 일이 없었다. 볼일이 있으면 문을 닫고 아무 때나 나갔고, 누구의 눈치를 볼 일도, 누구와 마찰을 빚을 일도 없었다.

　그런데 사회로 나와 사람들과 무리를 이루어 학교생활을 해 보니, 나의 작은 자존심마저도 함부로 내세우면 안 되겠다는 생각을 가지게 되었다. 그야말로 방약무인(傍若無人)이었던 내가 학점 취득을 위해 듣기 싫은 수업을 꾹 참고 들어야 하고, 하고 싶은 말이 있거나 내 의견을 얘기하고 싶어도 참아야 하는 것이다. 이전에는 미처 경험하지 못했던 인내(忍耐)를 발휘해야 했다.

　사람은 그렇게 다져져야 하는 것인가 보다. 진작 이렇게 사람들 속에서 부딪히며 둥글게 다듬어졌어야 했는데, 이런 과정조차 겪지 않았으니 지난 세월 동안 마치 핵폭탄을 가슴속에 간직하며 살아왔던 것만 같다.

아찔했다. 지금까지 그런 사고(思考)를 가지고 살아왔다는 것이……. 그전 같았으면, 그렇게 하기 싫은 수업이라면 절대 가지 않았을 것이다. 그러나 이런 과정조차 배움의 하나라고 생각하니 스스로 채찍질하게 되었다. 배운다는 것은 단순히 학문만이 아니고, 처해진 환경에 적응하고 맞닥뜨린 일에 슬기롭게 대처해 나가는 지혜로움을 동시에 배우는 것이었다.

대학을 다니면서 지식보다 인성(人性)에 대해 더 많은 고민과 성찰을 하게 되었다. 한 학기를 마무리하는 시기가 되자 세상살이를 하면서 여러 유형의 사람들과 자연스럽게 어울리는 것 또한 중요한 공부라는 것을 깨달았다. 작은 미용실 안에서 세상을 바라보며 살았던 때와는 완전히 다른 세상을 만난 것 같았다.

스승의 날이 다가오고 있을 때였다. 예전에 다니던 학교에서는 학생들끼리 돈을 조금씩 거두어서 교수님의 선물을 준비했었는데, 여기서는 어찌된 일인지 조용하기만 했다. 내심 궁금하기도 했지만 나서서 물어볼 수도 없어서 조용히 자리만 지키고 있었다.

그런데, 수업을 시작한 지 얼마 되지 않았을 때였다. 갑자기 노크 소리가 들려왔다.

'수업 중인 것을 알 텐데 누가 이 시간에 노크를 할까?'

순간 강의실 문이 열리면서, 과대표가 케이크에 촛불을 켜고 들어왔다. 동시에 학생들 사이에서 '스승의 은혜' 노래가 흘러나왔다. 난생 처음 보는 광경이었다. 마치 영화 속 한 장면을 보는 것 같은 착각을 일으킬 정도로 내게는 신선한 감동이었다. 갑자기 스승도 아닌 내가 눈시울이 뜨거워졌다.

'어쩌면, 이런 방법도 있었구나.'

기성세대였다면 물질적인 선물들 가운데서 고민했을 텐데, 이 순수한 청년들은 이렇게 예쁘고 정성어린 이벤트를 준비한 것이다. 이 얼마나 오염되지 않은 순수함인가?

노래가 이어지는 동안 교수님은 약간 멋쩍은 표정을 보이셨다. 입가에는 잔잔하고 인자한 교수님 특유의 미소가 번졌다. 나는 그 시간 내내 눈가에 흐르는 눈물을 닦아 내기에 바빴다. 이런 내 모습을 만약 본 학생이 있다면 나를 이상하게 생각했겠지? (별일이야, 저 아줌마 왜 울고 그래?)

다시금 내가 지금 여기 있다는 사실이 한없이 고맙고 자랑스러웠다. 어디서 이런 따뜻하고 아름다운 기운을 느껴 봤던가? 어느 누가 이 순간 내가 느끼고 있는 행복감을 이해할 수 있을까?

그렇게 시작된 스승의 날 이벤트는 각 과목마다 이어졌다. 교수님들의 다양한 반응에서 개인적인 성향을 엿볼 수 있어 더욱 새롭고 즐거웠다. 나도 덩달아 20대로 돌아간 것 같았다.

그동안 주위에 대학 나온 사람들을 볼 때마다 한없이 부러웠고, 그들이 마치 대단한 특혜를 부여받은 사람들처럼 여겨졌다. 공부를 한 지 4년이 흐른 지금, 나는 어디를 가든지 당당할 수 있고, 어떤 사람을 만나도 위축되지 않게 되었다.

'해보지 않고 미리 안 될 것이라고 포기하는 사람이 가장 어리석다.'

'포기하고 싶을 때 포기를 포기시키고 패배를 패배시키는 힘의 중심에 용기가 있다.'

한자의 비밀을 캐다

그렇게 들뜨고 설레던 한문학도로서의 삶은 한 학기 만에 잠시 접어두어야 했다. 공부방 학생은 늘지 않았고, 카드 대출금이 거의 포화상태여서 더 이상의 대출이 불가능했기 때문이다. 다른 곳에서 들어오는 수입도 없는데 무작정 학업의 한을 풀겠다고 밀어붙일 수만은 없는 일이었다.

지난 학기에도 '어떻게 되겠지' 하는 나만의 밀어붙이기 식으로 대학을 가긴 했지만, 등록금 이외에도 교재비, 교통비, 식대까지 계산해보면 현실적으로 상당히 힘들었다. 더구나 시간제 학생은 등록금 대출 지원도 받을 수 없지 않은가? 의욕과 열정만 가지고는 배울 기회조차 없다는 게 답답하기만 했다.

한 학기를 마치고나자, 카드 대금이 눈덩이처럼 불어나 있었다. 올봄에는 집이 팔릴 거라고 기대했었지만 여전히 집은 팔리지 않았고, 집을 보러 오는 사람조차 발길이 뚝 끊겼다. 아무리 긍정적인 나였지만 이제는 방향을 바꾸어야 했다. 보다 현실적인 방법을 모색해야 했다.

이대로는 작은딸의 학업까지 어렵게 될 수도 있을 것 같았다. 엄마가 배움의 한을 풀겠다고 딸아이 뒷바라지까지 내팽개쳐 둘 수는 없었다. 내게 가장 소중한 것은 다름 아닌 딸이다. 나는 조금 늦게 목적지에 도달하면 되는 것이다. 어차피 평생을 해야 할 공부이기에, 한 학기 쉬어 간다고 해서 많이 늦지는 않을 것이라는 생각이 들었다.

당장 내가 할 수 있는 일을 생각해봤다. 우선 가장 쉽게 할 수 있는 식당일은 허리 디스크 때문에 무리일 것 같았다. 미용실을 하는 동안 허리가 돌아가서 조금만 서 있어도 허리를 못 펼 정도로 통증이 오곤 했기 때문이다.

다음으로 생각할 수 있는 것이 미용실에 취직하는 것이었다. 하지만 내가 공부하기 위해 미용실을 그만두었고 학업 때문에 오래 일하지 못한다는 것을 웬만한 김천 사람이라면 다 알고 있는데, 누가 나를 써줄까 하는 생각이 들었다. 더구나 경영자로 있다가 남의 집 미용사로 취직을 한다는 것은 내 자존심이 허락하지 않았다. 그러나 무엇보다도 우려가 됐던 것은 공부할 시간을 확보하기 어렵다는 점이었다. 그리고 공부방 수업에 차질이 생길 수도 있기에 힘들겠다는 결론을 내렸다.

막막한 마음에 생활정보지를 보던 중 마침내 눈에 띄는 광고를 발견할 수 있었다. 한자 교육원에서 교사를 모집한다는 광고였다. 곧바로 전화를 걸었다. 내가 좋아하는 한자를 가르치는 일이고, 또 내 공부에도 도움이 될 수 있는 기회였기에 망설일 이유가 없었다. 원장과 오후에 만나기로 약속을 했다.

갑자기 마음이 바빠졌다. 휴학을 결정한 후 목표의식이 사라지면서 아무것도 손에 잡히지 않다가 일의 실마리를 하나씩 풀어 나가는 나를 보며 스스로 격려했다.

'그래! 가는 데까지 가보자. 가다 보면 막다른 골목에서도 뭔가 해결할 수 있는 방법이 생길 것이다.'

이력서와 한자 자격증을 챙겨 집을 나섰다. 난생 처음 보는 구직 면접이었다. 버스를 타고 가는 내내 긴장하지 않고 조리 있게 말할 수 있도록 끊임없이 답변을 연습했다.

그곳에서는 최소한 2년 정도는 근무할 수 있는 사람이 필요하다고 했다. 학교에 다니면서도 오전 수업으로 시간표를 짠다면 가능할 것 같았다. 나는 최대한 할 수 있다면 그렇게 해보겠다고 했다. 지금 내 처지에서 못할 것이 무엇이 있겠는가? 다음 학기 등록금을 벌 수 있다면 이차적으로 따라오는 모든 어려움은 이겨내야 했다.

그러나 10여 분의 면접이 이어지는 동안 내가 느낀 것은 도저히 해낼 수 없는 일이라는 생각뿐이었다. 밤늦게까지 일하는 것에 비해 수입은 너무나 적었고, 그나마도 학생이 줄면 감봉된다고 했다. 더구나 학교별로 전단지를 배포해야 하는 것도 무리일 것 같았다.

이 일을 하면 공부할 시간은 전혀 확보할 수 없을 게 뻔했다. 역시 세상일은 내가 마음먹은 대로 돌아가지 않는다는 것을 다시 한 번 깨달았다. 그렇게 기대 반, 설렘 반으로 찾아갔던 첫 구직 면접은 나에게 실망만을 가득 안겨주었다.

내가 지금까지 이 많은 것을 희생하면서까지 공부에 매달린 것은 학습지 교사를 하기 위해서가 아니었다. 나에겐 더 큰 꿈과 분명한 목표가 있는 것이다. 공부를 시작하고 줄곧 나는 많은 사람들에게 내가 이겨온 역경을 통해 '하면 된다'는 용기와 희망을 주는 희망 전도사가 되고 싶었다.

면접을 마치고 돌아오면서 나는 결심했다. 휴학하는 동안 모든 에너지를 한자 공부방을 활성화하는 데 쏟기로……. 출장 지도도 마다하지 않고, 어디든지 달려가서 가르치기로 했다. 최소한 나와 딸아이 생활비 정도는 공부방 수입으로 해결할 수 있어야 다음 학기 등록을 할 수 있다는 생각이 들었다.

> 인간의 소망은 생각과 행동이 조화를 이룰 때에만 보상을 받는다.
> 지혜로운 삶을 위하여 지식에 투자하는 것이 가장 이윤이 높다.
>
> — 벤저민 프랭클린 —

반드시 내가 스스로 원하는 삶을 누려야 했고, 그것을 위한 준비를 해야 했다. 재산이 없어 궁핍하다는 것이 포기와 절망의 이유가 될 수는 없었다. 시간이 흘러갈수록 귀한 시간을 보다 가치 있게 보내기 위해 뜻있는 그 무언가를 해야 한다는 생각이 들었다.

휴학 후 파자 정리한 것을 새로운 노트에 다시 정리하기 시작했다. 노트 정리에 서투른 나머지 가나다순으로 정리하지 않고 눈에 띄는 대로 적어놓은 바람에 글자를 찾기가 힘들었기 때문이다.

꼬박 일주일 동안 외출도 자제하고 가나다순으로 음이 같은 것끼리 묶어 정리를 해나갔다. 하루 종일, 틈만 나면 자리에 앉아 한자 정리에 몰두했다. 그렇게 완성된 새 노트로 수업 준비를 하니, 놀랍게도 2시간이 걸리던 수업준비가 30분으로 단축되었다.

그 순간 새로운 목표가 생겼다. 한자를 처음 접하게 되는 초급 수준의 학생들이 한자를 보다 쉽게 익힐 수 있도록, 평소 내가 노트 정리해 둔 것을 책으로 엮어 보기로 한 것이다. 그러고 보면 공부를 시작한 후 4년 동안 나는 단 한 순간도 헛되이 보낸 적이 없었다. 세 차례의 검정고시와 각종 한자 시험, 대학 생활에 봉사활동까지……. 그런데 휴학을 결심한 후 갑자기 목표가 사라져, 무엇을 해야 할지 잠시 고민했던 것이 사실이다. 모든 의욕도 사라졌고, 이제 어떻게 해야 하나 하는 허망함에 힘들었다. 마치 금방 어떻게 될 것만 같은 절망감이 나를 지배했다.

그러나 성공한 사람은 시간을 관리하며 살고, 실패한 사람은 늘 시간에 쫓겨 산다고 하지 않는가? 비록 경제적 어려움 때문에 어쩔 수 없이 선택했던 휴학이지만, 내게 주어진 이 귀한 시간 동안 나는 새로운 목표를 향해 나아가기로 마음먹었다.

며칠간의 방황을 끝내고 책에 전념해서 작품을 내보겠다는 결심을 하고 나니, 왜 그렇게 갑자기 할 일이 많은지 도무지 다른 생각을 할 겨를이 없을 정도로 바빠졌다. 내 지독한 본성이 다시 고개를 쳐든 것이다. 무의미하게 시간을 소비하는 것을 용납하지 못하는 성격이다 보니, 어떻게든 일을 만들어야만 직성이 풀렸다.

오전부터 컴퓨터 앞에 앉아 점심시간이 넘은 것도 모르고 책 만들기에 전념했다. 결과는 두고 봐야 알 수 있겠지만, 나름대로 최선을 다하다보면 반드시 좋은 결과가 있을 거라는 확신이 들었다. 그렇게 나는 절망에 놓인 나에게 손을 내밀어 새롭게 힘을 불어넣었다.

사람들에게 나의 꿈과 목표를 조심스럽게 이야기하면, 대부분은 나를 한심하게 보거나 내게 허황된 목표라고 조언해 주었다. 내가 새로운 것에 도전할 때마다 안 될 거라고만 했다. 그나마 다행인 것은 나는 그런 시선들을 대할 때마다, 기죽지 않고 더욱 나를 오기로 무장시키는 기질을 타고 났다는 것이다. 갖은 어려움이 나를 눌러 버리려고 하면 나는 더욱 강하게 나를 일으켜 세웠다.

'어디 두고 보자, 내가 정말 꿈을 꿈으로만 간직하고 세월을 헛되이 보내는지. 나는 꼭 해낸다.'

'사람의 몸은 심장이 멎을 때 죽지만, 영혼은 꿈을 잃을 때 죽는다.'

지금까지 내가 빌려본 책 가운데 한자의 형성을 다룬 책들은 대부분 오래 전에 나온 것들이었고, 그나마도 해석이 아쉬운 것이 많았다. 사람들이 보다 쉽게 이해할 수 있고 쉽게 찾아볼 수 있는 책을 꼭 만들어보고 싶었다. 여러 권의 책을 보면 볼수록 이러한 열망은 더욱 강해졌다. 혹시 김천에 들어오지 않은 책이 있나 싶어 대형 서점을 둘러보기 위해 서울까지 가기도 했다. 내가 선택한 이 일이 올바른 선택이기를, 이것이 나에게 주어진 최선의 기회이기를 바라고 또 바랐다.

사람은 새로운 시도를 하고자 할 때 실패를 가장 먼저 염두에 두고 포기하게 되는 경우가 많다. 그러나 실패를 겪지 않은 성공은 이루어지지 않는다. 천재로 이름난 에디슨은 "2,000번의 실패가 아니라 2,000번의 해서는 안 되는 방법을 찾았다."라고 했다고 한다. 이 것이 그의 사고였고, 끈기 있는 도전 정신이다. 아브라함 링컨은 사업과 선거 등 열한 번의 큰 도전에서 아홉 번을 실패했다. 실패를 거듭하던 그는 이렇게 중얼거렸다고 한다.

"음! 길이 조금 미끄럽군, 하지만 낭떠러지는 아니야."

이 얼마나 통쾌한 말인가? 실패에 대한 좌절보다는 앞으로 나아갈 길을 더 생각했다는 것은 탁월한 지혜가 아니면 결코 할 수 없는 일이다. 그렇게 긍정적인 그의 사고(思考)가 그를 미국 16대 대통령에까지 이르게 한 것이리라. 이러한 도전 정신에 큰 감명을 받은 나는 앞으로 어떤 실패가 닥쳐와도 포기하지 않겠다고 나를 무장했다.

앞으로 다가올 미래 사회는 학벌이 아닌 지혜가 지배하는 사회가 될 것이라고 한다. 학업을 통해 지식을 얻을 수는 있지만, 지혜는 사고(思考)가 깨어있는 사람만이 누릴 수 있는 특권이다.

희망은 절대 나를 버리지 않는다. 다만 내가 희망을 잡을 수 있는 끈기가 부족하기 때문에 그 과정을 견뎌내지 못하고 쉽게 포기하기에 희망을 잡지 못할 뿐이다.

무척 바쁘게 살아온 지난 4년, 그야말로 앞만 바라보고 달렸던 시간들이었다. 늘 새벽까지 책과의 씨름을 해오면서, 내가 할 수 있는 최대한의 노력을 아끼지 않았다. 험난한 인생을 살아오는 동안 수많은 갈등과 번뇌에 싸였었지만, 공부는 혼자와의 싸움이었기에 갈등할 일도 없고, 늘 내가 노력했던 것에 합당하고 거짓 없는 결과물로 돌아와 주었다.

계획에도 없었고 원하지도 않았던 휴학을 맞이하면서, 처음엔 마음이 갈피를 못 잡고 심란하기만 했었는데, 마음을 바꿔먹자 불과 며칠 사이에 종이 뒤집듯이 모든 것이 희망으로 전환(轉換)된 것이다. 마음에 여유도 생겼고, 집안일을 하면서도 힘든 줄 몰랐다. 그제야, 사람은 목표와 꿈이 있어야 숨 쉴 수 있고 앞으로 나아갈 수 있다는 것을 깨달았다.

은밀한 속삭임

내가 다니던 서예교실에는 열렬한 신앙을 가지고 계신 집사님이 한 분 계셨다. 어느 날 내게 가까이 다가와 작은 목소리로 "종교가 뭐예요?" 하고 물어왔다. 그러고 보니 교회를 마지막으로 나가본 게 언제인지도 까마득했다.

나는 늘 그렇듯이, 사람들이 질문을 해오면 잠깐의 망설임도 없이 바로 대답을 해 버리는 치명적인 단점이 있다. 그 잠깐의 망설임이란, 질문한 사람의 의도나 목적에 대해 생각하는 시간을 의미한다. 그렇게 생각하지도 않고 반사적으로 대답을 해 버리고 나면 금세 후회하곤 하는 것이다.

"무교(無敎)예요."

'아차!'

그러나 이미 때는 늦었다. 그때부터 그분의 은밀한 물음은 계속되었다.

"집이 어디예요?"

여기서도 나는, 피해갈 수 있는 충분한 시간적 여유가 있었는데도 불구하고, 질문이 끝나기가 무섭게 친절하고 구체적으로 우리 집을 가르쳐주고 말았다. 마치 '예, 기다렸어요.' 하는 것처럼. 하지만 어쩌겠는가, 이미 주사위는 던져진 것을⋯⋯.

그 후로 내 곁에서는 "교회 가지 않을래요?" 하는 속삭임이 끊이지 않았다. 기독교인들의 전도를 많이 받아보았던 나는 거부감을 강하게 느낄 수밖에 없었다. 그전 같았으면 매몰차게 거절했을 텐데 이상하게도 왠지 모르게 그분에게는 거부할 수 없는 힘이 있었다. 상냥하고 부드럽게 미소 짓는 친절함 때문이었을까?

나는 지금까지 이미 교회와 성당, 절을 두루 다 돌아다녀본 그야말로 '기천불(기독교, 천주교, 불교를 아우르는 말)' 신자였다. 30대 중반에 잠깐 성당을 다녔었지만, 그곳에서 안 좋은 추억이 생긴 이후로는 다시 성당에 나가지 않았다.

신자들과 봉사활동을 다녀오는 길에 교통사고가 났을 때였다. 나는 사고 당시 허리를 다쳐, 가게 문을 닫고 병원을 오가며 물리 치료를 받았다. 그나마 다른 사람들은 크게 다치지 않았기에 다행이라고 생각하고 있었는데, 어느 분이 안경 때문에 얼굴에 상처가 생겼다며 치료를 요구했다. 당연한 요구였기에, 필요한 만큼 충분히 치료받으시라고 했다. 그런데 만일 흉터가 생길 경우 성형수술을 해 달라는 요구까지 듣게 되자, 조금은 섭섭한 마음이 들었다. 개인적인 일로 간 것도 아니고 좋은 일을 하려다 사고가 난 것인데 결과적으로 물질적, 정신적 피해는 온전히 나 혼자만의 것이었다. 그때부터 나는 성당을 나가지 않았다.

'이웃을 내 몸과 같이 하라.' 는 말을 수없이 반복하던 그 사람들 중, 누구도 나의 아픔에 대해 진심으로 위로해 주는 이는 없었다. 모든 것들이 위선이고 가식인 것처럼 느껴졌다. 시간이 지나고 나면 풀리겠지, 풀리고 나면 다시 나가야지 하고 마음먹었지만 결국 나는 그 한 번의 시험을 끝내 이겨내지 못하고 성당에 나가는 것을 그만두고 말았다.

그 다음으로 발길을 돌린 곳은 절이었다. 10여 년을 무교로 살아오던 중, 어느 날 갑자기 문득 진한 외로움이 느껴졌다. 두 번의 이혼을 한 후, 세상 사람들과의 부딪힘에서 오는 불편함과 그들이 보내오는 따가운 시선들을 홀로 견뎌내기가 무척 힘들었다.

아침마다 동네 뒷산을 산책삼아 오르내리다 보니, 맞은편에 새로 생긴 절이 눈에 띄었다. 집에서 그리 많이 떨어져 있지도 않았고 왠지 편안하고 아늑한 느낌이 들어 호기심에 그곳에 발을 들여놓게 되었다.

그곳 스님은 마치 세상의 도를 다 깨치신 것 같은 온화한 표정으로 늘 나를 따뜻하게 맞아주셨다. 아무도 없는 새벽에 혼자 산책 가는 마음으로 올라가 법당에 앉아 기도를 드릴 때면, 아무런 잡념 없이 고요히 내 자신을 돌아볼 수 있었다.

어느 날, 절에 계시는 보살 한 분이 내게 108개의 알이 달린 염주를 선물로 주셨다. 그 염주를 받은 날부터 나는 108배를 드리기 시작했다. 지은 죄가 많았기에, 그렇게라도 하고 나면 마치 죄를 조금씩 씻어내는 듯한 생각이 들어 마음이 편안해졌다. 108배를 하고 나면 거의 일주일 동안 다리가 아파 걷기가 힘들었다. 절을 하는 동안에도 너무 힘이 들어 멈추고 싶은 생각이 굴뚝같았지만, 그럴수록 더욱 이를 악물고 끝까지 했다.

그렇게 하고 오면 마음도 개운했고, 참선하는 마음이 들었다. 초하루가 되면 가게 문을 닫고 절에 갈 정도로 한동안 절의 매력에 푹 빠져있었다. 그러나 그것도 일 년으로 끝을 내고 말았다. 내 이혼에 대해 사람들이 무심히 뱉어버린 한 마디 말에 상처를 입은 것이다. 그 뒤로는 아무 곳에도 가지 않으리라 마음먹었다.

그 후 나는 '모든 종교는 하나다.'를 외치는 사람 중에 한 사람이 되어버렸다. 모든 종교의 궁극적인 교리는 선한 인간이 되는 것, 하나뿐이라고 스스로 단정 지어버린 것이다. 굳이 특정 종교 단체에 속하지 않아도 믿는 사람들보다 더 착하게 살고, 드러나지 않는 곳에서 묵묵히 봉사하며 살면 그것으로 된 거라고 생각했다.

나는 기독교인들을 가장 혐오했다. 교회 안에서와 사회에서 드러나는 그들의 이중적인 면이 싫었다. 모든 것은 하나님이 알아서 해주신다는 의존적인 태도도 마음에 들지 않았고, 성경에 적힌 바를 잘 실천하는 사람도 보지 못했다. 그런 사람들을 볼 때면, 나는 늘 주일마다 교회에서 설교를 듣고도 실천하지 않는다며, 예배시간에 귀 닫고 있었냐며 쏘아붙이기도 했었다.

그렇게 강한 편견의 벽이 자리 잡고 있는 내게 다가온 그 집사님은 평소 내가 알고 지내던 사람들과는 분명 달랐다. 재촉하지도 않는 것 같으면서, 그렇다고 아주 무관심하지도 않게 계속해서 내게 메시지를 전해왔다.

어느 날은 퇴근 무렵에 집사님이 우리 가게로 찾아온 적이 있었다. 양손에는 음료수와 작은 선물을 든 채. 그렇다고 내가 그분의 선물공세에 넘어 간 것은 아니다. 나는 선물에 마음이 흔들리는 사람도 아닐뿐더러, 싫은 것은 누가 시킨다고 해서 말을 듣는 그런 고분고분한 성격도 아니었다. 내 마음이 열려야만 행동이 따르는 고집불통이었기에, 평소 같으면 선물 따위는 거들떠보지도 않았을 것이다.

집사님은 난생 처음 와본 우리 가게에서, 차분히 내가 일을 마칠 때까지 한참을 기다려 주었다. 그리고는 일이 끝나자 내 손을 잡으며 이런 저런 이야기를 해 주셨다. 오랜 세월을 정에 굶주려 왔던 나는 내 외로움을 어루만져주는 듯한 그분의 따뜻한 목소리에 무방비 상태가 되고 말았다. 지금까지 딸아이와 둘이 살면서 속마음을 드러내 놓고 누군가와 진정한 대화를 나누어 본 적이 언제인지 기억이 나지 않을 정도로 가물거렸다.

집사님도 직장생활을 하는 분이라 퇴근하고 나면 몸이 지칠 대로 지쳐 있었을 텐데, 예수님 이야기를 하는 동안은 눈이 반짝거릴 정도로 빛이 났다. 나는 과연 그 속에는 무엇이 있기에 이분의 눈이 저토록 빛이 날 수 있나 하는 궁금증이 생기기 시작했다. 그리곤 내 손을 잡고 있는 그분의 손을 감히 거부할 수가 없었다.

마지막에 집사님은 "우리 기도하자." 하면서 내 손을 꼭 잡고 "고정숙 자매님을 교회로 이끌어 주시기를 간절히 바랍니다." 하고 정말 간절하게 기도를 해 주셨다.

그때 나는, 내가 무엇이기에 나를 위하여 이렇게 바쁜 사람이 집에까지 찾아와서 이처럼 간절히 기도를 해줄까 하는 의문이 들었다. 한편으로는 그런 절대적인 믿음이 내겐 없는 것이 아쉽기도 하고 집사님이 부럽기도 했다.

다음날, 수년간 내게 머리를 하러 오는 화가 선생님에게 어제 있었던 일을 이야기했다. 나는 그분에게 이상하게 그 집사님이 다녀가신 후 갑자기 교회가 가고 싶다는 작은 반란이 생겼다고 이야기했다. 선생님은 깜짝 놀라시며 "교회 가려면 우리 교회를 나가야지, 내가 그동안 얼마나 많이 지선이 엄마를 위해서 기도했는데." 하는 것이었다.

그때서야 그 선생님이 가끔씩 내게 교회 가자고 말을 했었다는 사실이 생각났다. 왜 그때는 내 마음이 동요되지 않았을까? 어느 교회를 나가야 하나 하는 새로운 고민거리가 생겨났다. 바쁜 시간을 쪼개서 간절히 기도해주신 집사님과 수년간 우리 가게 단골로 지내오신 그분, 어느 쪽도 외면할 수가 없었다. 결국 "좀 더 생각해보고 결정할게요." 하며 얼버무릴 수밖에 없었다.

역시나 정이 그리워서였던 걸까? 집사님과 많은 이야기를 나누었을 때는 진한 감동으로 와 닿던 것이, 그것도 시간이 지나니까 점점 시들해져만 갔다. 집사님의 전도 활동도 그렇게 지나가 버리는 줄 알았다.

당시 나는 3월부터 있을 한자 지도사 과정을 앞두고 미용실을 처분할 것인가, 아니면 가게 문을 지금처럼 일찍 닫으면서도 계속 운영할 것인가에 대해 많이 고민하고 있었다. 그때는 누구 하나 함께 의논할 사람이 없다는 게 가장 힘들었다.

머리가 터져나갈 정도로 많은 생각들로 마음이 복잡해졌을 때, 나도 모르게 내 입에서 툭 튀어 나오는 소리에 스스로 소스라치게 놀라는 일이 있었다. 어느새 내가 하나님을 찾고 있었던 것이다. 오랫동안 그분의 이름 한 번 부르지 않고 살아왔기에, 지금껏 잊고 지낸 그분을 다시 찾으리라는 생각도 하지 못했었는데, 내 입으로 '하나님 아버지'를 불렀을 때 참으로 놀라웠다.

그러고 보니 아주 어릴 적 초등학교에 다닐 때, 동네 아이들과 교회를 다닌 적이 있었다. 교회에서 여름 성경학교가 일주일간 있었는데, 우리 집과는 꽤 거리가 멀어서 나는 친한 친구 집에서 먹고 자며, 그 일주일 동안 꼬박 새벽기도를 다녔다.

하루는 친구 오빠가 내게 "너 왜 너희 집에 안가?" 하며 핀잔을 주었다. 입 하나 더는 게 그때는 큰 도움이 되었기에, 식구가 많은 집에선 딸을 남의 집으로 보내서 일을 시키며 기거하게 하기도 했던 시절이었다.

그렇게 다들 힘들고 어려웠던 시절에 눈치도 없이 남의 집 양식을 일주일이나 축내고 있었으니 그 친구 오빠는 내가 얼마나 얄미웠을까? 그래도 그때는 그게 핀잔인 줄도 몰랐었다. 나는 친구 오빠에게 "여름 성경학교 끝나면 집에 갈 거야." 했다.

마치 여름 성경학교 기간 동안 새벽기도를 안 가면 하나님으로부터 벌이라도 받는 줄 알았던 시절이, 가만히 생각해 보니 내게도 있었다. 교회가 불현듯 나가고 싶어진 그 시점에서 까맣게 잊고 살았던 어릴 적 추억이 새록새록 기억이 났던 것이다. 집사님께는 미안했지만, 나는 나를 믿고 몇 년간을 단골이 되어 주었던 화가 선생님의 교회를 선택했다.

교회에 가는 첫날, 그동안 기독교인들을 비판만 해댄 나를 하나님이 그래도 당신 자녀라고 반겨주시기라도 하듯이, 흰 눈이 펑펑 쏟아지고 있었다. 그렇게 많은 눈은 오랜만에 보는 것이었기에 한편으론 겁도 났다. 하나님이 노하셨나 하는 노파심이 들어 갑자기 죄인처럼 위축된 나를 보고 화가 선생님은 "아니야, 이건 축복이야." 하고 위로해 주셨다.

그렇게 나는 수십 년의 세월 동안 잊고 살았던 하나님 품으로 돌아올 수 있었다. 이제는 힘들게 잡은 하나님의 손을 다시는 놓지 않겠다고 다짐했다. 그러나 그곳 역시 오래 다니지 못하고 1년이 채 되지 않아 그만두고 말았다.

처음 그 교회에 갔을 때, 이혼한 전남편의 숙모님을 만난 것이다. 바로 뒤돌아서서 밖으로 나오려고 했지만, 화가 선생님은 완강히 나를 잡으시고 "괜찮아, 다른 곳도 아니고 착하게 살려고 다니는 교회 안인데 어때?" 하며 앉히셨다. 얼굴이 화끈 달아오르고 불편한 마음에 설교가 귀에 하나도 들어오지 않았지만 나를 잡는 선생님의 손을 뿌리칠 수가 없어서 그대로 앉아 있기로 했다. 그 뒤로도 한동안은 불편함을 감수하고 선생님의 손에 이끌려 교회를 다녔다. 다행히 그 숙모님이 조용하고 따뜻한 분이어서, 그동안 한 번도 나와는 눈살 찌푸리는 일이 없을 정도로 사이가 좋았기에 조금 불편하지만 참아보기로 한 것이다.

그렇게 교회에 나간 지 얼마 지나지 않아서, 그토록 혼자 고민을 하던 것이 말끔히 해결되는 놀라운 경험을 하게 되었다. 고민하던 미용실 문제가 해결된 것이다. 가게를 내놓고, 마음을 비우고 기도를 했다. 만일 이대로 미용실을 운영해 가야 한다면 가게에 열정을 쏟을 수 있도록 해주시고, 그렇지 않다면 한자 지도자 과정에 들어가기 전에 미용실이 처분되게 해달라고 기도한 것이다. 워낙 불경기이고 가게가 큰 도롯가에서 한참 떨어진 곳이기에 쉽게 나가리라고는 생각하지 않았는데, 의외로 쉽게 계약이 이루어졌다. 그것도 기적처럼 한자 수업 개강 전 날.

날아갈 것처럼 홀가분했다. 하늘을 향해 "하나님, 감사합니다."를 수없이 외쳤다. 교회에 나간 지 꼭 한 달 만의 일이었다. 많지도 않은 손님을 바라보며 공부를 하자니 하루에 수십 번도 더 책상에서 일어났다 앉았다를 반복해야 할 정도로 어수선했었는데, 비로소 하고 싶은 공부를 원(願) 없이 할 수 있게 된 것이었다.

가게를 처분한 후부터는 가끔 허리가 아파 시계를 쳐다보며 기지개를 켜야 할 만큼 마음껏 공부를 할 수 있게 되었다. 다만 수입이 뚝 끊겨버려 경제적인 어려움은 있지만 어쩌겠는가? 하나를 얻기 위해서는 다른 하나를 과감하게 버릴 줄도 알아야지, 둘 다 움켜잡고 있어서 해결되지 않을 거라면 일찌감치 비울 줄 아는 지혜도 있어야 하지 않을까? 비운다는 것은 낭비가 아닌, 보다 높이 도약할 수 있는 값진 투자인 것이다.

인생의 참다운 가치는 얼마나 소유하는가에 정해지는 것이 아니라 얼마나 버릴 수 있는가에 결정된다고 한다. 그동안 잘못 자리 잡힌 인성과 습관들을 버리고 새로운 것들로 알차게 채워 나간다면 새로운 인생을 살 수 있는 기회가 주어지리라는 확신이 들었다.

교회에 나가고 한 달 만에 그토록 고민했던 일이 쉽게 풀리자, 마치 나를 축복해 주는 선물인 것처럼 느껴졌다. 그렇게 새록새록 신앙의 뿌리가 조금씩 자라고 있었지만, 교회에서 숙모님 내외와 마주치는 것은 여전히 고역이었다. 특히 숙모님보다는 숙부님과 부딪히는 것이 그렇게 힘들 수 없었다. 교회에서 어쩌다 숙부님이 보이면, 마치 죄인이라도 된 것처럼 자리를 피해버리고 싶었다. 남들은 죄인도 용서하는 교회인데 어떠냐며 나를 위로했지만 날이 갈수록 내 마음은 더욱 무거워져가기만 했다.

김천에 교회가 여기뿐인 것도 아닌데 굳이 나 때문에 저분들까지 불편하게 만들 필요가 있을까 하는 생각이 들어, 나는 교회를 안 나가기 시작했다. 화가 선생님을 비롯한 많은 분들이 전화를 계속해 왔지만 받지 않았다. 한번 결정한 마음은 돌이키고 싶지 않을 만큼 확고해져 있었다.

처음에는 금방이라도 하나님이 벌을 내릴 것만 같아 조마조마했는데, 시간이 갈수록 차츰 그런 압박감에서도 벗어나게 되고 어느샌가 하나님을 믿지 않았던 그 전으로 되돌아가 버렸다. 이번만큼은 착실하게 오래 다녀야지 하며 맹세를 했지만, 결국 또 기천불 신자가 된 것이다. 그러나 교회에 나가지 않고 있는 동안에도 정신적으로 힘이 들 때면 나도 모르게 기도가 입을 통해 나오곤 했다.

그해 12월이었다. 내게 처음 전도하셨던 집사님이 교회에서 새 신자 환영회가 있는데 이번 한번만 참석하지 않겠냐고 물어왔다. 나를 위해 한결같이 기도를 해주시는 그분이 고마웠기에 흔쾌히 그러기로 했다.

딱 하루만 나가기로 했지만, 막상 그 교회에 가보니 마치 내 집처럼 편안한 느낌이 들었다. 사람들도 생동감 있어 보였고, 목사님의 말씀도 하나하나 나에게 하는 말씀인 것만 같았다. 찬송가조차 내가 좋아하는 곡들로만 선곡된 것처럼 느껴졌다. 기도를 하는 동안 나도 모르게 눈물이 흘러내렸다. 처음 와본 교회라는 어색함은 전혀 못 느낄 정도로 편안했다. 집사님과 식사를 하는 동안 나는 "저, 사실은 교회 안 나간 지 두 달 됐어요." 하고 털어놓았다.

"어쩐지, 왠지 그럴 것 같다는 느낌이 들어서 오늘 여기 오자고 한 거야. 앞으로는 아무 걱정도 하지 말고 우리 교회에 나와."

그렇게 다시 시작한 신앙생활.

'정말 이번이 마지막이다.'

마음속으로 맹세하며 어떠한 시험에도 굴복하지 않고 이겨내리라 다짐을 했다. 그날 이후 아무리 피곤하고 몸이 아파도 빠지지 않고 교회를 열심히 다녔다. 감기 몸살로 지독히 아팠을 때도, 어떤 땐 감기약 때문에 설교를 제대로 들을 수 없을 정도로 졸음이 몰려와도 그 자리에 앉아서 끝까지 버텼다. 여기서 또 한 번 무너지면 정말 나는 하나님으로부터 구제받을 수 있는 통로가 없다는 생각이 들었다.

신앙의 뿌리가 깊지 않았기에, 새 신자 교육도 받기로 했다. 3주째 되는 날, 새 신자 교육을 맡은 사모님께서 "요한복음 꼭 한 번 읽어 보세요." 하셨다. 나는 학교 공부를 하기에도 바쁘다는 생각에 건성으로 대답만 "예." 하고는 밖으로 나오려고 했다. 그런데 어떻게 내 표정을 읽으셨는지 사모님께서는 몇 번을 내게 다짐을 받으시는 것이었다.

"꼭! 꼭 읽어 보세요."

사람 마음이 이런 건가? 처음엔 전혀 읽어볼 생각조차 들지 않았는데, 그렇게 몇 번을 다짐하시는 사모님의 표정을 보고는 궁금한 마음이 들었다.

'도대체 요한복음에 무엇이 있기에 저토록 간곡하게 부탁을 하시는 걸까?' 나는 성경책을 꺼내 요한복음을 찾아 읽어보기로 했다.

거기엔 놀랍게도 예수님 살아생전에 행한 많은 행적들이 고스란히 담겨 있었다. 사실 기독교인들에겐 놀랄 일도 아니지만 처음 본 나는 무척이나 놀랐다. 한 번 펴든 책은 다 읽기 전까지 책장을 덮을 수가 없었고, 결국 단숨에 요한복음 전체를 읽었다. 예수님이 "여기 있는 나를 못 믿을지라도 내가 행한 이 일들만은 믿어라!" 하는 대목에서는 마치 나를 꾸짖는 것만 같았다. 예수님이 그렇게 많은 기적들을 몸소 행하셨건만 믿지 않는 바리새인들을 보고 있자니 알 수 없는 분노가 치밀어 오르기도 했다.

"어휴! 저 바보들!!"

나도 모르게 튀어나온 말이었다. 그 바보는 다름 아닌 바로 내 자신이었다. 나도 그들과 같이 속하는 바보 중의 한 사람이었던 것이다. 흥분과 감동이 교차되는 순간들을 겪어가며 책을 다 읽은 다음 시계를 보니 새벽 세 시가 가까워져 오고 있었다. 가슴으로부터 뜨거운 그 무언가가 뿜어져 나오는 진한 감동을 느꼈다. 이제야 비로소 예수님의 존재에 대해 확실한 믿음이 생긴 것만 같았다. 바로 무릎 꿇고 기도를 하기 시작했다.

"예수님을 전설 속의 한 페이지에 기록된 분으로만 알고 있었던 나의 무지를 일깨워주셔서 감사합니다. 앞으로는 더욱더 진실한 마음으로 당신을 믿고 따르겠습니다. 지켜봐 주십시오."

요한복음을 계기로 나는 성경 말씀의 매력에 깊이 빠지게 되었다.

그날부터 나는 많은 양은 아니지만, 매일 성경책을 단 몇 줄씩이라도 읽고 자게 되는 습관이 생겼다. 성경을 읽고 나니 목사님의 설교도 더 잘 이해되고, 교회 사람들과의 대화도 더욱 자연스러워졌다.

한자와 성경

    성경책을 읽는 동안 또 하나 놀라운 사실을 발견했다. 한자와 성경이, 우연이라고 하기에는 너무나 많은 부분에서 일치한다는 사실을 알게 된 것이다. 성경에 기록된 말씀이 그대로 녹아 있는 몇몇 한자들을 발견한 후 나는 마치 원시인이 불을 발견한 것처럼 두근거리는 마음이 들었다. 몰랐었는데 도서관에 가 보니 한자와 성경의 관계를 다룬 책이 상당히 많았다. 그러나 아직까지 밝혀지지 않은 더 많은 글자들이 있을 거라는 생각에, 스스로 성경과 한자를 연관지어 보기로 했다.

    여기에 한 가지 소개하자면 '達(통달할 달)'은 '이루다, 통하다'의 두 가지 뜻을 가진 글자이다. 위에는 '土(흙 토)'가, 아래에는 '羊(양 양)'자가 있다. 양(羊)은 성경 곳곳에 등장하는 동물로, 예수님을 비유적으로 표현하는 의미로 사용된다. '하나님의 독생자이신, 어린양 예수그리스도'라는 말은 너무나 많이 들어서 귀에 익숙하다. 대부분의 한자에서 '羊'이 들어간 글자는 좋은 뜻을 가지고 있다. 그리고 왼쪽에 붙은 부수는 '辶(쉬엄쉬엄 갈 착)'으로, 어디를 간다는 현재 진행형 또는 과거형을 나타내는 글자이다.

이 글자를 풀어보면 이 땅(土)에 살면서 하나님의 어린양(羊) 예수님의 말씀을 따라 순종하는 삶을 살아가다(辶) 보면, 언젠가는 통달하게 된다(達)는 뜻이 된다.

한자는 뜻 없이 만들어진 글자는 단 한 자도 없다. 옛날 우리 조상들의 생활상을 그대로 표현해서 문자로 기록해 만든 것이 한자인 것이다.

'多(많을 다)'는 '夕(저녁 석)' 두 개가 나란히 붙어 있는 모양을 하고 있다. '저녁 석'이란 아직 달이 완전히 뜨지 않은 초저녁을 이르기에 '月(달 월)'에서 한 획을 줄여 나타낸 것이다.

옛날 우리 조상들은 끊임없는 영토 분쟁을 겪었다. 남자들은 전쟁에 동원되기 일쑤였고, 아낙네들은 달을 바라보며 징집된 남편이 돌아올 날을 기다렸다. 하룻밤 자고 나면 달 하나(夕), 두 밤 자고 나면 달 두 개(夕夕), 세 밤 자고 나면 세 개(夕夕夕)……. 이렇게 그림을 그리며 하루하루를 보낸 것이다. 그러나 날짜대로 달을 그려 넣기에는 너무나 그 수가 많았기에, 많은 날을 표현할 때는 두 개만 그려 넣고 '많은 밤이 지났다.'는 뜻을 나타내기 시작했다고 한다. 이것이 오늘날 '多' 자가 만들어진 유래이다.

여기에 '亻(사람 인)'이 붙으면 사람이 뭔가를 많이 샀다고 해서 '侈(사치할 치)'가 된다. 글자를 보면 금방 사치스럽다는 느낌이 올 정도로 완벽하게 뜻을 나타내고 있다. '奢(사치할 사)'는 어떨까? '者(사람 자)' 위에 '大(큰 대)' 자가 떡 하니 자리 잡고 있지 않은가? 사람이(者) 자기 분수보다 더 큰(大) 것을 추구하고 있는 것이 글자에서 보인다. 이렇듯 한자 하나하나는 그것이 만들어지게 된 이유와 근거가 있다. '이룰 달(達)' 자 역시, 옛 사람들이 예수님의 말씀을 후대에까지 알리고 싶어 문자로 만든 것이 아닐까?

한자와 성경과의 연관성을 알아갈수록 너무나도 신기하고 재미있었다. 아직 알려지지 않은 한자들을 찾기 위해 더욱더 성경을 가까이하며 읽어나갔다.

'義(옳을 의)'를 파자해보면, 윗부분은 '羊(양 양)' 자이고, 아랫부분은 '我(나 아)'로 되어 있다. '我(나 아)'는 1인칭을 뜻한다. 이 글자를 파자해보면 왼편엔 '手(손 수)', 오른편엔 '戈(창 과)'로 이루어져 있다. 이를테면 손에 창을 들고 나를 보호하는 글자가 '我' 자이다. 무기로 나를 보호한다는 것은 언제나 싸울 준비가 되어 있다는 뜻이다. 전쟁이 잦았던 과거를 떠올려보면 쉽게 수긍이 간다.

양(羊) 자는 위에서 언급한 바와 같이 예수님을 일컫는 글자이다. '義(옳을 의)' 자는 손에 창을 들고 싸움만 하려고 드는 나를 어린양이신 예수님이 위에서 덮어 바르고 의로운 길로 인도하는 뜻을 지니고 있다. 나는 이 사실을 알게 된 순간 대단한 것을 발견한 것 같은 기쁨에 책을 덮고 하늘을 우러러 "아멘!"을 외쳤다.

요즘 나는 하루 중 10시간은 한자 낱글자를 풀이하는 데 투자하고 있다. 이해되지 않는 글자는 몇 번을 반복해서 보고, 그와 관련된 많은 책들을 도서관에서 빌려와 읽고 또 읽기를 여러 번, 그러다 보면 안 풀리던 한자의 뜻이 하나씩 풀리는 것이다. 그럴 때면 세상 무엇으로부터도 느껴보지 못했던 완전한 쾌감을 얻곤 한다.

그때의 쾌감은 나를 더욱 한자에 빠져들게 한다. 공부를 하다가 머리가 아파온다든가 하면, 그 책을 덮고 바로 성인들의 일화를 엮은 책을 읽으며 머리를 식힌다. 그런 과정 속에서 나는 지금껏 경험하지 못한 새로운 인생 경험을 쌓아나가고 있는 것이다.

하루 중 내 손에서 책이 떨어지는 시간은 그다지 많지 않다. 잠들기 전까지는 어떤 책이라도 붙잡고 있어야만 흘러가는 시간을 허비하지 않을 수 있을 것 같다는 생각에서다. 화장실에서 볼일을 볼 때도, 버스로 이동하는 시간에도 나는 책을 본다. 그렇게 자투리 시간에만 읽는 책도 따지고 보면 양이 만만치 않았다.

한번 볼 때 몇 장 정도밖에 볼 수 없지만, 그것이 쌓이면 화장실에서의 시간까지도 가치 있게 보낼 수 있었다. 그러다 보니 자연히 밖으로 나가기보다는 집에서 혼자 있는 것이 더 좋았고, 그동안 못했던 공부를 하거나 보고 싶었던 책을 보는 것이 그렇게 행복할 수가 없었다. 그렇게 책과 함께 시간을 보내다 보면 하루하루가 어떻게 지나가는지도 모를 정도로 늘 바쁘기만 했다.

열흘에 한 번 씩은 시립도서관에 가서 책을 세 권씩 빌려왔다. 대부분은 책에 대한 사전 정보 없이 제목만으로 선택을 하게 되는데, 그렇게 책을 골라도 한 번도 후회해 본 일이 없다. 나름대로 많은 책을 읽어왔다고 생각했지만 도서관을 갈 때마다 느끼는 건 아직도 읽지 못한 책들이 무한히 많다는 것과, 눈앞에 보이는 이 모든 책을 다 읽고 싶다는 것이다. 많은 책들을 읽다 보니, 그 속에 녹아 있는 지혜들로 나를 무장할 수도 있게 되었고, 이따금씩 사람들로부터 받게 되는 상처들도 아무것도 아닌 것으로 만들 수 있게 되었다. 어쩌다 더 이상 읽을 책이 없을 때 다른 일이 생겨서 도서관을 못 가게 되면, 마치 집에 쌀이 떨어진 것처럼 불안하기도 하다.

한자가 성경과 밀접한 관련이 있다는 사실을 알아낸 이후 점점 신앙심이 깊어지기 시작했다. 성경책도 더욱 가까이 하게 되었고, 교회에도 빠지지 않고 나갔다. 그런 내가 제법 착실해 보였던지, 교회에서 새신자 간증을 해달라는 요청도 받았다. 교회에 다니는 사람들을 혐오하던 내가 불과 몇 달 만에 교회에서 간증을 하게 된 것이다.

간증을 하는 날. 대학 다닐 때 사람들 앞에서 발표를 했던 경험이 몇 번 있었기에 그다지 떨리지 않을 것 같았었는데 엄숙한 교회 안이어서 그랬던지, 막상 간증을 시작하니 목소리가 떨리는 것이 내 귀에도 느껴질 정도로 심하게 떨려왔다.

간증문을 읽으면서 가끔 고개를 들어 주위 사람들을 둘러보았다. 나름대로 마음의 여유를 찾기 위한 나만의 방법이었다.

'나의 꿈은 강사다. 이런 자리에서 긴장하면 안 돼!'

떨지 않고 차분하게 말하기 위해 애썼다. 떨리는 목소리를 고르기 위해 중간 중간 숨을 고르게 쉬어 가며 말을 했고, 손동작에도 신경을 썼다. 최대한 자연스럽고 편안해 보이는 자세를 취하고, 사람들의 표정을 살펴보기 위해 자주 고개를 들어 둘러보기도 했다.

그렇게 간증이 시작되고 얼마 후, 마음속에 여유가 생기면서 떨리는 증상도 사라지고, 어느샌가 편안하게 말을 하고 있는 것이 느껴지기 시작했다.

'그래, 이렇게만 하면 돼. 나는 충분히 사람들 앞에서 잘할 수 있

어.'

간증이 끝나고 인사를 마치자 박수 소리가 우렁차게 들려왔다. 이렇게 사람들 앞에서 말할 수 있는 기회가 자주 주어졌으면 좋겠다는 생각이 들었다. 그러면 다른 어떤 자리에서도 용감하게 잘할 수 있을 텐데……. 나는 평소에도 강단에 섰을 때 쓰기 위해 많은 말들을 머릿속으로 구상해 두기도 한다. 어떤 땐 상상 속으로 들어가 그 속에서 강연하듯이 혼자 중얼거리기도 하면서 미래의 내 모습을 그려보곤 하는 것이다.

공부방에 전부를 걸다

　여름방학이 시작되었다. 방학 기간에 공부방 학생 수 늘리기에 총력을 기울이기로 하고 명함 크기만 한 전단지를 만들었다. 골목길에 붙이는 전단지는 하루가 못가 환경미화원들에 의해 수거되고 있었기에 광고 효과가 그다지 크지 않았다.

　지역 생활정보지에도 광고를 내봤지만, 여러 달이 지나도록 지금까지 겨우 세 통의 전화만 올 뿐이었다. 결국 여러 가지 방안을 모색하다, 최종적으로 명함 크기의 전단지를 생각해 낸 것이다. 없는 돈에 투자를 한답시고 조금 무리해서 이천 장이나 만들었다.

　그것을 들고 동네를 돌아다니며 집집마다 현관문에 한 장씩 끼워넣기 시작했다. 발목이 아파 엘리베이터가 없는 빌라는 아예 엄두도 내지 못했다. 그나마 내려오는 것은 조금 쉬웠기에 엘리베이터가 있는 아파트만을 골라 맨 위층까지 올라가서 한 층씩 내려오며 전단지를 돌렸다.

　그러면서 집집마다 개성 있게 꾸며놓은 현관문들을 보게 되었다.

어떤 집은 식구들 이름과 함께 '사랑과 행복이 가득한 집'이라는 문구까지 써서 예쁘게 붙여 놓았고, 어떤 집은 '아기가 자고 있어요, 초인종보다는 노크를 부탁해요.' 하는 문구를 적어놓기도 했다. 요즘 신세대 주부들의 톡톡 튀는 아이디어를 보고 참 재미있게 산다는 생각을 했다. 그중에 가장 기억에 남는 것은 어느 집 앞에 적혀 있는 이 문구였다.

'간절히 바라면 이루어진다.'

누구를 위한 글귀인지는 모르지만, 마치 나를 위해 붙여 놓았다는 착각을 불러올 만큼 내겐 크게 와 닿았다.

위층에서 내려온다고는 하지만 계단으로 몇 층을 반복하다 보니 나중엔 다리가 풀려서 조금만 방심해도 바로 쓰러질 것처럼 힘이 쭉 빠져 있었다. 그래도 해야 한다는 마음의 벽을 의지해가며 겨우겨우 한 집씩 명함을 밀어 넣다가 그 글귀를 만난 것이다. 그 순간 난 한참을 그 자리에서 떠나지 않고 그 문구를 읽고 또 읽었다. 어디선가 들어 본 듯한 문구였지만, 그처럼 강하게 와 닿은 적은 처음이었다.

'그래! 무언가 간절히 원하면 언젠가는 이루어지겠지, 언젠가는……'

그리고 그 집 주인에게 들리지도 않을 목소리로 "감사합니다! 오늘 이 글을 읽고 가는 저는 힘을 얻었습니다. 오늘 이처럼 힘든 저에게 당신은 구세주와 같은, 짧지만 큰 의미의 선물을 주셨습니다." 하고 인사를 했다. 용기를 내서 다시 한 번 더 힘차게 아래층으로 내려오며 빠른 속도로 명함을 끼워 넣었다.

나는 이렇게 단순하다. 순간적으로 좋은 글귀를 보면 금방 힘이 생겨났고, 나쁜 글귀를 접했을 땐 조금 전의 그 활기찬 발걸음이 다시 풀이 죽어 온몸에 힘이 쭉 빠져 버리는 것이다. 나를 지치게 만든 글귀는 '전단지 넣지 마세요.', '스티커 부착 시 법적 대응합니다.' 였다. 나 같은 사람들이 한 장씩만 붙여도 하루에 여러 장이 될 텐데, 당연히 귀찮을 수도 있겠다 싶은 마음에 이해를 하면서도, 혹시나 문을 열고 바로 내게 야단을 칠까봐 겁이 덜컥 나기도 했다. 이왕 여기까지 왔으니 한 장이라도 넣고 가야지, 하는 마음에 밀어 넣고 얼른 도망치듯 그 자리를 벗어나는 나를 보니 그 순간은 내 자신이 한없이 초라하고 비참한 기분이 들었다.

어쩌다 문이 열려있는 집 앞에서는 사람들과의 부딪침을 피할 수 없는 상황이 벌어지고 만다. 그럴 땐 어색하게 웃으면서 "안녕하세요." 인사를 하고는 명함을 건네주고 돌아섰다. 처음에 내가 인사를 하면 이웃집에 사는 사람인 줄 알고 미소로 맞아주다가 명함을 건네주면 바로 얼굴이 굳어버리는 것을 알 수 있었다. 씁쓸했다. 그리고 한편으로는 앞집 사람의 얼굴도 잘 모르고 살아가는 요즘 사람들의 인색함이 엿보여 더욱 마음이 무거워졌다.

전단지를 다 돌리고 집에 돌아 왔을 때는 조금만 균형을 잃어도 바로 쓰러질 것처럼 다리에 모든 힘이 풀려 버렸다. 아픈 다리를 주물러도 보고 스트레칭도 해보았다. 다음날 일어나보니 상태는 꽤 심각해져 있었다. 종아리 근육이 단단히 뭉쳐버린 것이다. 살짝 눌러보니 통증은 어제보다 훨씬 심했다.

이 경험으로 나는 내 주위의 모든 것들에 대해 새로운 시각을 가지게 되었다. 역시나 세상을 살아가는 데 쉬운 일이란 없다는 것을 다시 한 번 확인했고, 앞으로는 집에 날아오는 각종 광고지 하나하나까지 소홀히 하지 않고 꼼꼼히 읽어 주겠다고 다짐했다.

그렇게 애써 많은 가구에 전단지를 돌렸지만, 며칠이 지나도 전화하는 사람은 단 한 명도 없었다. 잠시 이 모든 것을 포기해 버리고 싶다는 생각이 불현듯 스쳐 지나갔다. 이런 생각에까지 미치게 된 것은 노력했던 만큼의 대가가 돌아오지 않는 데 있었지만, 가장 힘든 건 많은 사람들이 "요즘도 한자를 해요?" 하는 말들을 생각 없이 뱉어내버릴 때였다.

'과연 한자가 이다지도 무용지물인 학문인가?' 하는 데까지 생각이 미치면, 지금까지의 노력이 헛되다는 허무함이 밀려들었다. 그러나 허무함에서 벗어나지 못하고 주저앉아 버리면 이대로 영영 일어설 수 없을 것만 같다는 절박함이 내게 "이래서 안 돼!" 하는 채찍질로 메아리가 되어 울리곤 했다. 그동안 얼마나 많은 시간들을 한자 공부를 위해 보냈는가?

노트 한 권 아끼자고 달력 뒷면을 노트삼아 기록한 것이 엄청난 묶음으로 묶여 있다. 그것조차 소홀히 할 수 없어 마치 큰 보물처럼 여겨 보자기에 곱게 싸서 모셔두고 있는 것이다. 이다음에 딸들과 손자손녀에게 엄마가, 또는 할머니가 이렇게 공부했다는 것을 보여주고 싶기 때문이다.

내 몸에 있는 모든 기운이 다 빠져 나가고 있다는 것을 자각(自覺)할 때쯤, 이래선 안 된다는 각오로 다시 내게 용기를 불어 넣어주기 위해 자리를 털고 일어섰다. 이미 다리는 모든 근육들이 뭉칠 대로 뭉쳐서 걷기조차 불편했다. 반은 절음발이가 다 돼서 전단지를 다시 돌리기로 하고 집을 나섰다.

집주변 아파트는 거의 다 돌린 상태였기에, 조금 떨어진 곳까지 걸어갔다. 아파트 계단마다 무슨 자전거와 유모차가 그리도 많은지, 일일이 치워내며 내려오자니 여간 성가시지가 않았다. 어떤 집에서는 안에서 개 짖는 소리가 들려와 난처해지기도 했다. 살며시 아파트 문에 전단지를 밀어 넣고 돌아서 나오는데, 강아지가 있는 집에서는 어김없이 무섭게 개 짖는 소리가 나기 시작했다.

개 짖는 소리가 왜 그렇게 크게 들렸는지, 금방이라도 주변의 집에서 사람들이 문을 열고나올 것만 같아, 도둑질하다 들킨 사람처럼 도망쳐 오기가 일쑤였다. 이런 웃지 못 할 이야기를 친구에게 들려주었더니, 혼자 다니지 말고 딸아이랑 함께 다니면 어떻겠냐고 했다. 딸아이가 방학이기도 하고, 같이 데리고 다니면 엄마가 얼마나 고생하는지 알게 되어서 공부라도 더 열심히 할 것 아니냐는 것이었다.

그 말에는 동감을 하지만, 나는 딸아이에게까지 이런 고생을 벌써부터 시키고 싶지는 않았다. 부모를 잘못 만나 다른 아이들처럼 물질적인 풍족함도 못 누리고 친구들 다 다니는 학원조차 마음대로 보내주지 못하고 있는데, 마음고생까지 시킬 수는 없는 노릇이었다.

작은딸 아이를 볼 때면 늘 미안함이 앞선다. 나의 무지함으로 어린 나이에 많은 고생을 한 나의 작은딸……. 엄마가 공부한답시고 야간에 검정고시 학원을 다닐 때, 작은딸은 밤 10시가 넘은 시각까지 늘 혼자 있어야 했다. 숙제를 점검해 준 적도, 다정하게 대화를 나눈 적도 없었다. 그렇게 외로운 시간들을 야간학교 1년과 대학 2년, 총 3년을 겪게 한 것이다.

아이가 초등학교 2학년 때, 나는 암 선고를 받고 서울의 큰 병원을 들락거리며 세 번의 수술을 했다. 늘 입원과 퇴원을 반복했기에, 엄마의 관심이 가장 필요했을 그때부터 아이 공부에 신경을 써주지 못했다. 숙제는 말할 것도 없었고 준비물이라든가 아이의 의복조차 제대로 깨끗하게 챙겨주지 못한 것이다.

퇴원하고 얼마 후, 아이의 학교로 담임선생님을 찾아갔다. 그때 선생님으로부터 들은 얘기는 매우 충격적이었다. 반에서 우리 딸이 숙제를 해오면 다른 아이들은 다 해왔다고 봐도 될 정도로, 아이가 한 번도 숙제를 해오지 않았다는 것이다. 선생님이 야단도 쳐보고 타일러도 봤지만 소용이 없었다고 했다. 억장이 무너지는 것 같은 아픔을 느꼈다. 겨우 초등학교 2학년, 엄마가 챙겨주지 않으면 아무것도 할 줄 몰랐던 그 나이였건만, 아이는 그렇게 아픈 나보다 더 힘든 시간을 보내고 있었던 것이다.

퇴원 후에도 나는 몸을 제대로 추스를 수 있는 여유조차 갖지 못한 채 다시 가게 일에 매달렸고, 여전히 작은딸에게 소홀할 수밖에 없었다. 그리고 아이가 4학년 때, 이 못난 엄마는 이혼을 선택하여 또 한 번 어린 딸아이에게 큰 상처를 남겼다.

내 두 딸들을 대할 때마다 엄마로서의 잘못한 점이 너무 많았기에, 늘 미안한 마음을 떨칠 수가 없다. 지금도 나는 작은딸에게 공부하라는 말을 하기가 미안하다. 사춘기를 맞이한 작은딸이 그저 방황하지 않고 얌전하게 잘 커준 것만이 감사할 뿐이다.

딸아이에게 이렇게 늘 미안하기만 한 나쁜 엄마인지라, 나는 아이에게 아직까지 설거지조차 못하게 하고 있다. 그런데 대견스럽게도,

무뚝뚝한 작은딸은 내가 출장 수업을 갔다가 늦게 들어오는 날이면 설거지를 끝내놓고 내게 멋쩍은 미소로 웃어주며 "내가 설거지 다 해놨어." 하곤 한다. 그럴 때마다 딸아이가 얼마나 예쁘고 고마운지 모른다.

마침내 다소 거리가 먼 지역에서 과외 신청 전화가 걸려왔다. 뒤늦게 생활정보지에 낸 광고를 보고 연락을 해 온 것이다. 중학교 1학년 딸과 초등학교 3학년 아들을 둔 엄마였다. 거리가 멀긴 했지만 출장수업을 가기로 마음먹었다. 세 명 이상일 경우에만 하기로 했던 출장수업의 원칙을 깬 것은 공부방을 홍보하기 위해서였다. 많은 사람들이 갖고 있는 한자가 어렵다는 편견을 깨고, 일주일에 한 번 15분의 수업만으로 이루어지는 일반 학습지와의 차이를 분명하게 보여주고 싶었다.

그 집 엄마는 아이들 교육에 굉장히 신경을 많이 쓰고 있었다. 거실 곳곳에 진열된 많은 책들과 일반 가정에서는 보기 힘든 칠판이 그것을 알 수 있게 했다. 군데군데 한자로 적힌 메모지도 붙어 있었다. 아이들에게 자연스럽게 한자를 접하게 하기 위해서라고 했다.

이미 다른 과목수업을 받고 있는 과외 선생님들이 많이 있어서, 나와 시간표를 짤 때 겹치지 않게 하려고 신중하게 고심하기도 했다. 그리고 "아이들이 모르면 절대 그냥 넘어가지 마세요." 하며 당부를 해왔다. 나도 대충 넘어가는 성격이 아니었기에, 그 점은 나하고 통하는 부분이었다.

처음엔 인상도 강해 보였고 똑 소리 나는 모습이었지만, 한 시간

동안 내 수업을 듣고 난 후 엄마는 완전히 다른 사람으로 변해 있었다. 파자로 한자의 근원을 밝히는 설명 방식을 무척 재미있어 하는 것이었다. 아이보다 옆에서 청강(聽講)한 엄마가 더 즐거워하는 모습을 보니 뿌듯하고 다행스러웠다. 두 남매도 가끔 재미있는 대목에서는 소리까지 질러가며 웃어줄 정도로 즐겁게 수업을 들어주었다. 첫 출강 수업은 이만하면 성공한 셈이었다.

각 가정으로 출장 수업을 다니게 되면서 아이들이 하나둘씩 늘어났다. 방학이라 아이들이 시간적 여유가 생긴 것도 있었지만, 동네에 붙여둔 전단지와 신문 광고가 뒤늦게 효력을 발휘한 것도 이유였다. 불과 한 달 사이에 학생 숫자가 열두 명이 되었다. 처음 몇 달 동안 두 명에서 거의 늘어나지 않던 학생 숫자가 갑자기 불어나면서 강의 시간표 짜기도 만만치 않았다.

세 명 이상이면 출장을 가기로 원칙을 정했지만, 쉬운 일이 아니었다. 대개 다른 집 아이와 같이 수업을 듣는 것을 꺼려하기도 했고, 같은 급수의 또래 아이들을 모으기도 쉽지 않았기 때문이다. 내가 조금 힘이 들어도 형제나 남매가 있는 집이면 두 명이라도 출장을 나가는 수밖에 없었다. 이렇게 해서라도 김천에 이런 한자 수업이 생겨났다는 것을 우선적으로 알리는 게 목적이었기에, 거리가 멀고 가까운 것을 따지지 않고 문의(問議)만 오면 발로 뛰는 쪽을 택한 것이다. 그나마 내 수업을 학부모나 아이들이 재미있어 해주었기에 힘들었지만 신이 났다.

가장 먼저 한자가 어렵다는 편견을 깨뜨리고 싶었다. 최대한 내가 알고 있는 글자의 유래를 설명해 나가며 재미있게 분위기를 이끌어

나갔고, 글자 쓸 때도 천천히 획순을 그어나가니까, 아이들도 따라 쓰는 것을 재미있어 했다.

　방학 기간 동안 갑자기 학생이 불어나면서, 매일 빡빡한 스케줄을 조정하며 살아야 하는 즐거운 일이 생겨났다. 잠시만 신경을 쓰지 않으면 수업 시간을 놓쳐버리는 불상사가 생겼기에 항상 오늘이 무슨 요일인가, 매 시간 출장 가야 할 곳이 어디인가를 꼼꼼히 체크해야만 했다.

　내일을 늘 염두에 두고 생활을 해야 하는 내 자신을 되돌아보면, 정말이지 이 길을 잘 선택한 것 같다. 미용실을 운영할 때는 언제 찾아올지 모르는 손님들로 인해 자유로운 시간을 가질 수도 없었고, 친구들과 늦게까지 만난 다음날이면 아예 가게 문을 열지 않기도 했다. 하지만 이제는 학생들과의 약속이 잡혀 있기 때문에 어떠한 경우라도 수업을 최우선으로 두어야 했다. 더구나 나는 아이들을 가르치는 교사가 아닌가? 그 누구보다 시간 약속을 철저하게 지켜야 할 의무가 있는 선생님인 것이다.

　학생들과 엄마들이 내 수업을 재미있어 하면 나도 신이 나서 시간 가는 줄 모르고 그 수업에 빠져들곤 한다. 내가 알고 있는 것을 하나라도 더 설명해주기 위해 열을 올리다 보면 어느새 수업 시간이 훌쩍 지나가버리는 것이다.

　여러 명을 대상으로 수업을 하다 보니 아이들의 태도에 따라 교사의 태도 또한 달라진다는 것을 알게 되었다. 유난히 열심히 듣고 배우려는 아이들에게는 나 역시 열심히 가르치게 되고, 아이가 수업을 잘 따라와 주지 않고 산만하면 나도 같이 산만해지는 것이다. 똑같은 한 시간의 수업이었지만 그 시간에 많은 것을 얻어가는 아이들이 있는가 하면, 공부한 양이 다른 아이들의 절반에도 미치지 못하는 아이들도 있었다.

모든 세상일이 이와 같지 않을까? 하나라도 내 것으로 만들기 위해 노력하는 사람들은 노력한 만큼 얻게 되고, 마지못해 시간만 때우는 사람들은 얻는 것도 없이 에너지만 낭비하게 되는 것이다.

어떤 아이는 엄마가 자신이랑 상의도 하지 않고 한자 수업을 결정했다며 첫 날 내 앞에서 싫은 표현을 서슴없이 하기도 했다.

"엄마, 한자 공부 왜 한다고 했어?"

조금은 민망했지만 순수한 아이의 솔직한 표현 방법인 것을 어쩌겠는가? 웃어넘기며 수업을 진행할 수밖에. 그러나 그렇게 투정 부리던 아이가 수업을 해 나가면서 차츰 변해가기 시작했다. 한자에 부쩍 관심을 가지고 질문에 곧잘 대답도 하는 것이었다. 답과는 거리가 먼 엉뚱한 대답을 할 때에도 칭찬을 하며 다독여 주었다. 수업이 끝날 때쯤 아이는 어느새 생기발랄하고 적극적인 아이가 되어 있었다. 집을 나올 때 문 앞까지 따라 나와서 "선생님! 안녕히 가세요!"하며 인사까지 깍듯이 해주는 것이었다.

아! 그때의 희열을 뭐라고 표현해야 할까? 그 아이의 달라지는 모습은 내게 더할 수 없는 희망과 같았다. 나는 밖으로 나와 하늘을 바라보며 다시 한 번 새로운 직업을 주신 것에 대해 감사 기도를 했다. 지금 그 아이는 내 수업에 가장 열정적으로 참여해주고 있는 모범생이 되었다. 어느 날은 그 아이에게서 전화가 왔다.

"선생님! 오늘 한자 수업 있는 날 맞죠?"

그날따라 다른 일이 겹쳐 수업 시간을 변경했던 것이다. 그래서 아이는 자기가 혹시나 시간을 잘못 알고 있는 게 아닌가 해서 엄마에게 물어보기도 하고, 그래도 못 믿겠던지 나한테도 직접 확인전화까지 했던 것이다. 아이가 내 수업을 좋아해주고 기다려준다는 것이 그렇게 기쁘고 감사할 수 없었다.

어느 날은 아이가 갑자기 "선생님! 어느 대학 나왔어요?"하고 물어왔다. 나는 순간적으로 당황해서 한동안 멈칫했다. 당황할 아무런 이유가 없음에도 불구하고, 그동안 오랜 세월 '어느 학교'라는 말에는 반시적으로 반응하는 것이 몸에 배었나 보다.

"아! 그거?"

엄연히 대학을 졸업했음에도 불구하고 입에서 바로 나오지 않고 잠시 얼버무려졌다. 곧바로 정신을 차려, 나는 아이에게 현재 경북대 한문학과에 다니고 있는 중이라고 했다. 아직 내게 학업은 완료형이 아닌 진행형이니까.

아직까지도 학교 이야기만 나오면 죄인이 된 사람처럼 주눅이 드는구나 싶어 씁쓸했다. 그 쓴 뿌리가 아직까지 내게 남아 있었던 것이다. 당당하게 밝힐 수 있을 때도 되었는데, 아직 습관이 되지 않은 탓인지, 얼굴부터 붉어진다. 서서히 익숙해지려면 아직 많은 시간이 흘러가야 하나보다……

한자 과외를 하러 다니다 문득, 내 딸들을 돌아보게 되었다. 나는 두 아이 모두 아직까지 한 번도 개인 과외를 시켜준 적이 없었다. 큰딸의 경우 고등학교를 졸업할 때까지 그 흔한 학원 한 번 보내지 못했다. 큰딸이 혼자 잘 알아서 하는 성격이기 때문이었을까, 나는 아이가 고 3 수험생일 때도 대학 입시에 대해 걱정해본 적이 없다. 오히려 아이가 등록금 비싼 대학을 가겠다고 할까봐 걱정이었다.

큰딸이 전국 2% 안에 든 수능성적표를 보여주며 서울로 대학을 가겠다고 했을 때 눈앞이 캄캄했다. 무학인데다 꽉 막힌 엄마였던 나는 여자아이가 어떻게 그 험한 서울을 가느냐며, 김천에 있는 전문대를 가라고 했다. 그때를 생각하면 지금도 아찔하다. 배우지 못해 무지하기만 한 엄마를 설득시켜야 했던 아이는 얼마나 답답했을까? 친구들의 엄마는 더 좋은 대학을 보내기 위해 안간힘을 쓰고 있는데, 나는 대학을 못 가게 했으니…….

그래도 아이는 "엄마는 왜 그래?" 하는 투정 한 번 부리지 않았다. 지금은 내게 성질 한 번 안내고 본인의 의지를 확고하게 다졌던 큰딸이 한없이 고맙기만 하다. 큰딸은 경제적인 어려움 때문이라면 장학금을 받을 수 있도록 하향 지원을 하겠다고 했다. 그렇게 해서 내 딸은 입학금과 등록금을 면제 받는 과 수석으로 대학에 들어갔다.

내가 의식이 깨인 사람이었다면 장학금을 바라지 않고 어떻게 하든지 큰딸을 더 좋은 학교로 보냈어야 했다. 이제 와서 후회해도 소용없는 일이지만, 어쩌면 그렇게도 세상 물정을 모르고 살 수 있었을까 하는 한스러움에 가슴을 쓸어내리곤 한다. 출신 대학이 그 사람의 사회적 지위까지 바꿀 수 있다는 것을, 무학인 상태로 조그만 가게에서 가위질만 하던 내가 어찌 알 수 있었겠는가?

한자를 가르치러 다니면서 요즘 엄마들의 의식(意識)과 사고(思考)

를 배울 수 있는 기회가 되기도 했다. 험하게도 거칠게도 살아보지 않은 것 같은 엄마들의 순수함이 그야말로 하나같이 예뻐 보였다. 나는 아이가 칭얼거리면 곧바로 포악한 엄마로 돌변하는 다혈질인데 비해, 다른 집 엄마들은 한결같이 미소로 아이를 달래는 것을 보고 역시 제대로 교육받은 사람들과 나는 많은 차이점이 있다는 것을 알 수 있었다. 내겐 인내심과 여유로움이 절대 부족했던 것이다. 거칠게만 살아온 나였기에, 어떠한 상황이 벌어지면 곧바로 감추고 살았던 본성이 그대로 노출되는 반면, 그런 엄마들은 자기 자신을 다스릴 줄을 알았다.

환경이 사람을 만든다는 옛말은 하나도 틀린 말씀이 아닌 것 같다. 요즘 들어 사람들이 나를 '선생님'이라고 불러주면서부터 나 또한 행동 하나, 말 한 마디를 삼가고 조심하는 사람으로 변해가고 있다. 가위를 들고 몸으로 부딪쳐 가며 생활 전선에서 싸우던 내가 이제는 순수한 아이들에게 지식을 전달하는 삶을 살아가고 있는 것이다.

때로는 내 설명에 "아하!" 하고 밝은 미소로 답해주는 해맑은 아이들의 얼굴을 보면, 지금까지 내가 남들보다 더 힘겹게 살아온 것은 오늘의 이 귀한 보상을 받기 위해서였나 하는 착각까지 들 정도로 지금 나는 행복하기만 하다.

어느 날은 오래전부터 서로 머리를 해주며 친하게 지내는 분의 미용실을 들렀다. 그곳에서 손님으로 온 엄마와 딸을 만났다. 인상 좋아 보이는 그 엄마는 현재 재가복지센터를 운영을 하고 있는데 미용 기술이 절실히 필요하다며 미용실 원장에게 기술을 가르쳐 달라고 했다. 독거노인들을 보살피는 일을 하고 있는데 거동이 불편하신 분들을 미용실까지 모시는 것이 힘들어 본인이 직접 미용기술을 배워서 봉사해주고 싶다는 것이었다.

옆에서 듣고 있자니 나도 뭔가 도움을 주고 싶다는 생각이 들었다. 재가복지라면 나 역시 대학에서 사회복지 공부를 했었기에, 어느 정도 그 흐름을 알고 있었다. 게다가 미용기술도 있지 않은가! 기쁜 마음으로 내가 알고 있는 미용기술을 간단하게 설명해 드리고, 어르신을 뵈러 갈 때 같이 가서 미용봉사를 하기로 약속도 했다.

그런데 내가 지금은 미용실을 하지 않고 한자를 가르치고 있다고 하자, 그분은 "한자? 머리 아프지 않으세요? 차라리 미용실 일이 더 쉽지 않나요?" 하며 머리를 흔들어 보였다.

나는 바로 그 자리에서 직업 본능이 나왔다. 볼펜을 들고 신문지에다가 간단한 글자 몇 자를 소개하면서 "이래도 한자 어려우세요?" 하고 물어 보았다. 그분은 신기하고 재미있다며 그 자리에서 바로 딸과 함께 내 수업을 듣겠다고 했다. 전혀 예기치 않은 장소에서 우연히 학생 둘을 얻은 행운을 잡은 것이다. 집으로 돌아오면서 얼마나 신이 나던지, 이렇게 시간이 흐르다 보면 많은 학생이 늘 것 같은 예감도 들면서 앞으로의 미래가 어둡지만은 않다는 생각에 설레었다.

공부방 학생들을 대상으로 한자능력검정시험을 치르게 되었다. 복지관 아이들 이후, 내가 직접 운영하는 공부방에서는 처음으로 치른 시험이었다. 결과는 다행스럽게도 전원 합격이었다. 성적 우수상도 세 명이나 나왔고, 아이들 평균 점수가 90점이었다. 처음 공부방을 운영해본 것치고는 상당히 만족스러웠다. 이참에 동네 어귀에서 가장 잘 보이는 곳에 현수막을 하나 달기로 했다.

공부방 홍보차원도 있었지만, 무엇보다 동네 사람들이 바라보는 차가운 시선들을 바꾸고 싶은 욕심이 더 컸다. 그동안 동네 사람들은, 지금까지 미용실에서 머리나 만지던 아줌마가 무슨 실력이 있어서 아이들에게 한자를 가르치겠는가 하는 의심을 종종 내비치곤 했다. 그럴 수밖에 없는 것이, 미용실을 하던 내가 어느 날 갑자기 한자 공부방을 한다고 간판을 달았으니 충분히 의아해하고도 남을 상황이었다.

사람들이 가장 많이 왕래하는 큰길 앞에 걸어둔 현수막은 과연 내 예상대로 상당한 홍보 효과가 있었다. 현수막을 단 지 30분도 채 안 돼서 문의 전화가 온 것이다. 그동안 전단지와 신문 광고의 효과가 그다지 신통치 않았던 것을 생각하면 눈에 띄는 반응이었다.

현수막을 건 이후 가장 달라진 건 무엇보다 길을 걷다가 만나게 되는 동네 사람들의 시선이었다. 그전의 힐끔거리며 훔쳐보던 눈길이 사라지고, 이제는 나를 한자 선생으로 바라보고 있다는 느낌이 들었다. 공부방이라고는 하지만 변변한 간판도 없이 조그마한 현수막을 창문에 달아두었으니 얼마나 서글퍼 보였겠는가? 더구나 출장수업이 많은 관계로 우리 집에 드나드는 학생들은 적었으니 사람들이 공부방 운영이 제대로 된다고 생각이나 할 수 있었을까? 서글프게만 보이던 나의 공부방에 합격자 명단 현수막이 걸리니 사람들이 나에게 호기심을 갖기 시작했다.

어느 날 마트에 들렀을 때 누군가는 "선생님이 그렇게 아이들을 똑 소리 나게 가르친다면서요?” 하기도 했다. 축하 전화를 걸어와 아들에게 한자를 가르쳐 달라고 부탁하는 지인도 있었다. 생각했던 대로 현수막을 걸고부터는 상당한 효과를 발휘하고 있는 것이다. 현수막은 이만하면 성공한 것이다. 아직 눈에 띌 만큼 학생이 늘어난 상황은 아니지만, 앞으로 이대로 시간이 흐른다면 분명히 지금보다 더 나아질 거라는 생각이 들었다. 이제는 정말 희망이 보이는 것 같았다.

교도소 재소자들과 소통하다

어느 날, 기다리던 곳에서 전화가 걸려왔다. 다름 아닌 교도소다. 평소에 교도소에서 봉사를 하고 싶은 마음이 커서 얼마 전 교도소 측에 자원봉사로 한자 급수 지도를 하고 싶다는 뜻을 밝혔다. 그리고 얼마 후, 드디어 한자 강의를 해도 좋다는 연락을 받은 것이다. 내가 알고 있는 지식을 사회에 봉사로 환원할 수 있다는 사실이 너무나 기뻤다. 무엇보다 교도소에는 나처럼 배우지 못한 사람들도, 상처가 많은 사람들도 있을 거라는 생각에 더욱 기대되었다. 그분들에게 내가 여기까지 온 과정을 설명해주면서 절대 희망을 놓지 말라고 조언도 해주고 싶었고, 새롭게 거듭나는 삶은 본인의 의지에 따라 누구에게나 공평하게 결과가 돌아온다는 사실도 알려주고 싶었다.

그러나 교도소 측에서는 강의실에 에어컨이 없는 관계로 추석이 지난 후부터 수업을 하자고 했다. 처음 그 말을 들었을 때, 요즘도 공공건물에 에어컨이 없는 곳이 있나 하는 의아심을 잠깐 가졌다. 그러다 곧 '아 참! 그곳은 재소자들이 있는 교도소지!' 하고 생각했다.

죄인들을 가둔 곳에서 에어컨씩이나 갖추고 있을 것 같지 않았다. 하루빨리 그분들을 보고 싶은 마음에 조금은 조급하기도 했었지만 더 기다리는 수밖에 없었다. 추석이 지나고 나서도 한참 후, 바로 다음 날부터 강의를 시작해도 좋다는 연락이 왔다. 드디어 내가 교도소에서 한자로 자원봉사를 하게 된 것이다.

마치 지금까지 한 번도 경험해보지 않은 신비한 곳으로 여행을 가는 사람처럼 들떴다. 어떤 글귀들을 준비해 갈까 하는 걱정에서부터 과연 내가 잘할 수 있을까 하는 걱정까지, 흥분 반 기대 반으로 설레고 또 설레었다.

재소자들에 대한 사전 정보가 없어서 난이도를 몇 급에 맞추어야 할지 상당히 고민되었다. 우선 가장 기초적인 8급부터 5급까지 준비를 해가기로 했다. 그 외에 여러 현인(賢人)들의 귀한 말씀을 몇 가지 더 준비했다.

사람들에게 자랑삼아 교도소에 한자를 가르치러 가게 됐다는 이야기를 했더니 신기하게도 반응들이 모두 똑같았다. 무섭지 않겠냐는 것이었다.

"무섭긴 뭐가 무서워? 그 사람들도 다 우리랑 똑같은 사람들인데."

"어디 한번 가보고 나서 그런 말해라."

그런 소리들을 들을 때마다 가볍게 웃음으로 넘겨버렸다. 정말이지 나는 하나도 무섭지 않았다. 예전에 정신병원에 미용봉사를 다닐 때도 사람들은 무섭지 않느냐고 물어왔다. 왜 다들 똑같은 사람들이고, 단지 환경이 나와 다를 뿐인데 무섭다는 표현들을 할까? 실제로 정신병원에 미용봉사를 갔을 때도 느꼈었지만, 오히려 그곳에 있는 사람들이 더 순수하고 착했다.

교도소에서 첫 수업이 있는 날, 아침부터 마음이 불안하고 어수선하기만 했다. 전날이 내 생일이어서 친구들과 밤에 술을 먹은 탓인 것 같았다. 간단하게 술자리를 끝내기 위해 짧은 시간에 한 병을 다 비워서인지 머리가 아파왔다. 이렇게 중요한 수업 첫날부터 컨디션이 좋지 않아 조바심이 났다. 아이를 학교로 보내고 난 후, 오전에는 아무것도 하지 않고 쉬기로 했다. 충분히 휴식을 취해야만 수업에 차질이 생기지 않을 것 같았다. 과연 오늘 하루 이 상태로 수업을 차분하게 잘 해나갈 수 있을지 걱정이 앞섰다.

다행히 잠깐 동안 침대에 누워서 휴식을 취하고 일어나니 그렇게 아프던 머리가 조금은 안정이 되었다. 그러나 그 덕분에 얼굴은 심하게 퉁퉁 부어 올라있었다. 딱히 예쁘게 보여야 할 이유도 없었지만, 그래도 첫 인상이 중요한데, 안 그래도 얼굴 면적이 남들보다 하나는 더 있는 평수인데, 오늘은 그 배는 더 커 보였다.

수업 시간보다 두 시간이나 일찍 출발했다. 부어오른 얼굴을 최대한 줄여보려고 30분 정도 걸어가서 버스를 타기로 한 것이다. 또 걸으면서 맑은 공기를 마시면 머리도 한결 개운할 것 같았고, 강의 내용을 마음속으로 정리하기도 좋을 것 같았다. 걷는 내내 머릿속으로 인사말을 연습했다.

그날따라 안 신던 높은 신발을 꺼내 신고 왔더니 그게 화근이 되었는지, 발뒤꿈치가 아파오기 시작했다. 난생 처음 교도소를 방문하게 되었다고 딴에는 신경을 쓰며 요란을 떤 것이다. 내가 좀 별난 구석은 있나보다. 그냥 평소 하던 대로 하면 될 것을……

날씨가 화창했다. 좋은 마음으로 봉사활동을 시작하는 나를 축복해주는 것 같은 착각을 일으킬 만큼, 푸른 가을 하늘은 더 없이 높아 보였다.

드디어 아픈 다리를 이끌고 검문소에 도착했다. 난생 처음 가 본 교도소다. 그동안 이곳에 아는 사람 면회 한 번 온 적이 없는 걸 보면 내 주위에는 다들 법을 잘 지키는 사람들뿐이었나 보다.

한자 강의를 하러 왔다고 했더니 친절한 미소로 들여보내 주었다. 이렇게 엄숙한 교도소를 아무런 재제 없이 통과한다는 게 신기하고 떨렸다. 검문소를 지난 후에도 철문 세 개를 통과했다. 소지품은 모두 제출해야 했고, 손에 들고 갈 수 있었던 것은 수업할 수 있는 메모지뿐이었다. 목에는 '법무부'라고 적힌 목걸이를 걸었다.

마지막 세 번째 철창 문을 열었을 때, 눈앞에 넓은 운동장이 펼쳐졌다. 내가 본 그곳은 교도소가 아닌 잘 꾸며진 아름다운 학교였다. 넓은 운동장과 각 과목별로 수업할 수 있도록 준비된 많은 강의실, 깨끗한 건물과 정돈된 나무들……. 강의실로 가는 내내 나는 감탄을 멈출 수가 없었다. '아! 우리나라도 이젠 복지 강대국이라는 소리를 들을 만하구나. 어쩜 이렇게 멋질까!'

어둡고 음침한 곳일 거라고 생각했던 내 예상은 완전히 빗나갔고 마음이 편안해지기 시작했다. 내게는 지금까지 한 번도 경험해 보지 않은 새로운 순간이었다. 근무하시는 분들도 모두 친절하게 맞아주었다.

"공부는 신분상승과 계층 간 이동을 불러온다."

이 주장에 반대하는 학자들도 많이 있지만 적어도 내 경험으로 볼 때 이 주장은 분명히 맞는 말이다. 내게 공부는 확실히 신분이 상승할 수 있는 통로가 되어 주었고, 인생 전반을 재점검할 수 있는 기회를 주었으며, 나아가 내 인생을 새롭게 꾸며나갈 수 있는 길을 열어주었다. 공부를 하지 않았던들 한낱 평범한 아줌마일 뿐인 내가 어떻게 이런 곳에서 사람들을 가르칠 수 있었겠는가?

재소자들은 대부분 청소년들이었다. 내 수업을 듣기 위해 온 사람은 10명 정도. 생각보다 적은 수에 처음에는 약간 실망스러웠다. 하긴 누가 재미없는 한자를 선뜻 듣고 싶어 하겠는가?

나를 인도해주신 분의 간단한 소개말이 있은 후, 나는 자리에서 일어나 인사를 했다. 그러나 내 입에서 나온 첫마디는 두고두고 나를 부끄럽게 만들었다. 유창하게 인사말을 잘할 수 있을 거라고 머리로만 준비를 가득 해가지고 갔건만, 막상 그 자리에 서고 보니 머릿속은 텅 비어버렸다. 아무것도 생각나지 않았던 것이다.

"제가 지금 떨고 있나요?"

그게 다였다(이런 멍청이!). 그 한 마디 하고 말 것을 며칠 밤을 잠자리에 누워서 혼자 연습을 했던가 싶을 정도로 바보처럼 더 이상 인사말을 이어갈 수가 없었다. 순간 '아, 어떻게 수업해야 하나.' 하는 생각이 들면서 머리가 복잡해지기 시작했다. 그래도 기왕 여기까지 온 것이니, 준비한 것만큼은 후회 없이 해야겠다고 마음먹고 수업을 시작했다. 그런데 수업이 진행되면서 놀라운 일이 일어났다. 학생들이 조금씩 반응을 보이기 시작한 것이었다. 그 중에는 "선생님, 한자를 이렇게 가르치는 것 처음 봐요. 상당히 재밌네요!" 하는 반응까지 보여주는 아이도 있었다. 다행히도 아이들이 조금씩 변화하는 모습들을 보니 기운이 나서 더욱 열의 있게 수업을 해 나갈 수 있었다.

무사히 한 시간 수업을 마치고, 10분간 휴식 시간을 가졌다. 학생들은 화장실을 가거나 바람을 쐬기 위해 모두 다 빠져나가고 나 혼자 강의실에 남았다. 나는 그들이 수업 내용을 얼마나 잘 필기하고 있는지 확인해볼 겸 빈자리를 하나하나 둘러보았다. 그러다 우연히 한 학생의 책상에 놓인 쓰다만 편지를 훔쳐보게 되었다.

(할머니. 나 ○○야, 이번에 많이 놀랐지? 나는 잘 있으니 이 편지 받더라도 할머니 울지 마…….)

여기까지 훔쳐본 나는 더 이상 다음 구절을 볼 수가 없었다. 나도 자식을 키우는 엄마로서 가슴이 뜨거워지며 눈물이 흘러내렸기 때문이다.

이곳 학생들 한 사람 한 사람도 다들 어느 집의 귀한 자식들일 텐데, 한때 순간의 실수로 한창 꿈을 펼쳐나가야 할 시기에 이곳에 발을 들여놓게 된 것이리라. 그렇게 아이들의 내면과 처음 마주한 후, 나는 수업시간 내내 편지를 쓴 학생과는 눈을 마주칠 수가 없었다. 자꾸만 눈시울이 뜨거워져 왔다. 아마도 그 학생은 부모님이 안 계시고 할머니와 살다가 이곳에 온 학생인 것 같았다. 나는 그날 그렇게 가정의 불행이 사회로 옮겨지게 되는 현실을 직접 눈으로 목격했다.

교도소에서 강의하는 횟수가 늘어날수록 놀랍게도 험악하게 일그러져 있던 학생들의 표정이 서서히 밝은 표정으로 바뀌어가고 있었다. 질문에 답도 잘 하지 않던 학생들이 제법 많은 질문들을 쏟아내기도 하고, 가끔은 내가 우스갯소리를 하면 살짝 미소를 보내오기도 했다. 어떤 학생은 필기도구 없이 자리에 앉아 있다가 쉬는 시간에 옆 사람에게 볼펜을 빌려서 필기를 하는 열정도 보여주었다.

어느 날은 나도 놀랄 만한 일이 일어났다. 평소 같으면 휴식 시간에 한 명도 빠짐없이 교실을 빠져 나가던 학생들이었는데 그날은 내게 "선생님 저희 휴식 시간 안 주셔도 돼요! 그냥 수업 계속해요!" 하고 말하는 것이었다. 순간 내 귀를 의심했다.

"여기 있는 다른 학생들도 다 같은 의견인가요? 휴식 시간인데 안 쉬어도 되겠어요?"

그때 들려온 대답은 내가 지금까지 살아오면서 들어본 그 어떤 소리보다도 나를 감동으로 몰아갔다.

"예!!"

그렇다. 원래부터 악한 사람은 없다. 순박하고 천진난만하게만 보이는 이 아이들을 이곳으로 내몰고 한순간에 범죄자라는 낙인을 찍은 것은 다름 아닌 그들을 둘러싼 환경이자 사회일 것이다. 이들이 마냥 착한 아이로, 성실한 학생으로 살 수 없었던 데는 저마다의 이유와 사연이 있었겠지. 아이들과 함께하는 동안 깨달은 것은 진심으로 다가가고 사랑해준다면 얼마든지 사회에 나와서도 건전한 사람들이 될 수 있을 거라는 확신이었다.

나는 수업 중간마다 교도소 수감기간 동안 공부를 해서 성공한 사람들의 사례도 자주 들려주었다.

"여러분은 여기에 유학 왔다고 생각하시고 번뇌(煩惱)를 내려놓고 여기 계시는 동안 책을 통해 자기계발에 매진하십시오. 반드시 좋은 결과를 보게 될 것입니다."

수업이 끝나자 아이들은 무섭게 큰소리로 박수를 쳐주며 "선생님, 수고하셨습니다." 하고 인사해 주었다. 눈시울이 뜨거워졌다. 다들 아들 같기만 한, 그 학생들을 한 아이씩 껴안아주고 돌아오고 싶을 정도로 발길이 떨어지지 않았다. 집으로 돌아오는 내내 다음 수업시간에는 보다 알찬 내용을 준비해서 재미있게 시간을 함께 보내야겠다는 각오를 다졌다.

이제 나도 사회에서 쓰임 받는 사람이 된 것이다. 내가 배운 지식으로 남들에게 희망과 도움을 줄 수 있게 된 오늘의 현실을 나는 사랑한다.

어느 날 교도소에 도착하니 15분 정도 여유가 있었다. 자연스럽게 그곳에 비치된 책들을 보다 보니 '교정'이라는 제목이 눈에 들어왔다. 전국 교도소에 배포되는 월간지였다. 맨 뒤 독자란에 좋은 경험들에 관한 원고를 기다린다는 면을 본 나는 눈이 번쩍 띄었다. 한자 수업을 하면서 느낀 점을 이곳에 소개하고 싶다는 생각이 든 것이다. 그날 집으로 돌아와, 무표정하던 아이들이 차츰 열정적으로 수업에 참여하고 있다는 이야기를 써서 잡지사로 보냈다.

원고를 보낸 지 얼마 지나지 않아 〈월간 교정〉 측에서 한 통의 전화가 걸려왔다. 내가 보낸 글이 채택됐다는 것이었다. 내가 쓴 글이, 많은 사람이 읽는 책에 실린다는 사실이 그렇게 놀랍고 기쁠 수가 없었다. 그리고 원고료로 10만 원을 입금해줄 테니 계좌번호를 알려 달라고 했다. 육체노동을 하지 않고 이렇게 돈을 받아본 건 지난 번 라디오 출연료 이후 두 번째 있는 일이다. 배우고 나면 돈을 버는 방법도 달라진다는 것을 피부로 느끼게 되었다. 나는 그 돈을 어떻게 해야 가장 의미 있게 쓸 수 있을까를 생각해보았다. 곧, 아이들로 인해 받게 된 돈인 만큼 다른 곳에 쓸 수는 없다는 결론에 이르렀다.

며칠 후면 예수님이 오신 크리스마스다. 이번 크리스마스에는 그곳 아이들에게 산타처럼 기분 좋은 사람이 되어 주고 싶었다. 가족끼리 둘러앉아 담소를 나누며 음식을 먹는 평범한 일상조차 누리지 못하는 그곳 아이들에게 과자를 사다주기로 한 것이다. 워낙 먹성들이 좋을 때라 이전에도 내가 가끔 초코파이를 사면 그렇게 좋아할 수가 없었다. 많지도 않은 양이었지만 아이들은 그 작은 것 하나에도 크게 고마워했다. 그런 그들을 보고 있노라면 나는 어느새 그 모든 아이들의 엄마가 되곤 했다.

마트에 들러 아이들이 좋아할 만한 과자를 이것저것 골랐다. 쇼핑백으로 한가득 담고 보니 이만하면 원고료 정도는 될 것 같았다. 집으로 돌아와 그것들을 하나하나 정성스럽게 포장했다. 딸아이는 교회를 갔고, 혼자 조용하기만 한 집에서 이렇게 과자봉지를 포장하고 있노라니 갑자기 엄청난 부자가 된 것 같았다. 이만하면 나는 참 축복받은 사람이라는 생각이 들었다. 남의 도움을 받지 않고 내가 남을 도와줄 수 있는 위치에 있다는 사실에 마음이 풍요로워진 것이다.

과자봉지를 가방에 담아보았다. 세 개의 가방에 가득 차는 양이었다. 그것들을 바라보자니 빨리 오늘밤이 지나고 내일이 왔으면 하는 작은 설렘까지 일어났다. 내가 마치 산타 할아버지 쯤이나 된 것 같은 착각에 빠질 정도로 누군가에게 무언가를 줄 수 있는 위치에 있다는 현실이 그저 고맙기만 했다.

드디어 날이 밝았다. 다른 날보다 조금 더 일찍 서둘러 집에서 출발했다. 가방이 무거워서 걷다가 쉬기를 반복하며 뒤뚱거리는 걸음으로 겨우 교도소에 도착했다. 강의실로 들어서자 보따리를 세 개씩이나 들고 들어오는 나를 본 아이들의 표정이 점점 밝아지기 시작했다.

마음 같아서는 한 사람, 한 사람 일일이 포옹도 해주면서 나눠주고 싶은 생각이 굴뚝같았다. 처음엔 멍한 표정으로 허공만 쳐다보던 그들이 3개월이 지난 지금은 제법 내게 농담도 걸어오고 질문을 하기도 한다. 어쩌다 나와 눈이 마주치면 이제는 눈길을 피하지도 않고 살짝 웃어주기까지 하는 것이다.

그날은 크리스마스인 관계로 준비해간 과자들만 전해주고 수업은 하지 않고 돌아왔다. 내 평생 발걸음이 그렇게 가벼웠던 적도 아마 없었을 것이다. 내가 받는 입장이 아닌 주는 입장에 있다는 것이 한없이 대견스러웠기에…….

어느 날은 수업이 끝나고 나오는데 교도관님이 "이 정도면 상당히 반응이 좋은 편입니다. 다른 수업시간에는 이런 반응을 보이지 않거든요." 하며 살짝 귀띔을 해주었다.

'아! 역시 아이들이 내 수업을 좋아하고 있구나!'

그리고는 "선생님이 수업도 열심히 하시고 아이들 반응도 좋아서 강사료를 지급해 드리려고 합니다. 강사료는 이미 신청해 두었습니다." 하는 것이었다. 돈과는 전혀 무관하게 시작한 봉사인데 뜻밖의 보상을 가져다준 것이다. 자원봉사를 하겠다고 시작한 일이었지만 본의 아니게 강의 나간 첫 달부터 꼬박꼬박 강사료가 입금되고 있다. 벌써 석 달째…….

지금은 한 반을 대상으로 일주일에 한 번 수업을 하지만 내년부터는 인원도 늘리고 반도 두 개로 나눠서 시간표를 짜겠다고 했다. 세상을 다 얻은 것처럼 기뻤다. 내 강의가 사람들로부터 인정을 받은 것이다. 딱딱하고 복잡한 글자가 아닌 쉽고 재미있는 글자라는 인식을 심어주겠다던 내 목표가 분명히 성과를 가져다준 것 같다. 희망이 보인다. 지금까지 힘들게 걸어온 길이 결코 헛되지 않을 거라는 용기도 다시금 생겨났다.

더욱 기뻤던 건 원고를 쓴 일로 교도소 측에서 내게 감사장을 준다는 것이었다. 전화를 받은 나는 너무나 기뻐서 "감사합니다!"를 연신 외쳐댔다. 좋은 마음으로 봉사하겠다고 시작했던 일이 내게 여러 가지 엄청난 행운으로 돌아오고 있었다.

감사장을 받기로 한 날은 다른 어떤 날보다 설레었다. 지금까지 남들 앞에서 제대로 된 상을 받아본 일이 있었던가? 어릴 적, 짧은 학교생활이었지만 그림이나 글쓰기에서 몇 번 상을 받아본 일이 있다. 그리고는 검정고시 단기간 합격자로 기네스 상패를 받은 것이 전부다.

늘 나를 강의실까지 안내해주는 교도관 한 분이 나를 기다리고 있었다.

"선생님 글 봤는데 참 잘 쓰셨어요."

많은 사람들이 나의 글을 읽고 이렇게 칭찬까지 해주니 꼭 어린아이처럼 신이 났다. 감사패를 받기 위해 교도소장님의 방으로 들어갔을 때, 정복을 깔끔하게 차려입으신 백발의 소장님이 눈에 들어왔다. 책상 앞에는 '교정학박사(矯正學博士)'라는 팻말이 놓여있었다.

그것을 본 나는 "우와! 박사세요?"라고 외쳐버리고 말았다. 자리가 자리인 만큼 진중해야 했는데 너무 들뜬 나머지 솔직한 내 감정을 그렇게 호들갑스럽게 토해내고 만 것이다. 소장님은 온화한 미소를 지으시며 "예. 공부가 유일한 제 취미입니다." 하셨다. 그 말이 어찌나 반갑던지 "저도 공부가 취미예요!"라며 같이 맞장구를 쳤다.

식순에 의해 감사장을 받은 뒤 소장님과 차를 마시며 대화를 나눴다. 소장님을 만나기 전에는 왠지 권위적인 분일 것 같아 긴장했었는데 실제 만나보니 소탈한 분이었다. 덕분에 나는 전혀 어려워하거나 떨지 않고 자연스럽게 소장님과 대화를 나눌 수 있었다. 내겐 무척이나 영광스러운 자리였다.

감사장을 받아들고 밖으로 나온 나는 마치 세상을 다 얻은 것처럼 기뻤다. 만일 내가 공부를 하지 않았다면, 지금까지 미용실 아줌마로 그 자리에 안주해 있었다면 오늘 같은 행운은 내게 없었을 것이다.

오늘 이 일을 발판으로 삼아 앞으로도 더 나은 나를 만들기 위해 더욱 열심히 해나갈 것이다. 내 꿈이 이루어지는 그날까지…….

개구리는 '올챙이 시절'을 몰라도 된다

이미 예고된 운명일까?

아주 오래전에 우연히 길을 가다가 길거리에서 책 한 권을 꺼내놓고 사주 풀이를 하는 할아버지를 만난 적이 있었다. 워낙 사는 것이 힘들었던 때여서 재미삼아 돈 몇 푼을 내고 사주(四柱)를 보기로 했다.

할아버지는 나를 보더니, 돌아다니면서 하는 일을 택해야 한다고 했다. 그때 나는 이미 미용실을 운영할 때였고, 아무리 생각해봐도 내가 돌아다니면서 할 수 있는 일이라곤 없었다. 그때만 해도 공부를 제대로 한 것도 아니었고, 할 줄 아는 건 오로지 미용 일밖에 없었기 때문이다. 뜻밖의 얘기이기도 했고 사주란 게 원래 맹신(盲信)해서도 안 되는 것이기에 그냥 흘려버릴 수밖에 없었다.

'돌아다니면서 하는 일이라곤 외판원 같은 일밖에 없는데 나는 어디 가서 사람들한테 물건 사라고 강요할 수 있는 성격도 아니잖아.'

그렇게 몇 년간 세월이 흐른 어느 날이었다. 목수 일을 하는 손님 한 분이, 오랜 세월 동안 절을 지으러 다니다 보니 이제는 귀로 들어

'법경'을 어느 정도 알게 되었다고 했다. 그분이 지나가는 말로 내게 했던 그 말, 그때는 나와 관련 없는 말이라고 치부해버리고 무시했던 그 말이, 오랜 세월이 지난 지금 다시 생각나곤 한다. 그분은 내게 "원장님은 이런 일 하실 분이 아니고 선생님이 되실 팔자인데 왜 이 고생을 하고 계십니까?"라고 했다.

당시의 나에게는 얼마나 말도 안 되는 황당한 소리인가? 선생이라니, 생전 처음 듣는 소리였다.

'내가 무엇을 남들보다 더 많이 배워서? 아는 게 뭐가 있다고?'

그분에게 나의 이런 속사정을 다 말할 수도 없는 노릇이어서 그냥 가볍게 웃어넘기고 말았다. 그런데 오늘에서야 이렇게 말도 안 되는 일이 내게 현실로 다가온 것이다. 사람의 앞일은 어떻게 될지 아무도 모르는 것 같다.

나는 미용실을 할 때는 힘들 때가 참 많았다. 그야말로 먹고 살기 위해 어쩔 수 없이 하는 일이었고, 불시에 찾아오는 손님들을 맞이하기 위해 모든 시간을 가게 안에서 대기 상태로 보내야 하는 것도 지루할 때가 많았다. 가장 답답한 것은 손님이 없어도 마음대로 외출을 할 수 없다는 것이었다. 어쩌다 외출을 하면, 마치 나에게만 주어진 특별한 날인 것처럼 마냥 신이 났다. 훤한 대낮에 밖을 돌아다니며 활보한다는 것이 낯설고 흥분되는 이벤트였던 것이다. 그러나 그 기분도 잠시, 빠른 시간 안에 돌아와야 하는 부담이 나의 발걸음을 가게로 재촉하곤 했다. 늘 무엇에 쫓겨 움직이는 사람처럼.

생각해보면 아이들에게 한자를 가르칠 때처럼 내 자신을 몰입시켜본 적이 없는 것 같다. 게다가 내가 스스로 시간을 관리하고 계획할 수 있는 장점이 있다. 예정된 시간에만 철저히 수업을 하고, 그 밖의 나머지 시간은 나를 위해 자유롭게 쓸 수 있는 것이다. 혼자 있는 시간에는 조용히 수업 준비를 할 수도 있고, 미루어 두었던 책을 아무에게도 방해받지 않고 읽을 수도 있으며, 어느 누구도 불시에 나를 찾아와서 방해하는 일이 없다. 아침 일찍 화장하지 않아도 되고 옷도 편하게 입을 수 있고, 수업 시간이 돌아오면 그때부터 준비해도 되는 것이다. 이 얼마나 자유로운 삶인가? 어느 누구에게 방해를 받지 않고 내가 시간을 계획할 수 있는 지금의 생활은 그동안 동경해 왔던 생활이다.

'꿈은 이루어진다.' 는 말을 수없이 들어왔지만 그저 허무맹랑하게만 들렸었는데, 지금 생각해보니 꿈은 이루어지는 게 맞는 것 같다. 다만 꿈을 이루어 가는 과정에서 너무 쉽게 포기를 해버려서 이루지 못하는 경우가 많을 뿐이다. '내가 그렇지 뭐.', '난 안 돼.' 라는 생각에서 벗어나 될 때까지 노력하면 안 될 일이 무엇이겠는가?

TV에서 연예인들이, 그저 일을 즐기다 보니 어느 순간 정상에 올라 있더라는 말을 할 때 나는 참 많이도 비아냥거렸다.

"당신은 행운이 따라 주어서겠지, 그러면 실패하는 수많은 사람들은 노력하지 않았단 말인가?"

그러나 이런 비아냥거림은 스스로를 이겨내지 못한 것에 대한 방어적인 생각이었다는 것을 알게 되었다. 그런 사람들이 그저 겸손하게 보이려고 했던 말들이 아니었다. 이미 자기들은 성공을 해서 배불러서 하기 좋은 소리로 떠들고 다녔던 것도 아니었다. 그 모든 말들이 사실이었다. 남들은 다 해도 나는 못할 거라는 자기 비하(卑下)에서 벗어나지 못했던 나의 어리석은 인생관 탓에 나는 그 말을 제대로 받아들이지 못한 것이다. 지금은, 정말로 좋아하는 일을 즐기면서 해나간다면 얼마든지 성공할 수 있다는 것을 누구보다도 잘 알게 되었다.

공부는 혼자와의 싸움이다. 얼마나 인내심 있게 책과 씨름하느냐에 따라 승자가 결정된다. 혼자와의 싸움에서 이기지 못하면 공부는 절대 해낼 수 없다. 그런데 그 과정을 이겨낼 수 있는 힘은 훌륭한 두뇌가 아니다.

공부는 머리가 아주 좋은 사람만이 하는 특별한 것 또한 절대 아니다. 공부는 첫째 조건으로 절대 해내고야 말겠다는 목표의식이 있어야만 해낼 수 있다. 공부를 해서 무엇이 되고 싶다는 큰 목표를 우선 정하고 공부를 끝낼 구체적인 기간을 정해야 한다.

그 다음 필요한 것은 끈기이다. 어떠한 어려운 상황에 부딪혀도 자기 자신에게 해낼 수 있다는 강력한 자기 암시를 보내며 포기하지 않고 밀어붙이는 끈기가 있어야 한다.

그 다음은 자기 자신을 믿어야 한다. "남들도 다 못하는데 나라고 되겠어?" 하는 어리석은 생각은 아예 처음부터 하지 말아야 한다. 그런 쓸데없는 생각으로 보내는 시간조차 아깝게 여기며 시간 관리를 철저히 해야 한다.

나는 '모든 것은 실패했을 때 끝나는 것이 아니라 포기했을 때 끝나는 것이다.' 라는 말을 참 좋아한다. 실패와 성공은 정반대의 개념이 아니라 노력의 차이에 따라 뒤집히는 양면의 종이와 같다. 절대 따로 분리시킬 수 있는 것이 아니다. 실패는 결과가 아니라 성공할 수 있는 가능성을 넓혀가는 과정인 것이다. 특히 조심해야 할 것은, 다른 사람들의 말에 흔들리지 말아야 한다는 것이다. 아마, 나보다 더 주변 사람들이 공부를 힘들게 만든 경우도 드물 것이다. 내 주변 모든 사람들은 '그 나이에 공부해서 무엇을 할 것인가?' 하는 걱정인지 염려인지를 끊임없이 해주었다. 그런 곱지 않은 시선들이 계속해서 반복되면 어느 순간 '정말 이 길이 내 길이 아닌가?' 할 정도로 혼란스러워질 때도 있었다.

그러나 하고자 하는 욕망은 그 모든 것을 잠재울 수 있을 정도로 내게 강력한 힘이 되어 주었다. 사람들로부터 인정받지 못하는 고된 학업의 길을 가는 나처럼 이렇게까지 철저하게 홀로 가야 하는 사람이 또 있을까? 더구나 남도 아닌 어머니와의 갈등 속에서 공부해야 하는 것 또한, 내가 이겨내야만 하는 과제인 것이다.

지금도 나는 손에 책이 들려 있지 않을 때가 없을 정도로 틈만 나면 책을 읽는다. 남들보다 늦은 만큼 작은 지식 하나라도 늘리기 위해 가리지 않고 독서를 하고 있는 것이다.

가끔은 외고집이라는 소리를 듣거나, 융통성 없다는 핀잔을 들을지라도 자신의 목표를 위해 달려 나가고 있다면 이런 것쯤은 아무렇지 않게 흘려버릴 수 있어야 한다. 사람들은 내가 쓸 데 없는 한자를 공부한다고 안타까워하거나 야유를 보내기도 했다. 그러나 내가 스스로 한자를 가치 있게 여긴다면 그걸로 충분한 것이다.

내게 한문은 현대인들의 인성을 바로잡을 수 있는 중요한 과목이다. 어릴 때부터 성적이 전부인 사회에서 친구들과 경쟁 구도 속으로 내몰리는 학생들이 인성이 메마르고 다른 사람을 배려하지 못하는 것은 어찌 보면 당연한 것이 아닐까? 이럴 때일수록 한문과 같이 올바른 가치관을 세우고 아이들의 마음을 어루만져주는 교육이 필요한 것이다.

수업을 하다 한 아이로부터 '질문(質問)'과 '질의(質疑)'가 어떻게 다르냐는 질문을 받은 적이 있다. 질문이나 질의나 같은 뜻인 것 같은데 왜 청문회에서는 항상 질의라고 하느냐는 것이었다. 이렇게 단어 하나만 놓고 봐도 한자를 모르면 정확한 뜻을 알기 어려운 경우가 많다.

질문(바탕 질質, 물을 문問) 모르는 것을 물음
질의(바탕 질質, 의심할 의疑) 의심나는 점을 물음

몰라서 묻는 것과, 의심이 가기에 묻는 것은 엄연히 다른 뜻을 내포하고 있는 것이다. 한자를 알지 못하면 이처럼 국어의 70%가 넘는 한자 단어의 미세한 의미 차이를 파악하기 힘들다.

나의 공부방에는 성인들도 한자를 배우기 위해 들어오고 있다. 대학 졸업 후 사회에 나가 보니 한자를 배워야 하겠더라는 사람이 있는가 하면, 일본어를 전공하는 대학생이 한자를 몰라 수업을 따라가기 어렵다는 사람도 있다. 대학 생활과 취업 준비에 바빠야 할 젊은 이들이 필요에 따라 뒤늦게 한자를 배우러 오는 것이다. 학교교육을 통해 배웠어야 할 한자를 개인의 몫으로 떠넘긴 것 같은 오늘날의 현실이 안타깝기만 하다.

내가 공부를 한 후 알게 된 또 다른 사실은, 본인이 관심 가지 않는 과목은 큰 성과를 기대할 수 없다는 것이다. 내가 영어 공부를 하기 힘들었듯이, 남들 다 하니까 나도 해야 한다는 식의 맹목적인 공부는 본인에게 도움이 되지 않는다.

한자라면 내 이름조차 쓸 수 없었던 내가 급수 시험에 도전한 지 9개월 만에 1급 자격증을 손에 넣을 수 있었던 것도 그만큼 한자를 좋아했기 때문에 가능했던 것이다. 한자 이외의 다른 과목에는 전혀 흥미를 느낄 수도 없었고 다른 것을 공부하는 시간도 아까웠다. 좀 더 일찍 한자를 알았더라면 처음부터 한문학과를 선택했을 것이고, 대학 2년을 허비하지 않았을 것이라는 아쉬움도 있다.

이런 시행착오는 많은 수험생들이 겪게 되는 과정인 것 같다. 어릴 때부터 아이들이 좋아하고 즐거워할 수 있는 과목을 선택해서 공부하게 하는 것은 정말로 불가능한 것일까? 모든 아이들에게 어렵고 천편일률적인, 게다가 졸업하고 나면 쓸 일이 없어 몽땅 잊어버리고 마는 한시적인 지식을 주입시키기 위해 우리 사회는 얼마나 많은 노력을 쏟아 붓고 있는가?

'개구리 올챙이 시절 모른다.'

나는 이 속담을 가장 싫어한다. 왜 개구리가 올챙이 시절을 생각해야 하는가? 개구리에게 올챙이 시절은 이미 과거이다. 지나간 시절을 회상하며 현재를 살아가는 것은 자신을 과거의 틀 속에 꽁꽁 묶어두는 것과 같다.

사람은 미래지향적인 삶을 살아야 한다. 과거는 이미 부도난 수표와 같고 미래는 그 가치를 알 수 없는 약속어음이라는 말도 있지 않은가? 현재와 오늘만이 현찰이다. 인간은 누구나 현재만을 산다. 어제는 바꿀 수 없고 내일은 오늘 하기에 따라 바꿀 수 있는 기회가 있는 것이다.

사람들이 이미 성장한 개구리에게 "넌 과거에 올챙이였고, 다리가 없어서 뛰지도 못했었어."라고 말하는 게 무슨 의미가 있을까? 이런 말들은 미래를 향해 나아가는 데 걸림돌이 되기 쉽다.

내가 공부를 하면서 말과 행동이 달라지자, 사람들은 "네가 전에는 그랬잖아.", "언제부터 배웠다고?"와 같은 말들을 서슴없이 하곤 했다. 나는 열심히 노력해서 개구리가 되었는데 사람들은 아직도 나를 올챙이로 바라보고 싶어 한다. 시간은 멈추어 선 상태로 가만히 있지 않는다. 세월이 유수(流水)와 같다고 하지 않는가? 물도 오래 고여 있으면 썩는 법이다. 사람도 마찬가지로 어제와 다른 나를 만들고 끊임없이 자기 발전을 하기 위해 에너지를 투자해야 한다.

사람들이 뭐라고 해도, 나는 지금 행복하다. 한 자라도 더 읽으려고 책과 씨름하다 보면 잠이 참을 수 없을 정도로 쏟아지면서 눈꺼풀이 시야를 가릴 때도 많았다. 그럴 때면 화장실로 달려가 찬물에 세수를 하고 다시 책을 펴기를 여러 번 반복할 정도로 나는 지독하게 내 자신과 싸움을 해왔다. 무엇이 나를 그토록 지독하게 공부에 매달리게 했는지는 나도 모르겠다.

가끔은 더 이상 공부하지 않아도 이만하면 아이들에게 한자를 가르치는 데 무리가 없을 것 같다는 생각과 함께, 이쯤에서 학업을 포기하고 현재 하고 있는 일에 매진할까 하는 마음이 들 때도 있다. 그러나 현재에 만족하고 안일하게 사는 것은 더 이상의 발전을 포기하는 것이다. 그럴 때마다 나에게 질문을 던지곤 한다.

'지금이 과연 내가 꿈꾸어 왔던 목적지인가?'

많은 질문도 필요 없다. 이 하나의 질문만으로도 아니라고 몸서리칠 만큼 이것이 끝은 아니다.

나의 최종 목표는 전국을 무대로 한자 강의를 하는 것이다. 그러면서 내가 느지막이 시작했던 공부가 내 인생을 얼마나 변화시켰는지를 사람들에게 들려주어 용기를 주는 역할을 하고 싶다. 그렇게 되기 위해서, 나는 아직 가야 할 길이 멀다. 잠깐의 경제적인 어려움 때문에 학업을 포기하기에는 여기까지 온 길이 너무도 아깝다.

앞으로 나는 한자의 근원을 더욱 깊게 연구해서, 보다 쉽고 재미있는 강의법으로 사람들에게 한자를 가르쳐주고 싶다. 어렵고 복잡한 한자가 아닌, 게임이나 수수께끼처럼 파자를 통해 많은 사람들에게 한자를 전도하는 것이다. 더불어 내 인생의 전환과정과 어려움을 극복해왔던 이야기를 통해 나처럼 배움의 기회를 놓친 많은 사람들에게 길을 제시해주고 싶다.

이 모든 일들을 하기 위해, 나는 지금도 주어진 시간에 충실하기 위해 노력하고 있다. 지금까지 그래왔던 것처럼, 나만 포기하지 않는다면 노력은 언제나 그에 합당한 결실을 가져다줄 것이기에.

  앞만 보고 목적지를 향해 빠른 속도로 뛰다시피 하고 있는 내 모습을 보면 나는 참 낭만이라고는 눈곱만큼도 없는 사람인 것 같다. 짬이 날 때마다 틈틈이 조금씩 일기처럼 기록해 둔 것을 책으로 출판하겠다고 틈만 나면 원고에 매달려 왔는데, 이제 막 끝을 내고 나니 갑자기 할 일이 없어졌다. 글을 쓸 때는 집안에 있는 시간조차 바빴다. 항상 머릿속으로 오늘 해야 할 일들을 체크하고 나머지 시간들은 글 쓰는 데 전념했다. 그렇게 매달리던 글쓰기를 끝냈는데도, 이상하게 후련함보다는 허전함이 밀려온다. 이래서 사람은 항상 바쁘게 일을 만들어 가며 살아야 하나 보다.

  나의 원고는 국어를 전공한 큰딸에게 교정을 부탁하기 위해 넘겨주었다. 교정이 끝나면 나의 이야기가 세상에 나오는 것이다.

  이렇게 늘 큰딸은 내게 든든한 후원자다. 내 글을 교정하면서 큰딸은 엄마가 이렇게까지 경제적으로 힘든지 몰랐다면서 밤새 울었다고 했다. 그리고는 앞으로 매달 얼마간의 용돈을 부쳐주겠다고 했다. 고맙기도 했지만 한편으로는 마음이 많이 무겁다.

  괜히 책은 출판한다고 해서 큰딸에게 마음 고생시킨 것 같다. 그동안 딸들에게 늘 "엄마는 괜찮아."를 외쳐댔는데 이제는 그렇지 않다는 것이 들통나버리고 말았기 때문이다.

이제 2010년도 오늘이 마지막이다. 내일부터는 새로운 한해가 시작된다. 돌이켜 보면 계절이 바뀔 때마다 변하는 주변 환경조차 돌아볼 여유 없이 바쁘게 살아온 것 같다. 하루가 순식간에 지나가버렸고, 한 달이 하루처럼 빠르게 지나가 버렸다. 지금까지의 삶에서 완진히 벗어나 새로운 삶으로 살아온 한해였다. 그동안은 나의 기술을 베풀었다면 이제는 나의 지식을 베푸는 '교사'가 된 것이다. 그만큼 좋은 변화가 많이 일어났고 나를 여러 모로 새롭게 하는 한해였기에 2010년은 내게 누구보다도 뜻 깊다.

앞으로 내 앞에 펼쳐질 50대는 지금까지 경험해보지 못한 더 좋은 일들이 나를 기다려 줄 것만 같은 예감이 든다. 때로는 힘들 때도 있었지만 하늘이 큰사람을 만들기 위해서는 남보다 더 어려운 고행(苦行)의 시험을 거치게 한다고 하지 않는가?

2011년 신묘년(辛卯年)은 지금보다 더 바쁘고 활기찬 한해가 되길 기원해 본다.

2010년 12월 31일
김천에서 만학도 高貞淑